Nagato Yamata
야마타 나가토
일러스트 시소
그곳에 있는 소녀는
그저 하염없이 아름다웠다.
2
스테이터스 올
인피니티
STATUS ALL INFINITY

"봐주지
않는다.
꺄―."

"첨벙, 이야,
토모야!"

"당신들은
굉장한 사람이네요!"
프라제는
싱긋 웃으며
말했다.

"……토모야 님?"
달빛밖에 없는
밤의 어둠 속에 메를리가 있었다.

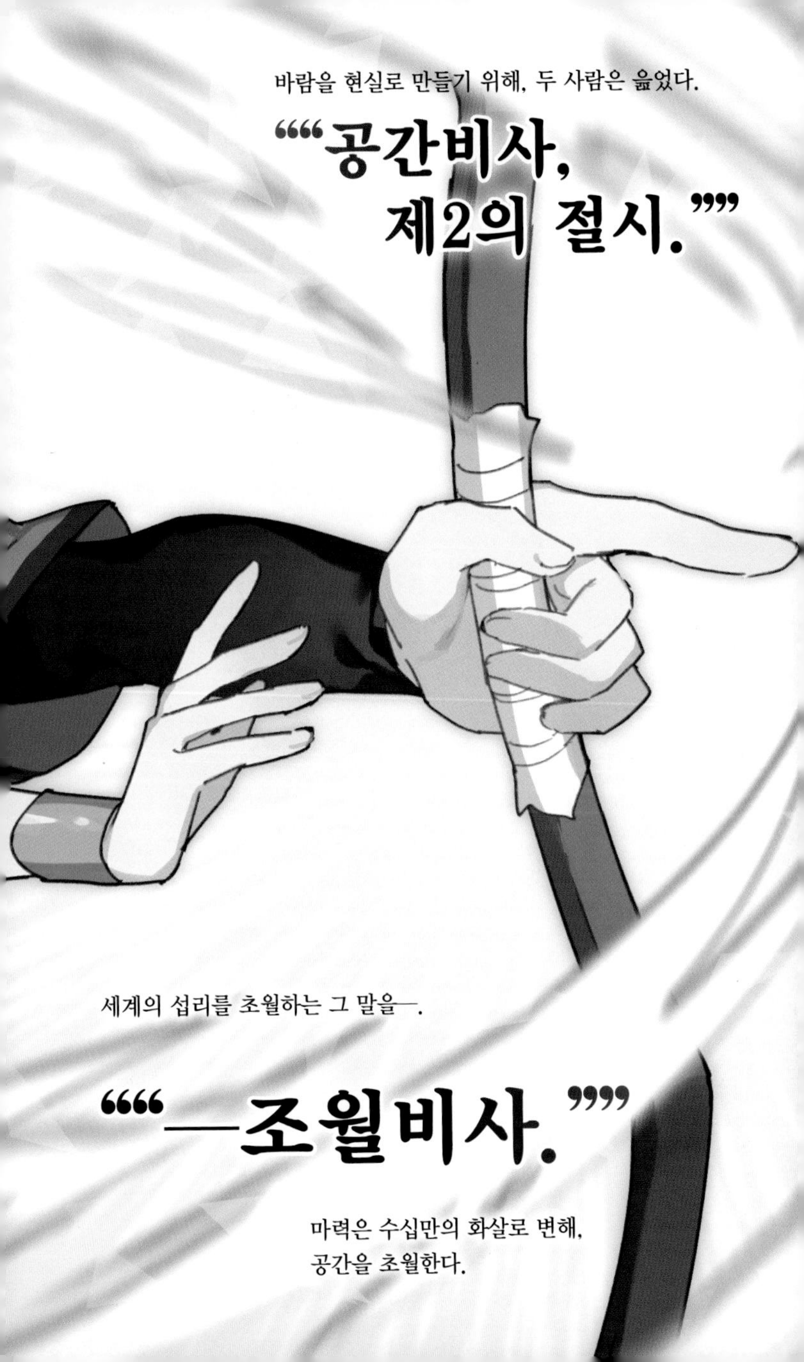
바람을 현실로 만들기 위해, 두 사람은 읊었다.
““““공간비사,
제2의 절시.””””
세계의 섭리를 초월하는 그 말을—.
““““—조월비사.””””
마력은 수십만의 화살로 변해,
공간을 초월한다.

CHARACTERS

유메사키 토모야

이세계에 소환된
고교생.
모든
스테이터스 수치가
∞의 힘을
가졌다.

리네

모험가 길드에서
만난 소녀.
적기사란
별명을 가졌으며,
빼어난 검의
재능이 있다.

루나리아

마족 소녀.
토모야가
구해낸 뒤로
그를 따르며,
고아원에서 맡게
되었다.

시아

엘프족
소녀.
세계수
유그드라실의
수호자.

메를리

시아의 여동생.
3년 전의
어느 사건으로
이마에 상처를
입고 말았다.

스테이터스 올 인피니티

2

STATUS
ALL INFINITY

야마타 나가토 지음
시소 일러스트
박경용 옮김

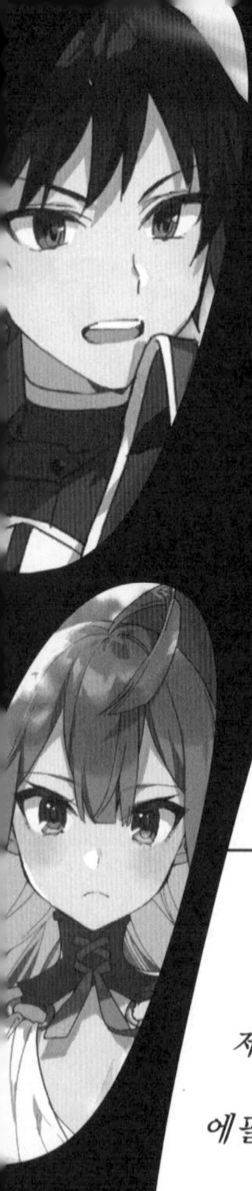

2

CONTENTS

일러스트 시소

스테이터스 올 인피니티

STATUS ALL INFINITY

제1장 새로운 여로

"그러면! 종언수의 장래에 대한 의견을, 여러분에게 듣고 싶습니다!"

종언수의 가장 깊은 곳.

칠흑의 넝쿨로 만들어진 벽이 둘러싸고 건조한 지면이 펼쳐지는, 딱히 볼만한 것은 하나도 없는 공간이었다.

그 안에서 녹색 머리칼과 등에서 돋아난 작은 날개가 특징적이고 키 40센티미터 정도인 나무의 정령— 드리아드가 소리를 드높여 외쳤다.

"응! 맡겨둬!"

드리아드의 말에 가장 먼저 힘차게 대답한 것은 반짝거리며 빛나는 백은의 머리칼에, 투명한 파란 눈을 가진 소녀— 루나리아였다.

"그래. 우리가 할 수 있는 일이 있다면 협력하지."

이어서 고개를 끄덕인 것은, 한층 눈길을 끄는 아름다운 붉은 머리를 나부끼며 날카로움 속에 상냥함이 담긴 비취색 눈동자를 가진 여성— 리네였다.

"물론 나도 마찬가지야. 여러모로 부순 것도 나니까."

그리고 마지막으로, 토모야는 루나리아와 리네를 따르듯

찬동의 의지를 보였다.

토모야 일행에게서 협력의 의사를 확인한 드리아드는 만족스럽게 한 번 고개를 끄덕인 다음, 세부적인 이야기를 시작했다.

토모야는 세 명 모두의 모습이 시야에 들어오는 후방에 앉아서 드리아드의 설명을 들었다.

드리아드가 설명하는 내용은 종언수의 비참한 현재 상황과, 그것을 어떻게 복구할 것인가에 대해서였다.

그것을 설명하면서 이 종언수의 원리나 마법에 대한 난해한 이야기도 당연히 나왔다.

'……신기한 일이네. 내가 진지하게 마법에 대해서 생각하고 있다니.'

토모야는 차분하게 생각했다.

예전의 자신은 이런 이야기를 할 기회 따위 없었다.

그것도 당연한 일이다.

왜냐하면 토모야는 바로 요전까지, 일본에 사는 평범한 남자 고교생이었으니까. 그러나 갑작스레, 어떤 인과 때문인지 몰라도 토모야는 마법이 당연히 존재하는 이세계 《알피스》에 소환됐다.

그 뒤로 갖가지 일을 거쳐 자신이 가진 강대한 힘을 깨달은 토모야는 이윽고 리네나 루나리아를 만나고, 두 사람과 함께 이 세계를 여행하기로 결심했다.

그 여행의 첫 목적지가 바로 지금 토모야 일행이 있는 《피네스 국》이며, 그곳에 우뚝 선 종언수 피네스이기도 했다.

그리고 그 종언수에 나타난 괴물 같은 적을 쓰러뜨리기 위해 토모야 일행은 사력을 다하고, 결과적으로 무사히 토벌에 성공했다. —그러나 그 대가로 갖가지 사물이 파괴되어, 현재는 꽤 비참한 상황이었다.

따라서 이번 사건에 커다랗게 관여했고, 더욱이 현재 상황을 어떻게 할 수 있는 가능성을 가진 토모야 일행이 이렇게 종언수까지 불려온 것이다. 그것이 지금까지의 전말이었다.

오늘까지 일어난 갖가지 일을 돌이켜보고, 동시에 드리아드의 설명이 얼추 끝난 것을 확인한 토모야는 만약을 위해 중요한 부분만 다시 한번 물어보기로 했다.

"그러니까, 지금 필요한 건 두 가지. 하나는 사라져 버린 수관 부분을 수복하는 것. 그리고 또 하나는 사용한 종언수의 핵을 어떻게 처리할 것인가. 그거면 되는 거지?"

"네! 그거 두 개가 맞는 거예요!"

자신이 올바르게 이해한 것을 확인했으니, 이야기를 다음 단계로 진행시킨다.

"그러면 일단 수관 부분의 수복에 대해서인데, 유감이지만 창조 스킬로는 해결되질 않는단 말이지."

"맞는 거예요. 창조는 어디까지나 처음부터 새로운 것을 만들어내는 스킬. 이미 존재하는 것에 더하는 형태로는 사용할 수 없는 거예요."

그러니까 다시 말해서, 사라져 버린 수관 부분만 창조로 만들어낼 수는 없다는 것이다.

편리한 스킬이긴 하지만, 결코 만능은 아닌 모양이다.

“나도 물어보고 싶은 게 있는데, 괜찮을까?”

“물론인 거예요!”

뭔가 떠올렸는지 리네가 물었다.

“수관이 없으면 내부에 흡수되어야 할 마력이 바깥으로 새어 나갈 위험성이 있다는 건 이해했어. 그러나 그 위험성을 없애면, 시간만 지나면 자연스럽게 종언수는 본래대로 돌아간다. 이게 맞는 거지?”

“그런 거예요. 종언수는 마력을 흡수하여 성장에 쓰기 때문에, 긴 시간을 들이면 자연스럽게 수관도 재생할 거라고 생각하는 거예요.”

“그렇군. 그렇다면 거의 응급처치가 되긴 하지만, 마력을 흡수하여 밖으로 내보내지 않는 성질을 가진 물질로 보호하면 어떨까?”

“그, 그런 방법이 있었던 거예요. 그렇지만 그렇게 조건에 맞는 물질이 어디에…….”

“있잖아. 바로 옆에.”

리네가 말하며 가리킨 것은 드리아드 바로 옆에 굴러다니는 칠흑의 구체, 다시 말해서 종언수의 핵이었다.

토모야도 뒤늦게 이해했다. 분명히 종언수의 핵은 마력을 흡수하여 밖으로 내보내지 않는 성질을 가졌다.

흡수하는 것은 외부에 흘러나가면 안 될 정도로 악의가 담긴 마력뿐이다. 반대로 말하면 흡수하지 않는 마력은 바깥에

악영향을 주지도 않고, 거의 위험성이 없다.

더욱이, 종언수의 핵은 창조 스킬로 만들 수 있다는 걸 이미 토모야가 증명했다. 실제로 눈앞에 굴러다니는 이 핵은 이미 한계까지 마력을 흡수한 것이며, 현재 종언수에 박혀 있는 핵은 토모야가 창조로 만들어낸 것이다.

"분명히, 그거라면 될지도 몰라."

"맞는 거예요! 분명히 괜찮은 거예요!"

"저기, 잘된 거야? 리네, 굉장하네!"

리네의 제안이 현실적이라는 것을 토모야와 드리아드가 이해하고 칭찬하자, 이어서 루나리아도 사태가 호전된 것을 깨달았는지 신이 나서 리네를 칭찬했다.

세 명의 찬사를 받은 리네 본인은, 볼을 붉게 물들이면서도 기뻐 보였다.

첫 번째 문제에 대해서는 해결의 조짐이 보였고, 이제 다음 문제로 넘어간다.

"그러면, 다음은 이 핵의 처리에 대해서구나."

시선을 내리며, 토모야가 중얼거렸다.

드리아드 말로는 이미 사용된 핵을 이곳에 내버려두면, 새로운 핵과 반응하여 악영향이 있을 가능성이 있다고 한다. 그렇기 때문에, 가능하면 어떻게든 하여 이것을 처분해버리고 싶다고 했다.

당연히, 파괴해버릴 수는 없었다.

파괴하면 내부에 담긴 대량의 마력이 흘러 넘쳐서, 또 피네스 같은 악의가 가득한 마물이 태어날지도 모른다.

그리고, 애당초 핵은 어지간해서는 파괴되지 않을 정도의 강도를 자랑한다. 물론 토모야가 전력으로 공격하면 부술 수 있겠지만, 그것 말고는 부술 수단이 없으리라. 그 탓에 처음부터 핵을 파괴한다는 선택지는 토모야 일행에게 존재하지 않—.

"—뭘 해도 부서지지 않을 정도로, 단단하다고?"

문득, 토모야는 그 사실에 위화감을 느꼈다.

아니, 위화감이라기보다는 기대감에 가까웠다.

그러면 어째서, 무엇을 해도 부서지지 않을 정도로 단단한 물건이 존재하는 것에 기대감을 품었을까?

그 이유에 해당하는 일이 극히 최근에 일어난 것 같았다. 필사적으로 기억을 되짚어봤다.

강도가 낮기 때문에 일어난 슬픈 일이 있었을 것이다.

"……그렇지."

그리고 드디어 토모야는 떠올렸다.

그것은 바로 어제 일이었다.

종언수 내부에서 만난 앗심 블룸과 전투를 할 때, 토모야의 검이 부서져 버렸다.

토모야가 말도 안 되는 스테이터스를 활용하여 쓰다 보니, 검이 견디지 못한 것이다.

그때 토모야는, 자신은 이제 검을 쓸 수 없다는 것에 쇼크를 받았다. 언제 부서질지 알 수 없는 무기로 싸울 수는 없다. 검으로 싸우는 것에 동경이 있기는 했지만, 그런 위험성이 있다면 처음부터 맨손으로 싸우는 편이 낫다.

그렇지만, 만약 이 종언수의 핵을 소재로 검을 만들면 어떨까?

핵을 파괴하는 게 아니라, 고스란히 검으로 변형시키는 것이다.

그 검이라면, 어쩌면 토모야가 사용해도 부서지지 않는 것 아닐까?

희망적 관측에 지나지 않을지도 모른다.

또 마찬가지로 맥없이 부서질지도 모른다.

그러나, 적어도 시험해볼 가치는 있을 것이다.

"드리아드. 제안할 게 있는데."

"네, 뭔가요?"

"그 핵, 내가 받아도 될까?"

"네? 정말로 괜찮은 거예요?"

"……토모야. 뭔가 좋은 생각이 난 표정인데."

갑작스런 제안에 확인을 하는 드리아드와, 납득한 기색으로 수긍하는 리네. 루나리아는 고개를 갸우뚱거렸다(귀엽다).

그다음, 토모야는 검을 만들기 위해 핵이 필요하다는 생각을 세 사람에게 말했다.

일단 처음으로 반응한 것은 리네였다.

"그렇군. 그러나 토모야라면 검 따위 없어도 충분히 싸울 수 있다고 생각하는데."

"아니, 그러니까 그건 저기. 동경이 있다고 할까."

“흠. 뭐 분명히 앞으로 여행을 할 때, 마술사도 아니고 무기도 없다는 걸 부자연스럽게 생각하는 사람이 있을지도 모르니까. 괜찮지 않을까?”

“고마워, 리네. 아, 그리고 검이라면, 분명히 리네 것도…….”

“그래. 어제의 싸움으로 산산이 부서져 버렸지.”

리네가 침통한 표정으로 말했다. 토모야는 그 자리에 없었지만, 리네의 검은 피네스가 파괴해 버렸다고 한다. 검 자체에도 애착이 있었으리라. 마음의 상처가 토모야 이상으로 깊어 보였다.

지금은 토모야가 창조한, 어디까지나 형태와 성능 따위는 전과 같은 검을 가지고 있다. 그런데 신기하게도 손에 잡히는 감각 따위가 좀 다르다고 한다. 창조로는 물건에 본래 담겨 있는 영혼 같은 것까지는 재현할 수 없는 모양이라고 토모야는 추측했다.

물론 리네는 그 부분에 대해서도 생각이 있는 모양이다.

애당초 지금 토모야 일행의 여행 목적은 북대륙(아르스나)으로 건너가서, 거기 사는 리네의 친구인 드워프에게 그녀의 검을 만들어 달라고 하는 것이었다. 리네는 거기서 새로운 자신만의 검을 입수할 생각인가 보다.

“그러면, 나도 그때 만드는 편이 좋을까?”

핵을 그냥 검의 형태로 만드는 거라면 지금 당장이라도 가능하겠지만, 그 공정 속에서 어떠한 것을 주의해야 하는지를 토모야는 모른다.

머지않아 우수한 대장장이를 만나게 될 테니, 그 사람의 의견을 듣고서 만들면 더 뛰어난 물건이 될 것이다. 아주 당연한 발상이었다.

"그렇게 됐어. 드리아드, 그래도 될까?"

"물론인 거예요! 굉장히 도움이 되는 거예요!"

드리아드도 찬성해줬기 때문에, 종언수의 핵은 토모야가 맡게 되었다.

실제로 사용할 때까지는 무용지물이니까, 이공간 창고 스킬을 사용하여 안에 넣어두기로 했다.

그다음, 토모야는 얼른 종언수의 지상 부분을 핵과 같은 소재의 물질로 덮었다.

앞으로도 미궁으로 기능해야 하기 때문에, 여러 명이 들어올 수 있고 토벌한 마물을 실어 나를 수 있을 정도의 틈은 만들어두었다. 소재가 가진 성질이 대단히 강하기 때문에, 이 정도의 틈이라면 대단한 문제가 안 된다.

종언수의 성장속도를 고려했을 때 가볍게 수백 년은 이대로도 괜찮다고 하니, 그 이후의 일은 드리아드나 그녀의 상사라는 노움에게 맡기기로 했다.

참고로 종언수 안의 모든 계층에 뚫려 있는 구멍(토모야가 뚫어버린 것)의 경우는 드리아드의 힘으로 보수가 가능하다고 하니, 그것에 관해서는 전면적으로 맡겨두었다.

뭐가 어찌 됐든 한 건 끝났다.

토모야 일행은 드리아드에게 작별을 고한 다음, 종언수 밖으로 돌아왔다.

"좋아. 이걸로 끝이지. 어떻게 되는 것 같아서 다행이다."

양팔을 쭉 올려 기지개를 켜면서, 토모야는 달성감이 담긴 소리로 중얼거렸다.

"그렇군. 조금 더 고생할 거라고 생각했지만, 생각보다도 맥없이 해결됐어. 이것도 토모야가 가진 스킬 덕분이군."

"무슨 말이야. 리네가 해결책을 떠올리지 못했다면, 애당초 스킬을 사용할 기회도 없었을 거야. 리네 덕분이지."

"너는 또 그런 말을…… 아니, 그렇군. 응. 모두가 잘한 걸로 치자."

"그래."

시선을 나누고, 토모야와 리네가 작게 웃음을 지었다.

예전의 리네였다면 억지로 토모야 덕분이라고 우겼겠지만, 무슨 계기가 있었는지 조금 마음의 변화가 있었나 보다.

그 이유도 신경 쓰이지만, 그것에만 의식을 기울일 수도 없었다.

왜냐하면, 손을 잡고 있는 소녀가 조금 볼이 부풀었으니까.

"……나만, 아무것도 못했어."

"루나……."

아무래도 루나리아는 이번 일에 대해 아무 의견도 말하지 못한 것이 분한 모양이다. 루나리아는 아직 어리고 경험이 적으니까, 그것은 어쩔 수 없는 일이다.

그것을 그대로 말해서 위로하는 건 간단하다. 그렇지만 토모야는 그러지 않았다.

루나리아는 분명히 토모야와 리네뿐 아니라, 자신도 함께 노력하고 싶다고 생각해주는 것이다. 잘못된 방법으로 위로하면 그 마음 자체를 부정해버리는 방향으로 이어질지도 모른다.

그러니까 하다못해 괜찮다고 전하기 위해, 토모야는 자기 손을 살며시 루나리아의 손에서 머리로 이동시켰다. 그리고 상냥하게 몇 번 쓰다듬었다.

"……? 토모야, 왜 그래?"

"갑자기 쓰다듬고 싶어졌어. 싫었니?"

"아, 아니! 괜찮아! 기뻐!"

루나리아는 토모야를 올려다보며 활짝 함박웃음을 지었다.

"천사다……."

"마족인데?"

그런 대화를 나눈 뒤, 토모야는 주위를 둘러보았다.

종언수 부근은 매일 수많은 모험가들이 모여들어 떠들썩하지만, 오늘은 사람들의 모습이 거의 안 보였다. 어제 그렇게 대규모 사건이 일어났으니 그것도 당연하다.

더욱이 사후 처리를 해야 하니 오늘 하루는 종언수 부근에 다가가지 말라고 토모야가 사전에 말해둔 영향도 있을 것이다.

그 광경에서 어쩐지 쓸쓸함을 느끼고 있는데…….

"응?"

문득, 주위를 둘러보던 시선이 멎었다.

그곳에 청년 한 명이 있었다.

은색 갑옷을 입고서, 허리춤에는 검 한 자루를 장비하고 있었다. 적색의 머리칼은 조금 길게 길렀고, 날카로운 눈이 특징적이다. 대단히 단정한 용모를 가졌다.

그 청년을 본 순간, 토모야는 위화감을 느꼈다. 그와 닮은 존재를 어디선가, 그것도 아주 가까이서 본 적이 있는 것 같은데…….

"찾았다."

그렇게 생각하고 있는데, 청년이 이쪽을 보며 작게 중얼거렸다.

그의 시선 끝에 있는 것은 토모야―가 아니라,

"드디어 찾았다, 리네!"

그 옆에 있는 리네였다.

"리네. 저 사람, 너랑 아는 사이― 어어어어?!"

거기서부터는, 도무지 현실 같지가 않았다.

옆에 있어야 할 리네가 바람처럼 그 자리에서 사라지더니, 다음 순간 청년 앞에 있었다.

그 직후에, 청년의 몸이 하늘로 날아갔다.

예술적이었다.

""어, 어어~?""

토모야와 루나리아는 무심코 소리를 모아 그렇게 말했다.

그런 토모야와 루나리아를 신경 쓰는 기색도 없이, 리네는 한 마디를 날렸다.

"흥, 처벌 완료다."

아니, 무슨 소리래.
토모야는 무심코, 마음속으로 태클을 걸었다.

"그러니까 그게. 다시 말해서 이 사람은 리네의 오빠인 모르도 씨고, 리네를 찾으러 여기까지 왔다…… 그거야?"
"그렇고말고."
"……."
그리고 몇 분 뒤, 토모야 일행 세 사람과 의식을 되찾은 붉은 머리의 청년— 모르도는 제3구역에 있는 찻집에 와 있었다. 분위기가 시크하며 근사한 좋은 가게다.
두 사람용의 테이블에 토모야와 루나리아, 리네와 모르도가 나눠서 앉았다. 테이블의 거리가 가깝기 때문에 대화는 가능하다.
정보를 정리하면, 모르도는 리네의 오빠라고 한다.
애당초 리네는 자신의 집— 엘레강테 가문을 거의 가출하듯 나왔으며, 그녀를 오빠들이 찾아다니고 있었다고 한다. 모르도가 이렇게 리네 곁에 도달한 것은 한 가지 계기가 있었다.
그 계기란 것이 고아를 보호하는 조직 디아 그룹이었다. 그렇다. 토모야가 루나리아를 맡은 단체다. 그때 보증인이 되어준 것이 리네이며, 당연히 엘레강테의 이름도 가르쳐주게 되었다.
그다음, 루갈에서 가까운 도시에 있었던 모르도에게 디아 그룹 사람이 찾아가 사정을 이야기했다고 한다. 모르도는 그걸 듣고 리네가 루갈에 있는 것을 알고 찾아갔지만, 길이 어긋나서 며칠 빨리 피네스 국을 향해 출발한 상태였다.

그 정보를 입수한 모르도는 조금 늦게 피네스 국에 도착하여, 이렇게 리네를 발견했다는 것이다.

험악한 분위기를 유지한 채, 리네와 모르도는 대화를 재개했다.

"그래서, 어째서 모르도 오라버니가 저를 찾아온 건가요?"

"아까부터 말하지 않았나? 리네, 너를 집으로 데리고 돌아가기 위해서다."

"윽……."

모르도의 말에 눈썹을 찌푸리는 리네. 아무래도 모르도의 말은 실언이었던가 보다.

두 사람 사이를 어떻게 중재해야 할까 고민하고 있는데, 더 빨리 두 사람에게 다가간 존재가 있었다.

"기다리셨습니다. 주문하신 음료입니다."

투명한 파란 머리와 기다란 귀가 특징적인, 젊고 귀여운 점원이 마실 것을 가져왔다.

거기까지는 좋았는데, 이어서 스푼이 두 개 꽂힌 거대 파르페를 놓았을 때 리네가 「응?」 하며 고개를 갸웃거렸다.

"미안하군. 파르페를 주문한 기억이 없는데."

"이건 서비스인 커플 전용 스페셜 파르페입니다! 부디 두 분이 드시면 좋겠다고 생각해서—."

"바보 같은 소리 마라! 어디를 어떻게 보면 이런 바보 오라버니와 커플로 보이나!"

"이 녀석, 리네. 점원의 호의를 그렇게 함부로 대하면 쓰나. 그리고 바보 오라버니라는 건 뭐냐. 옛날처럼 오빠라고 불러라."

"……이제 싫어."

리네치고는 보기 드물게, 완전히 지친 기색이었다.

리네의 신선한 모습을 본 것은 토모야로서도 기쁜 일이지만, 상황이 이 지경이다. 험악한 분위기에서 괜한 짓을 해준 점원에게 클레임을 걸어야 한다.

"잠깐만요, 점원 아가씨. 지금 중요한 이야기를 하고 있어요. 괜한 방해는 하지 말고—."

"이쪽에도, 서비스인 커플 전용 스페셜 파르페입니다!"

"어? 나랑 토모야가 먹는 거야?"

점원은 두 번째 파르페를 토모야와 루나리아 앞에 놓았다.

"……훗. 일을 잘하는데."

"그럼요. 프로니까요."

토모야가 엄지손가락을 세우자, 점원도 멋진 미소를 지으며 대답했다.

두 사람의 마음이 통한 순간이었다.

그다음, 점원은 점장으로 보이는 아줌마에게 기다란 귀를 붙잡혀 끌려갔다.

"멋대로 서비스를 하면 어쩌니!"

"아, 잠깐, 저는 그들을 지켜볼 의무가—!"

끌려가면서 뭔가 외치고 있었다. 아까운 사람을 잃었다. 근데 저 녀석 누구지?

다시, 정신을 가다듬고.

"그런데, 어째서 리네는 모르도 씨를 그렇게 싫어하는 거야?'

"……그렇군. 토모야, 너에게는 얘기해도 좋을 것 같다."

그렇게 말한 다음, 리네는 천천히 그녀의 과거에 무슨 일이 있었는지 이야기했다.

자신이 무력할 때는 흥미를 보이지도 않았다가, 뮤테이션 스킬을 각성하자마자 아양을 떨게 되고, 그것에 싫증이 나서 집을 나왔다는 것을.

"그렇군. 뮤테이션 스킬은 타고난 것이 아니었구나……. 아, 지금은 그게 아니네. 리네에게 그런 과거가 있었구나. 그러면 지금 그 태도도 납득이 되지만—."

"—아니야! 착각이다!"

쿵, 힘차게 테이블을 두드리면서 일어서는 모르도.

리네는 짜증을 내며 비취색 눈을 가늘게 떴다.

"뭐가 착각이라는 건가요?"

"모조리 전부다. 우리는 그런 생각으로 너에게 차가운 태도를 취한 것도, 집에 있으라고 부탁한 것도 아니다."

"큭. 뻔뻔스럽게!"

"잠깐 기다려."

토모야는 머리끝까지 피가 솟은 두 사람을 말리고, 중재하기로 했다.

그리고 지금 그 대화에서 조금 신경 쓰이는 부분이 있었다.

"어쩐지 아까부터 듣고 있으니까 두 사람의 인식이 어긋나 있는 것 같은데. 리네, 일단 모르도 씨의 이야기도 들어보면 어떨까?"

"……토모야가, 그렇게 말한다면."

"헉?! 그 리네가, 이렇게 간단히 물러섰다고……?"

"무슨 의미인가요? 모르도 오라버니."

"아무것도 아닙니다."

어째선지 모르도는 존댓말이 되었다.

그런 대화를 나눈 뒤, 새삼 리네와 모르도 두 사람이 당시의 일을 돌이켜보며 앞뒤를 맞추었다―.

◇◆◇

18년 전.

엘레강테 가문의 당주 몬토에겐 모르도를 포함하여 세 명의 아들이 있었다.

아들을 귀여워하는 한편, 딸도 가지고 싶다고 강하게 바랐다.

그러던 때, 몬토의 아내 리즈가 여자애를 출산했다.

그 아이에게 리네란 이름을 붙였다. 몬토는 리네를 진심으로 귀여워하고, 세 명의 오빠들 또한 한 명뿐인 여동생을 소중하게 생각했다.

그리고 5년 뒤. 오빠들이 수련하는 모습을 보고 동경을 품은 리네는 어리지만 자신도 참가하게 됐다.

그때, 놀랍게도 검술, 불 마법, 공간 마법 같은 뛰어난 스킬을 셋이나 가진 것이 발각되어 리네는 팔불출과 시스터 콤플렉스들의 기대를 한 몸에 받았다.

까놓고 단순히 노력하는 모습이 무진장 귀여웠다.

사흘에 한 번, 몬토와 아들 셋이서 『리네가 무진장 귀엽지 않아? 회의』가 열릴 정도였다.

그것을 보고 어머니 리즈는 바보들이네~라고 생각했다.

또한 엘레강테 가문과 연관 있는 귀족들도 리네를 높게 평가하고 있었다.

그러나 유감스럽게도, 리네는 아무리 수련을 거듭해도 표준을 넘어서서 성장하지 못했다. 리네는 갖가지 분야에 어느 정도 적성은 있지만, 그 대신 하나의 극치를 이루는 것이 서툴렀다.

그렇다고 해서 몬토와 아들들의 애정이 사라지지는 않았지만— 리네가 14세가 되었을 무렵, 한 가지 대사건이 일어났다.

리네가, 기술만 단련하는 것이 아니라 본격적으로 몸을 단련하기 시작했다.

다시 말해서 근육을 붙이기 시작한 것이다!

제1089회 긴급회의가 발생했다.

『대사건이다! 리네가 몸을 단련하기 시작했다!』

『지금까지는 기술을 단련하는 것이 중요하다고 설명하여 하루의 훈련 시간에 제한을 걸었는데…… 이래서는 리네가 우락부락해지고 만다!』

『실례합니다. 아버님, 형님. 더욱 큰 문제가 있습니다. 우리 일가와 연관이 있는 프란토스 백작가에서, 리네를 파티에 초대했습니다. 분명, 그 집안의 적자에게 리네를 시집보내는 것이 목적입니다.』

『뭐라고! 좋아, 내가 잘 거절해두지! 그보다도 지금은 근육이 문제다.』

『그에 대해서입니다만…… 좋은 생각이 있습니다(안경 쓱).』

『말해봐라!』

그날 밤.

『아버님, 오라버니……. 어쩐지 제 저녁 식사만 쓸쓸한 것 같습니다만.』

『기, 기분 탓이다. 리네!』

저녁 식사. 리네 앞에 놓인 요리에는 고기가 거의 없고, 나라 전역에서 모아온 고급 채소가 대량으로 쓰였다. 그렇다. 근육이 붙지 않도록 영양을 관리하려고 한 결과였다.

재료비는 몬토와 아들들보다 몇 배는 높다.

그러나 한창 먹을 때인 리네에게, 그것은 불만을 품기에 충분한 것이었다.

더욱이―.

『모르도 오라버니, 오늘 수련 말입니다만.』

『미, 미안하다! 오늘은 용건이 있어서 말이다! 가끔은 느긋하게 쉬는 게 좋을 것 같구나! 그, 그럼!』

『아, 또…….』

—오빠들은 리네의 수련에 어울려주지 않고, 휴양을 권하게 됐다.

덧붙여서, 그 무렵부터 연관된 귀족들이 리네에게 보내는 편지의 수도 줄어들었다.

이런 점들에서 리네는, 가정 안에서 자신의 취급이 나빠지고 귀족들이 거리를 두게 되었다고 착각했다.

유일한 아군이자 모든 것을 이해하고 있는 것은 리즈뿐이었다. 그녀는 언제나 웃으며 리네의 상담을 받아주었고, 고기도 잔뜩 먹게 해줬다.

당시, 리네는 혼자 있을 때 이렇게 중얼거렸다.

『나에게 더욱 힘이 있으면, 이 나라를 나가서 모험가라도 될 텐데…….』

사실 이 말은 팔불출들의 귀에도 들어갔다. 하지만 리네의 실력을 봐서 그것이 현실이 될 거라고는, 그 시점에서는 아무도 예상 못 하고 있었다.

그런 나날을 보내는 가운데, 리네가 사는 도시에 A랭크 상위 마물이 나타났다.

『우리가 쓰러뜨리러 간다! 리네는 저택 안에 있어라!』

『절대 오지 마라! 위험하니까!』

『네가 죽으면 우리가 살아갈 이유가 없어지니까!』

『이번에 출현한 마물에 적합한 작전을 세웠습니다. 성공 확률은 99퍼센트 이상입니다(안경 쓱).』

『아, 네에…….』

힘차게 뛰쳐나간 몬토 일행.

그러나 넷이서도 열세라는 소식이 리네와 리즈에게 전달됐다.

리네는 리즈가 말리는 것도 뿌리치고 도우러 가서, 결과적으로 뮤테이션 스킬을 각성하여 마물 토벌에 성공했다.

리네는 일약 나라의 영웅이 되었고, 그 뒤로는 몬토 일행이 거절할 수 없을 정도의 연담 신청이 들어왔다.

제1143회 긴급회의가 발생했다.

『안 좋아, 안 좋다고! 지금까지 억지로 숨겨왔던 리네의 귀여움이 온 나라에 들켰다! 오늘도 다섯 통이나 연담 편지가 왔어!』

『그 이상의 문제도 있습니다. 아무래도 리네가 실력을 얻었으니, 본격적으로 집에서 나가려고 생각하기 시작한 모양입니다! 이건 막아야 해요!』

『하지만, 어떻게……?!』

『좋은 생각이 있습니다(안경 쓱).』

『어, 또 너냐? 뭐, 뭐 좋다. 말해봐라!』

『간단합니다. 리네가 이 나라에 머무르고 싶다고 생각하게 만들면 되죠. ……다시 말해서, 리네 정도의 실력이 있으면 이 나라에서 멋진 직위와 작위까지 얻을 수 있으며, 더욱이 순수하게 우리들이 리네랑 함께 있고 싶다는 것을 전하면 되는 겁니다!』

『『『그거다!!』』』

그것을 실행한 결과, 리네는 가족들이 어쩐지 아양을 떤다고 생각하여 모두를 검으로 쓰러뜨리고 집을 나갔다.

『『『어째서?!』』』

모든 것을 이해하고 있는 리즈는, 리네에게 『몇 년에 한 번 정도는 돌아오렴~. 그 무렵에는 저 사람들도 냉정해졌을 거야』라고 말하며 배웅해 주었다.

◇◆◇

"—전부 정리하면 이렇게 됐다는 거구나."

두 사람의 이야기를 들은 토모야는 그것을 정리하고, 다시 확인하듯 말했다.

그것을 듣고 있는 리네는 양손으로 새빨개진 얼굴을 누르고, 모르도는 책임에서 벗어나려는 듯 엉뚱한 방향으로 시선을 보내고 있었다.

"응. 뭐라고 해야 할까? 이런 말은 정말로 하고 싶지 않은데."

그런 두 사람에게, 토모야가 말했다.

"너희들, 바보구나."

"아아아! 그렇게 확실하게 말하지 말아줘!"

리네는 얼굴을 책상에 콱 처박고, 부끄러운 기색으로 외쳤다.

리네에게는 미안하지만, 평소의 쿨한 모습과 다른 모습을 보고 새삼 귀엽다고 느꼈다.

그리고 수십 분 뒤.

드디어 제정신을 차린 리네는 새삼 모르도와 대화를 재개했다.

"오, 오라버니들의 생각은 이해했습니다. 제대로 확인하지 않았던 저도 잘못했다고 생각합니다. 그렇지만, 그래도 역시, 조금 더 제대로 갖가지 불가해한 행동의 이유를 설명해주길 바랐습니다!"

"그, 그건 미안하다고 생각한다. 미안했다."

"윽. 그렇게 사과를 하면 제가 더 이상 불평을 할 수 없지만…… 응. 멋대로 착각해서 집을 뛰쳐나온 것에 대해서는 사과하겠습니다. 죄송합니다."

"헉, 그러면—."

"그렇지만, 역시 집에 돌아갈 수는 없습니다."

방금 전과 다르게 의연한 태도로 리네가 말했다.

"저는 토모야와 루나라는 소중한 동료가 생겼습니다. 지금은 그들과 여행하는 것이 진심으로 즐겁다고 느끼고 있어요. 앞으로도 계속 여행을 하고 싶습니다. 그러니까…… 집에, 돌아갈 수는 없어요."

"……그런가. 그렇군. 그 눈은 진심이구나. 좋아, 알았다. 그 뜻을 내가 아버님과 동생들에게 전달해주마."

"감사합니다."

고개를 숙이는 리네를 상냥한 눈으로 본 다음, 모르도는 다음으로 토모야에게 시선을 보냈다.

"토모야 군. 보는 것처럼 리네는 여러모로 덜렁거리는 부분이 있는 애다. 앞으로도 부디, 내 동생을 지탱해주면 좋겠군."

"무슨, 오라버니, 어째서 토모야에게 그런 말을—."

"알고 있어요. 맡겨 주세요."

"뭐?!"

오빠와 토모야의 대화를 듣고, 리네가 재미있는 반응을 보여준다.

그런 그들이 있는 테이블에 작은 그림자가 튀어나왔다!

"나도 있어! 나한테도 리네, 맡겨줘!"

"너는 분명히 루나리아 양이었지? 그렇구나. 너에게도 리네를 부탁하지."

"응! 힘낼게!"

그것은, 천진난만한 웃음을 지은 루나리아였다.

그 활기찬 모습을 보고 무진장 귀엽다고 토모야는 생각했다.

'—헉! 설마 이것이, 모르도 씨가 리네에게 품은 마음인가?!'

토모야는 모르도 형제와 아버지를 이해할 수 있었다.

지금이라면 의형제의 잔을 나눌 수도 있을 것 같았다.

"그러면, 나는 이만 실례하지."

"그런가요……. 집에 돌아갈 수 없다고 했습니다만, 다음에 잠깐 들를 생각은 있습니다. 아버님에게도 그렇게 전해주세요."

"알았다. 아버님과 동생들도 기뻐하겠지. 리네가 돌아왔을 때를 위해 성을 하나 세우겠군."

"그렇게나?!"

그야말로 규모가 다른 기쁨의 표현이었다.
"그래서, 그런데 토모야 군."
"네, 뭔가요?"
이어서, 모르도의 시선이 토모야를 향했다.
"리네하고는, 어디까지 갔지?"
"—윽."
"뭐?!"
"……?"
그 말에 토모야, 리네, 루나리아가 각각의 반응을 보였다.
토모야는 눈을 홉뜨고, 리네는 얼굴이 빨개지고, 루나리아는 갸우뚱 고개를 기울였다.
"이, 바보 오라버니!"
"크헉!"
최종적으로, 모르도는 리네의 주먹에 당했다.
좋은 녀석이었어…….

◇◆◇

"좋아, 이걸로 수속은 끝났다. 이제 출발이야."
"그래."
"응!"
종언수의 사건이 일어난 날부터 대략 20일 뒤, 토모야 일행은 승합 마차의 정류소에 찾아왔다. 지금부터 유미리안테 공국행 마차를 타는 것이다.

수속을 마치고 출발을 기다리는 짧은 시간 사이에, 지난 20일을 돌이켜 보았다.

미궁의 기능을 되찾은 종언수 안에 들어가 루나리아의 레벨 올리기에 전념하거나, 국내의 특산품을 먹는 등 대단히 뜻깊은 시간을 보낼 수 있었다.

그리고 제일 걱정거리였던 종언수의 갖가지 문제에 관해서도, 대처가 제대로 됐는지 아직 이변은 일어나지 않았다. 드리아드가 앞으로도 괜찮을 거라고 보증을 해주었으니, 이렇게 출발하는 결단을 내릴 수 있었다.

좋은 일도 나쁜 일도 포함해서, 많은 것을 경험한 장소였다.

토모야가 그런 생각을 하고 있는데, 여행에 적합한 차림새를 한 사람이 많은 가운데 앞치마 차림의 조금 붕 뜬 모습을 한 소녀가 이쪽으로 달려오는 게 보였다.

"루나 씨! 여러분! 기다려 주세요!"

"앙리!"

그 소녀는 두 갈래로 땋아 내린 파란 머리칼이 특징적인, 토모야 일행이 피네스 국에서 묵고 있던 여관의 간판 소녀 앙리였다. 루나리아가 양손을 들어 기뻐하며 그녀의 이름을 불렀다.

앙리는 토모야 일행 바로 앞에 도착하더니 천천히 심호흡을 하고, 그리고 생긋 웃었다.

"저기, 역시 마지막까지 배웅하고 싶어서, 왔어요."

"미안하네. 일부러 여기까지."

"아뇨! 엄마도 기쁘게 보내주셨어요! 그래서, 저기……."

"조바심내지 마. 천천히 해도 괜찮아, 앙리."

"아, 네. 정말 고맙습니다, 리네 씨."

생각을 정리하기 위한 시간을 몇 초 가진 뒤, 앙리가 말했다.

"저, 토모야 씨 일행이랑 만나서 다행이에요. 여러분 같은 모험가 분들이 정말로 멋있는 사람들이라고, 새삼 깨달을 수 있었어요. 여러분을 지탱하는 아빠의 직업에도 긍지를 가질 수 있었어요. 그러니까, 그게, 정말 고맙습니다! 앞으로도, 열심히 해주세요!"

말을 마치고, 앙리는 꾸벅 고개를 숙였다.

서투르지만 진심이라는 것을 알 수 있는 그 말을 듣고, 토모야 또한 이 나라에 오길 잘했다고 실감할 수 있었다.

리네와 루나리아도 마찬가지일 것이다. 토모야와 마찬가지로, 기쁜 표정으로 웃음을 짓고 있었다.

"앙리, 나도 고마워! 앙리를 만나서 즐거웠어!"

"루나 씨……. 네, 저도 즐거웠어요."

"나도 같은 기분이야. 여러모로 지탱해줘서 고마워."

"아뇨. 그럴리가요! 리네 씨야말로 그때 저를 구해주셔서…… 진심으로 감사 드려요!"

피네스가 나타났을 때 리네가 앙리를 지켰다는 이야기는 토모야도 들었으니, 그때 일을 말하는 걸 금방 깨달았다.

마지막으로, 앙리는 토모야를 보았다.

아무래도 무슨 말을 해야 할지 고민하는 것 같기에, 토모야는 씨익 웃으며 앙리의 머리에 손을 올렸다.

"그럼 갈게, 앙리. 우리도 열심히 할 테니까, 너도 열심히 해라. 그리고, 다음에 만날 날을 기대하고 있을게."

"윽! ……네, 열심히 할게요!"

힘차게 대답하면서, 앙리는 함박웃음을 지었다.

시간이 되어서, 마차에 탔다.

출발을 한 다음에도 앙리는 모습이 보이지 않게 되는 순간까지 힘차게 손을 흔들었고, 토모야 일행도 그에 응답했다.

"몇 번을 경험해도, 익숙해지지 않는 걸까?"

"응? 토모야, 지금 뭐라고 했나?"

"아무것도 아냐. 그보다도 다음에 가는 나라에 대해서 가르쳐줄래?"

"아아, 그렇지. 자, 루나도 같이 들으면 좋을 거야."

"응, 가르쳐줘. 리네!"

그런 식으로.

갖가지 만남과 이별을 거듭하고, 토모야 일행은 피네스 국을 출발했다.

제2장 유미리안테 공국

유미리안테 공국.

동대륙(미아레르드)에서 북대륙(아르스나)으로 가는 배가 있는 항구 노스 포트가 있는 나라.

북대륙에서 오는 수목, 과실, 광석 따위의 무역이나, 어업 따위가 융성하다.

아트라렐 해가 잔잔해질 시기가 되면 무역선뿐 아니라 대륙을 오고 가는 사람들을 태우는 도항선이 있기 때문에, 수많은 사람들이 모여 떠들썩해진다.

그리고 그 무렵에는 한 해에 한 번, 인간족이나 아인족이 뒤섞이는 무투 대회가 열린다. 그 대회의 우승자는 커다란 명예와 상금을 얻을 수 있기 때문에 참가자도 많다.

그 무투 대회가 열리기 사흘 전.

다시 말해서 피네스 국을 출발한지 약 30일.

토모야 일행은 유미리안테 공국에 도착했다.

◇◆◇

"도착했다~!"

"도착했다아!"

"사이 참 좋아."

마차에서 내려 양손을 들고 외치는 토모야와 루나리아를 보고, 작게 웃으면서 리네가 중얼거렸다.

토모야는 얼른 주변에 시선을 돌렸다.

시야에 온통 목제 건물이 주르륵 늘어서 있었다. 해변이라서 벽돌로 만든 건물이 많을 거라고 생각했는데, 북대륙에서 오는 수목이 대단히 튼튼해서 가공을 해도 바닷바람 정도에 어찌 되지는 않는다고 했다.

건물뿐 아니라 사람에게도 주의를 돌리자, 귀가 긴 여성, 키는 작은데 얼굴은 댄디한 남성, 머리에 고양이 귀가 돋아난 여성 등이 많다.

엘프, 드워프 같은 아인족, 더욱이 수인족 등이다. 비율은 수인족보다도 아인족이 많다.

지금까지 여행을 하면서도 인간족이 아닌 종족의 모습을 보기는 했지만, 이 나라는 비율이 많아서 눈을 홉뜨게 된다. 전체의 40퍼센트쯤 될까? 새삼 자신이 이세계에 왔다는 것을 토모야는 실감하고 있었다.

"자, 관광도 좋지만 일단은 배를 예약하러 가자. 늦으면 얼마 동안 탈 수 없을지도 모르니까."

"그렇네."

리네의 제안에 토모야가 고개를 끄덕였다.

여기 오는 동안 갖가지 이레귤러가 일어나서 도착이 조금 늦어졌다.

본래의 예정을 일찍 정리해두는 편이 좋겠다.

“좋아, 가자. 루나, 노는 건 조금 나중에야.”

“응! 알았어!”

힘차게 대답하는 루나리아의 머리를 후드 너머로 쓰다듬었다.

루나리아는 지금 백색의 낙낙한 로브를 입고 있었다. 특수한 술식이 짜여 있어서, 기온이 높아도 시원함을 느낄 수 있다. 그런 로브를 입은 이유는 그녀의 뿔을 감추기 위해서다.

운 좋게, 라기보다 지금까지 연관된 사람들의 상냥함 덕분에, 루갈이나 피네스 국에서는 루나리아가 마족이라고 이상하게 시비를 거는 사람은 없었다.

그러나, 지난 30일 동안에는 조금 기이한 눈으로 보는 경우도 있었다.

큰 소동이 일어나는 일은 없었지만, 귀찮은 일을 피하기 위해서 이런 방침을 도입했다.

큼직한 탓에 루나리아의 작은 손이 완전히 옷 밖으로 나오지 않는 것이 매력 포인트다. 그러나 물론, 토모야와 리네밖에 없는 장소에서는 평소처럼 후드가 없는 옷을 입는 일도 많았다.

뭐가 어찌 됐든, 어떤 옷을 입어도 제각각의 매력을 끌어내는 루나리아가 최강으로 귀엽다는 결론을 내리고, 토모야 일행은 선착장으로 갔다.

“설마 이 정도까지 예약이 꽉 차 있을 줄이야. 아니, 예약을 잡기야 잡았지만…….”

배의 예약 자체는 잡았지만, 토모야는 조금 낙담하여 중얼거렸다.

예약 일시는 사흘 뒤의 이른 아침. 무투 대회가 열리는 것이 점심 무렵이니까, 그 직전이었다. 그 이후의 일정은 20일쯤 기간을 두지 않으면 예약할 수가 없었다.

“뭐, 냉정하게 생각해 보면 당연한 일이군. 지금 여기 있는 사람들 다수가 무투 대회를 관전하러 왔어. 그 전에 북대륙에 가는 사람은 적지만, 끝나고 나면 여기 남을 이유도 없어서 단숨에 건너기 시작하니까.”

“맞는 말이지만…… 개인적으로 이런 이벤트에는 참가해보고 싶었어.”

“토모야가 참가해 버리면, 다른 참가자에게 승산이 없다고 생각하는데…….”

“아니, 그건 평범하게 관객으로 참가하는 거면 되는데. 이렇게, 이벤트의 분위기만이라도 맛보고 싶단 말이지. 루나는 어떻게 생각해?”

“우~웅. 다른 사람보다, 토모야가 활약하는 게 보고 싶어.”

“잠깐 참가 등록을 하고 올게.”

“토모야?!”

망설임 없이 나아가기 시작한 토모야의 팔을, 리네가 필사적으로 붙잡아 말렸다.

“말리지 말아줘, 리네. 남자는 모든 것을 걸고서라도 이뤄야 하는 일이 있는 거야."

"아니 너는 무슨 말을 하는 거지? 눈이 진심이군. 진정하자, 응?"

그리고 잠시 문답이 이어졌지만, 결국 다른 참가자를 고려하여 토모야가 포기하기로 했다.

루나리아의 기대에 응답하기 위해서라지만, 아무래도 자신이 가진 힘을 휘둘러서 타인의 노력을 짓밟을 정도의 동기는 되지 않—.

"나, 토모야가 싸우는 모습 좋아해. 멋있는걸!"

"—다른 사람보다 당연히 루나가 더 소중하지. 응. 역시 참가 등록을……."

"이 녀석, 토모야!"

또 다시 두 사람은 콩트를 펼친 다음, 여관으로 장소를 옮기기로 했다.

그 다음 토모야 일행은 여관을 찾았지만, 기본적으로 대부분이 만실이었다.

이것도 무투 대회의 영향일 것이다. 방이 비어 있는 것은 고급 여관뿐이라서, 어쩔 수 없이 그곳에서 방 하나를 빌려 묵기로 했다.

피네스 국에 머무를 때 미궁에서 토벌한 마물을 매각했기 때문에, 자금은 대량으로 있다.

"자, 이제부터 어떡할까?"

숙소를 나서서 하늘을 올려다보지만, 아직 오후다. 태양이 힘차게 열과 빛을 뿜고 있었다.

아직 관광을 할 시간은 있어 보였다.

"노스 포트에 왔잖아. 할 일은 정해져 있어."

"응? 뭔데?"

자신만만하게 말하는 리네에게 토모야가 물어보자, 그녀는 웃으며 말했다.

"물론, 해수욕이다!"

"……해수욕, 이라고?"

"바다에서 헤엄치는 거야!"

"아니 그건 아는데."

토모야가 흘린 말의 의미가 루나리아에게 잘 전해지지 않았는지 사전 그대로의 대답을 해주었다. 그게 아니지. 어떤 때든 상대의 성장을 바라며 새로운 지식을 가르쳐주려 하는 근사하고 사랑스런 대천사 루나리아엘에게 가볍게 대답한 토모야는, 새삼 리네의 말을 마음속으로 되풀이했다.

해수욕이라면, 또래 남자들 머릿속에 떠오르는 것은 물론…….

'그렇군. 수영복 이벤트인가!'

라는 것이었다.

아리안테 해수욕장. 노스 포트의 육지와 아트라렐 해가 맞닿은 해변이 그렇게 불리고 있으며, 매년 대단히 활기를 띤다.

이 해수욕장에서 놀 수 있는 기간 또한 아트라렐 해가 잔잔할 때뿐이다. 잔잔해지는 시기가 되면, 도시의 주재 기사나 모험가 등이 협력하여 얕은 바다에 있는 마물을 모두 토벌한다. 그다음, 특수한 결계를 쳐서 일정한 범위에 마물이 들어오지 못하게 한다.

이렇게 하여 사람들의 안전을 보장하는 것이다.

더욱이 여기가 인기인 점은, 종족에 상관없이 개방감을 맛볼 수 있다는 것이다.

몸의 골격이나 이것저것 완전히 다른 점이 많은 인간족이나 아인족이지만, 여기서는 그런 것으로 차별적인 시선을 보내거나 불평을 하는 사람이 없다. 엄격하게 금지되어 있다. 그 덕에 거리낌 없이 누구든지 즐길 수 있는 것이다.

이런 여러 가지 설명을, 토모야는 리네에게 들었는데…….

"설마 이세계에 와서 수영복을 입게 될 줄이야."

해변에 홀로 앉아, 사람들이 즐겁게 헤엄치거나 하는 모습을 바라보며 조용히 중얼거렸다.

토모야는 이른바 사각 형식의 수영복을 입고 있었다. 탈의실 부근의 가게에서 팔고 있던 것을 구입했다. 특별히 무늬 같은 게 있는 건 아니고, 기능을 중시한 검은색을 골랐다.

리네와 루나리아가 어떤 것을 골랐는지는 모른다. 기대 절반, 긴장 절반으로 이렇게 기다리고 있었다.

"미, 미안하다. 기다렸겠군, 토모야."

"아니, 괜찮아. 나도 지금 나온 참—."

돌아보고, 토모야는 말을 잃었다.

그러니까, 그곳에 있는 여성의 모습에 넋이 나가버렸다.

평소에는 허리까지 뻗어 있는 붉은색 머리칼은, 검은 천으로 한데 묶어서 포니테일로 정돈했다. 한 치의 얼룩도 없는 목덜미가 노출되어 목뒤가 힐끔 보인다.

더욱이 시선을 내리자 위아래로 나뉜, 다시 말해서 비키니 형식의 검은색 수영복을 입고 있었다. 적당한 크기이면서 아름다운 두 언덕이 수영복으로 가려져 있지만, 숨길 수 없는 골짜기가 분명히 그 사이에 있었다. 덧붙여서 대담하게 공기에 노출된, 탄탄하면서도 매끄러운 팔과 다리도 형용키 어려운 매력을 풍긴다.

그리고 어떤 의미로 무엇보다도 토모야의 마음을 뒤흔드는 원인이 된 것이, 리네가 그런 자신의 모습을 부끄러워하는 태도를 보이는 것이다. 두 팔로 가슴이나 배를 가리려고 하거나 희미하게 볼을 붉게 물들인 모습이 참으로 선정적이면서, 동시에 대단히 귀엽게 보였다.

수십 일 전, 부끄러운 줄 모르고 알몸을 드러냈던 여성과 동일인물 같지 않았다.

"토, 토모야……. 가만히 보지만 말고, 뭐, 뭐라고 말을 해주면 좋겠다만……."

"어, 아아! 미안……."

리네 본인이 지적하자, 드디어 자신의 사고 속에서 빠져 나왔다.

아직도 조금 멍한 상태로, 토모야는 생각나는 대로 감상을 말했다.

"어, 어울린다. 귀엽다고, 생각해."

"귀, 귀귀귀, 귀여?!"

그 감상을 듣고서, 리네는 김을 뿜으며 얼굴을 새빨갛게 물들였다. 익숙지 못한 말을 듣고서 부끄러워진 모양이다. 귀엽다.

그렇지만, 그것은 결코 인사치레나 토모야만 품은 감상이 아니었다. 길을 가는 사람들은 남녀를 가리지 않고, 리네에게 시선을 빼앗기고 있었다.

그런 생각을 하고 있는데, 갑자기 누군가가 등 뒤에서 찰싹 토모야에게 달라붙었다.

"있잖아 토모야! 나는?!"

"아아, 누군가 했더니 루……."

돌아보고서, 토모야는 다시 말을 잃었다.

조금 망연해진 다음, 차분하게 입을 열었다.

"뭐야. 그냥 천사군……."

"마족인데?"

그곳에 천사가 있었다.

햇빛을 받아 반짝반짝 빛나는 백은의 머리칼. 두 개의 검은 뿔은, 지금은 빨간색 리본을 두 개 감아서 가려뒀다. 그것이 또 아주 귀엽다. 분명 리네가 한 것이며 파인 플레이다. 앞으로 후드가 없는 옷을 입을 때는 이렇게 해버리면 되는 건가 생각했다.

루나리아가 입은 수영복은 이른바 원피스 타입이었다. 엷은 물빛의 수영복은 루나리아의 활발함, 순백, 청결을 증명하는 것 같았다. 그녀가 기운차게 뛸 때마다 수영복 자락이 하늘하늘 흔들렸다.

리네와 달리, 루나리아는 수영복 차림을 부끄럽다고 생각하지 않는 것 같다. 하긴 리네랑 비교하면 연령이나 노출 부분이 적으니까 생각해 보면 자연스런 일이다.

토모야의 말을 이해 못했는지 조금 갸우뚱 고개를 기울인 다음, 금방 마음을 고쳐먹은 것처럼 웃음으로 바뀌었다.

웃는 표정으로 토모야를 보면서, 그 자리에서 통통 신기한 스텝을 밟는다. 뭔가 기대하는 시선이다.

토모야는 금세 루나리아가 뭘 기다리는지 깨달았다.

"루나도 잘 어울린다. 엄청 어울려. 귀여워, 천시다."

"고마워! 기뻐, 에헤헤~."

순순히 감상을 말하자, 웃음이 함박웃음으로 진화를 이루었다.

그것을 보고 토모야는 불안해졌다. 이토록 귀여운 존재가 주위의 흥미를 끌지 않을 리 없다.

유괴가 일어날 가능성이 있어! 일단 방벽을 사용하고, 더욱이 언제나 천리안으로 루나리아가 있는 장소를 감시하자. 만약의 때에 달려갈 수 있도록, 사전에 민첩 스테이터스를 1조 정도로 해두고—.

뭔가 생각에 잠긴 토모야. 양손을 얼굴에 대고 쑥스러워하는 리네. 기쁘게 웃음을 짓는 루나리아. 그 세 사람을 본 주변 사람들은, 예외 없이 이상한 걸 보는 눈이었다.

"첨벙, 이야, 토모야!"

"우웃, 루나의 공격이네. 갚아줘야지—라고 생각하게 하고서, 리네!"

"으극! 설마 이럴 때 이쪽으로 물을 뿌리다니, 제법이군 토모야. 봐주지 않는다. 꺅—."

"에헤헤~. 이쪽도 잊으면 안 돼, 리네!"

"루, 루나까지 적이 됐다고……?"

"리네 씨, 지금 꺅, 이라고 했어?"

"아아아안 했다!"

누가 누구에게 무슨 말을 하고 있는지.

세 사람은 얕은 바다에서 물을 뿌리면서 즐기고 있었다.

바다에서 이런 놀이를 하는 건 어렸을 때 이후 처음인 토모야도 뜻밖에 즐겁다고 생각했다. 분명히 함께 있는 리네와 루나리아 덕분이겠지.

"……어디, 물 뿌리고 노는 것도 좋지만, 이제 그만 다른 것도 해보자."

바닷물로 젖은 머리칼을 손으로 크게 떨치면서, 리네가 말했다.

분명히 이것만으로도 충분히 즐겁다고 할 수 있지만, 오래 이어지면 아무래도 질리는 법이다.

"그러면, 나한테 좋은 생각이 있어."

"좋은 생각? 토, 토모야, 그건 뭐지?"

갑자기 토모야의 손에 구체— 다시 말해서 놀이용 비치 볼이 나타나자, 리네가 눈을 동그랗게 떴다.

이것은 창조와 연성을 조합해서 만들었다.

창조는 이쪽 세계에 온 뒤로 본 것밖에 만들지 못하니까, 직접 비치 볼을 만들 수는 없다. 그래서 이 세계에서 본 것 중에서 비치 볼의 소재에 가까운 것을 일단 만들어내고, 그 다음에 연성을 사용해 이 형태로 만든 것이다.

연성은 소재를 특정한 형태로 바꾸는 스킬. 본래는 종언수의 핵을 검으로 만들기 위해 필요한 스킬이 없을까 찾다가 발견한 스킬이다.

"이건 비치 볼이라는 거야. 서로 손으로 튕겨내면서, 떨어뜨린 쪽이 지는 거지."

"즐거워 보여!"

"흠. 들어본 적이 없는 경기지만…… 그렇군. 바닷속이라는 움직이기 어려운 상황에서 재빨리 그 자리에 적합한 행동을 한다는 획기적인 트레이닝이군."

"리네 씨는 금방 그렇게 만사를 트레이닝으로 만드십니다."

"어, 어째서 갑자기 그렇게 남처럼 부르는 거지?"

그런 대화를 나눈 다음, 실제로 해보기로 했다.

처음에는 루나리아부터. 그녀는 양손을 써서, 토스의 요령으로 퐁 튕겼다.

"보냈어, 리네!"
"그래, 맡겨둬라!"
눈앞에 날아온 비치 볼.
리네는 그것을, 토모야에게 날리기 위해 전력으로 팔을 휘둘러—.

파앙 하고, 비치 볼이 파열됐다.

세 사람 사이에 정적이 깔렸다.
"……."
"……."
"어라? 볼 어디 갔어?"
파열되는 순간에 눈길을 돌려 버린 루나리아는, 무슨 일이 일어났는지 이해 못한 모양이다.
그런 가운데, 리네가 미안한 기색으로 말했다.
"미, 미안하다. 기합이 들어가서 공격 스테이터스를 끝까지 올려서 때려 버렸다. 다음에는 0으로 하고서 조심할 생각이다."
"어, 어어, 그런 거였구나. 그러면 어쩔 수 없지, 응. 그런 공격을 나한테 하려고 한 거냐고 여러모로 생각하는 바가 있기는 하지만, 일단 또 해보자."
말하면서, 토모야는 새로운 비치 볼을 만들었다.
"간다, 리네."
"그래!"

그리고 토모야는 언더핸드로 리네를 향해 비치 볼을 던졌다.

그것을 리네는 이번에야말로, 스테이터스를 이용하지 않은 본인의 힘으로만 때려서—.

파아아아앙! 어째선지 방금 전보다 몇 배 큰 소리와 함께 파열됐다.

"어째서?!"

평소에는 차분한 분위기를 꾸미고 있는 토모야가 성대하게 태클을 걸 정도의 사건이었다.

아니, 정말로.

어째서 리네의 본래 힘으로만 때렸을 때 더 격렬하게 파열되는 건지 알 수가 없다.

"아이참, 리네! 물건을 그렇게 부수면 안 돼!"

"죄, 죄송합니다……."

당사자인 리네는, 루나리아에게 혼나서 어깨가 축 늘어졌다.

그건 그렇다 치고, 지금 알게 된 것이 하나 있었다.

'리네 씨, 스테이터스가 없었으면 틀림없이 나보다도 힘 세.'

결국 그 다음에, 비치 볼은 다 합쳐서 열 개 망가졌다.

리네가 때릴 때마다 터져 나가고, 그것을 본 토모야가 어쩐지 슬퍼져서, 자기도 때려서 터뜨리기도 했다. 나름대로 리네를 위로한 것이었다. 그때마다 루나리아에게 물건을 소중히 여겨야 한다고 혼났다.

"있지, 토모야. 저거 뭐야?"

"응? 아아, 모래로 성을 만드는 거야."

루나리아가 가리킨 곳에는, 어린 아이들이 협력해서 성을 만드는 모습이 있었다.

그것을 보고 루나리아는 흥미가 생겼는지 눈빛을 반짝거렸다. 자기도 해보고 싶은 모양이다. 루나리아의 생각을 이해하고, 토모야는 그녀의 머리에 톡 손을 올렸다.

"좋아, 그러면 우리도 해보자."

"아! 응!"

그다음, 토모야 일행은 바다에서 나와 노는 장소를 모래사장으로 옮겼다.

루나리아에게 몇 번 혼나서 풀이 죽어 있는 리네도 뒤늦게 따라왔다.

"모래 놀이에 필요한 거라면…… 삽이랑 분무기인가?"

모래 놀이를 한 경험이 별로 없어서 지식도 애매하지만, 일단 떠오르는 물건을 만들어냈다.

일단, 삽, 분무기, 물동이를 만들었다.

이 또한 창조와 연성으로 만들어낸 것이다. 토모야가 파악할 수 있을 정도의 단순한 구조라면, 이 조합으로 대개의 물건은 만들 수 있다.

일단 물동이에 바닷물을 담고, 거기서 다시 분무기에도 넣는다.

"본 적이 없는 도구인데, 이건 대체……."

리네가 분무기를 들더니, 익숙지 않은 것인지 흥미롭게 여러 각도에서 살펴보았다.

"—윽?! 무슨, 이건 새로운 공격인가?"

"아니 그냥 자폭이야."

중간에 분사구를 자기 머리로 향한 채 레버를 당겨서, 눈에 바닷물이 들어가는 사건이 일어나기도 했다.

"눈이 따갑다……. 아니, 응. 마음을 고쳐먹어야지. 토모야, 루나, 할 거면 어엿한 성을 만들자!"

"응, 열심히 할래!"

"그래."

의욕이 가득한 두 사람에게 맞추어, 토모야는 조용히 고개를 끄덕였다.

수십 분 뒤.

"다 됐다!"

지금까지 집중하느라 말이 없던 루나리아가, 활짝 표정을 반짝이면서 외쳤다.

그녀 앞에는 높이 50센티미터쯤 되는 성이 있었다.

토대는 넓고 튼튼하며, 거기서 사각뿔 모양으로 위를 향해 뻗는다. 갖가지 의장으로 꾸며 놓았다.

크기는 대단치 않지만, 퀄리티는 수십 분 만에 만들었다고 생각하기 어려운 완성도였다.

"후~. 뜻밖에, 내 나이가 되어서도 열중할 수 있는 법이군."

"리네도 즐거워 보였어!"

"응, 루나랑 같이 만들었으니까."

루나리아와 리네가 하이파이브를 하면서 기쁨을 나누었다. 둘이 협력하여 그 성을 만들었기 때문이다. 미소녀 두 사람이 기뻐하는 모습은 옆에서 보기만 해도 충분히 그 존귀함이 느껴질 정도로 멋진 광경이었다.

그 광경을, 토모야는 조금 떨어진 곳에서 쪼그려 앉아 보고 있었다.

"와~, 굉장하다아."

완전히 패기를 잃은 목소리. 눈은 죽은 생선 같았다.

그 모습을 보다 못한 리네가 한숨을 내쉬었다.

"토모야. 이제 그만 기분이 나아져도 되지 않아?"

"아니 딱히 기분이 틀어진 건 아닌데."

"30분 가까이 가만~히 앉아 있는 사람이 할 말인가? 설득력이 전혀 없어."

어째서 이런 상황이 되었는가? 그건 간단하다.

수십 분 전, 다시 말해서 모래 놀이를 시작한 참에 토모야는 획기적인 방법을 떠올렸다.

그렇다. 땅 마법을 이용하면 거대한 성을 만들 수 있지 않을까?

결과적으로 그 계획은 성공했다. 일단 시작 삼아서 높이 5미터쯤 되는 성을 만들고— 그러고서 이 해수욕장의 감시원 같은 사람에게, 다른 사람에게 폐가 되니까 대규모 마법 행사는 하지 말라고 혼났다.

덤으로 루나리아마저도 「주변 사람한테 폐 끼치면 안 돼. 떽!」 하고 혼냈기 때문에, 풀이 죽어 버린 것이다. 마치 아까 전의 리네 같았다.

"좋아, 부활!"

"우와, 갑자기 뛰어 올랐군."

"그렇게 벌레를 본 것처럼 반응 안 해도 되잖아……."

마음을 고쳐먹고 일어서자, 리네가 놀란 반응을 보였다. 딱히 다른 뜻이 없는 순수한 반응이라 그런지, 괜히 더 토모야의 가슴에 와닿는 것이 있었다.

딱히 새로운 문이 열릴 것 같다거나, 그런 종류는 아니다.

토모야는 천천히 루나리아 곁으로 걸어갔다.

"그건 그렇고, 정말로 잘 만들었네."

"정말? 토모야도 도와줬으면 좋았을 텐데."

"맡겨만 둬. 지금 당장 땅 마법으로—."

"그건 안 돼."

"네."

들어 올린 팔을 조용히 내렸다.

루나리아에게 혼나면서까지 자기 의사를 밀어붙일 생각은 없는 토모야였다.

"그럼, 이제부터 어떡할까……."

그러나 그렇게 되면, 이제부터가 문제다.

루나리아와 리네가 만든 성은 이 크기와 형태로 완성됐으니

손을 대야 할 곳이 없다.

그렇다면, 모래사장이 아니라 다시 한번 바닷속에서 노는 것도 좋지 않을까? 물장구나 비치 볼로는 놀았다. 달리 또 뭐가…….

"리네, 뭔가 좋은 생각 없어? ……리네?"

방금 전까지 리네가 있던 장소에 그녀의 모습이 없는 것을 토모야는 깨달았다.

범위를 넓혀서 둘러보자, 조금 떨어진 장소에 리네가 있었다. 왠지 두 명의 남성과 이야기를 하는 모양이다.

'헌팅 같은 건가? 위험한걸……. 물론, 남자 쪽이.'

리네가 들으면 혼날 법한 생각을 내심 중얼거리며, 만약의 경우를 생각하여 토모야는 그곳으로 달려갔다.

"어엉? 그러니까 잠깐 정도는 괜찮잖아. 우리랑 같이 놀자고 하는 거 아냐."

"거절한다. 방금 전에도 말한 것처럼, 나는 일행이 있으니까."

"그런 녀석보다 우리랑 노는 게 즐겁다니까. 안 그래?"

말하면서, 남자들이 리네를 향해 팔을 뻗었다. —그러나.

"—자, 스톱. 그만 하시지."

"……토모야."

그 장소에 도착한 토모야가, 그 팔을 쥐었다.

리네가 이 정도 녀석들 상대로 고생할 리는 없다. 그렇지만 그거랑 남자들이 리네의 맨살에 닿아도 되는가는 다른 문제였다. 감정적인 면에서, 토모야는 그 행위를 절대 용납하지 않는다.

"크, 넌 뭐야!"

"갑자기 뭐 하는 짓이냐, 이 자식!"

남자들이 갑작스런 난입자에게 난폭한 태도를 보였다.

리네와 남자들 사이로 몸을 집어넣은 다음에 그 팔을 놓아 주자, 흥하며 휘두르는 반응을 보였다.

그다음, 두 사람은 징그러운 웃음을 지었다.

"항. 그 아가씨 일행이라는 건 너냐. 이건 뭐야? 약해 보이는 몸이잖아. 우리한테 거스를 생각이냐!"

"우리는 둘 다 평균 스테이터스가 5,000을 넘는다……. 이 굉장함을 알았으면 얼른 물러나!"

'그러니까 둘을 합쳐도 루나 이하, 란 거구만.'

루나리아는 이미 평균 스테이터스 10,000을 가볍게 넘고 있었다.

눈앞에 있는 남자들도 모험가로서 보자면 약한 게 아니겠지만, 지금까지 리네라는 실력자와 여행을 하고 S랭크 마물조차 식전 운동 삼아 쓰러뜨릴 수 있는 토모야에게는 잔챙이나 마찬가지였다.

"미안하지만 그럴 수는 없어……. 그리고 말해두는데, 우리가 틀림없이 더 강하니까 너희들이 돌아가는 편이 좋다. 훠이 훠이."

"크. 듣자 듣자 하니까……!"

"좋다 인마! 너 같은 꼬맹이, 한순간에 뭉개주지!"

"……결국 이렇게 되나."

그 자리에서 싸우려는 두 남자 앞에서, 토모야는 작게 한숨을 내쉬었다.

뒤에서 리네와 루나리아가 조금 걱정스럽게, 아니군. 귀찮은 일에 말려들었지만 문제없지? 라는 눈으로 자기를 보고 있다는 걸 깨닫고, 토모야는 가볍게 고개만 끄덕였다.

괜찮아. 어떻게든 한다.

'생각해 보면, 이렇게 노골적으로 시비를 거는 작자는 이쪽 세계에 와서 처음인가?'

매그리노 산맥에서 만난【강철의 방패】멤버는 처음에는 토모야와 리네를 깔보는 태도였지만, 실제로 마물이 나왔을 때는 오히려 두 사람을 감싸려고 싸워주었다.

종언수에서 만난 피네스는, 그저 무작위로 살의를 뿌리는 존재였으니까 카운트하면 안 될 것이다.

그들과 달리, 이번 소동은 이른바 템플릿 전개라고 할 수 있었다. 처음으로 이 세계에 왔을 때 느낀 두근거림과 비슷한 것을 토모야는 느끼고 있었다.

그렇다. 다시 말해서 미소녀(리네 = 최강)에게 손을 대려는 불한당(루나리아의 절반도 안 되는 실력)을 압도하여, 그다음에 미소녀가 반하게 된다는 그거다!

'좋~아. 일단 크게 다치지 않을 정도로 쓰러뜨리자. ―응?'

"윽, 허……."

"뭐―."

그러나, 기합을 다시 넣은 토모야 앞에서 신기한 현상이 일어났다.

아직 전투가 시작되지도 않았는데, 갑자기 남성 두 명이 무릎을 굽히고 그 자리에 쓰러진 것이다.

원인은 그 다음에 금방 알았다.

“괜찮아, 당신들? 곤란한 것 같아서, 조금 협력을 했는데.”

“당신은…….”

남성들이 쓰러지자, 그 뒤에서 그녀의 모습이 나타났다.

해수욕장에는 안 어울리는 짙은 남색 로브를 입었고, 후드를 깊숙이 눌러써서 용모를 완전히 살필 수는 없었다. 괜히 윤기가 도는 입술이나 하얀 피부, 그리고 보라색 머리칼만 볼 수 있었다.

목소리로 추측하건대, 서른 전후의 여성일 거라고 토모야는 판단했다.

그렇게 분석하고 있는데, 뒤에 있던 리네가 한 걸음 앞으로 나섰다.

“저기…… 지금, 당신이 뭔가 한 겁니까?”

“그렇게 대단한 건 아냐. 대화를 듣고서 명백하게 이쪽 두 명이 잘못한 걸 알았으니까, 마비성의 마법을 조금 걸었어. 물론 후유증 같은 게 남는 것도 아니고, 금방 눈을 뜰 거야. 당신들이 신경 쓸 필요는 없어. 내가 좋아서 한 일이니까.”

“그런, 가요……. 도와주셔서, 감사합니다.”

“아니야. 힘이 됐다면 영광인걸.”

조금 석연찮은 기색이지만 감사를 표하는 리네에게, 여성은 그 말을 남기고 물러나고자 했다.

"앗, 저기, 하다못해 이름이라도."

"이름? 그렇네……."

리네의 물음에 조금 고민하는 모습을 보인 다음, 그 여성이 말했다.

"룰러, 라고 불러줄래?"

"룰러 씨, 인가요……?"

"그래. 그러면, 정말로 안녕."

그 말을 남기고, 룰러라는 여성이 돌아갔다.

남겨진 것은 토모야, 리네, 루나리아와, 땅바닥에 쓰러진 남성 두 명뿐.

"……어쩐지, 영문을 모를 전개였네."

조금 생각하는 바가 있긴 했지만, 신경 써도 어쩔 수 없다고 생각을 고친 토모야가 차분하게 시선을 내렸다.

"이 둘은, 어쩐다……."

룰러는 금방 눈을 뜰 거라고 했지만, 아무래도 몇 분 정도만에 깨어날 기색은 없었다.

어쩌면 좋을까 고민하고 있을 때, 그 소리가 울렸다.

"큰일 났다아! 크라켄 슬라임이 나왔다아아아아!"

그 외침이 울려 퍼진 순간— 해수욕장에 있는 사람들은 예외 없이 아비규환의 반응을 보이고, 바다에서 떨어지고자 달려갔다.

"말도 안 돼?! 여기에는 마물이 안 나올 텐데! 게다가 크라켄 슬라임이라니!"

"그런 생각을 하기보다 지금은 도망쳐야 해! 비명은 저쪽에서 들렸어! 어서!"

"목숨을 걸고서라도 이 자리에 남아야 할까…… 어떻게 해야 하지, 젠장!"

사람들의 얼굴에는 틀림없는 공포가 붙어 있었다.

남성의 얼굴에는 마치 자신에게 죽음이 닥치는 것 같은 공포가, 그리고 여성의 얼굴에는 굳이 따지자면 불한당에게 습격을 받은 것 같은 초조함이 있었다.

그리고 개중에는 그 자리에 우두커니 서서 갈등의 표정을 짓는 남자도 있다. 뭐가 어떻게 된 건지 알 수 없는 광경이었다.

"윽, 뭐하고 있어, 토모야! 얼른 도망친다! 루나도!"

그런 사람들의 모습을 바라보고 있는데, 리네가 격렬하게 질타했다.

그녀 또한 다른 여성과 마찬가지로 초조한 기색이었다.

크라켄 슬라임— 이름을 들어보니 틀림없이 마물이리라. 게다가 슬라임이라면 토모야에게는 RPG로 익숙한 존재다.

보통 여행의 초반에 나오는 가장 약한 적의 대명사 같은 마물. 실력자인 리네가 두려워하는 이유를 토모야는 알 수 없었다.

"리네, 크라켄 슬라임이라는 건 대체—."

그 순간, 푸와악 하고 바다가 솟아오르는 소리가 성대하게 울렸다.

토모야는 반사적으로 그쪽에 시선을 돌리고, 그리고 눈을 의심했다.

"무슨."

바다에서 모습을 드러낸 것은 성처럼 거대한, 번들거리는 두 개의 적색 눈을 가진 오징어 같은 머리에 문어 같은 촉수를 가진 투명한 생명체였다.

어느 정도 위협인지 확인하고자 감정을 발동했다.

【크라켄 슬라임】— B랭크 중위 지정.

분명히 강력한 마물이라고 할 수는 있겠지만, 결코 토모야나 리네가 뒤쳐질 상대가 아니다. 따라서, 괜히 더 리네의 초조한 기색을 이해할 수 없었다.

그렇게 생각하고 있는데, 갑자기 크라켄 슬라임이 공격을 시작했다.

햇빛을 반사하는 투명한 촉수. 보통 오징어나 문어하고는 달리 30개 가까운 그것을 차례차례 사람들에게 뻗었다.

"윽! 공참!"

토모야의 움직임은 빨랐다.

반사적으로 창조를 발동, 리네에게 만들어준 것과 같은 검을 만들었다.

그리고 또한 그녀의 특기, 검술과 공간 마법의 복합기인 공참을 뿌렸다.

그러나 그걸로도 반사적으로 대응한 것은 10개 정도뿐이었다. 게다가 잘린 부분에서 새로운 촉수가 차례차례 돋아난다.

남은 촉수는 무참하게도 사람들을 덮쳤다. 그 촉수에 튕겨 나간 남성은 탄환 같은 기세로 날아가고, 여성은…… 튕겨 나가는 게 아니라 어째선지 촉수가 몸을 더듬는 것처럼 휘감긴 다음 그 촉수 안으로 빨려 들어갔다.

"이건 또 엄청나네. —그게 아니라 이대로는 저 사람들이 위험해!"

조금 엉뚱한 사고를 억지로 머리에서 쫓아내고, 토모야는 현재 상황 파악에 힘썼다.

크라켄 슬라임 안에 빨려 들어간 여성들은, 마치 물에 빠져서 숨을 못 쉬는 것처럼 버둥거렸다. 더욱이 그 상태 그대로, 어째선지 촉수에서 머리 부분까지 여성의 몸이 흘러간다.

만약 그것이 크라켄 슬라임의 의지라면, 머리까지 도착했을 때 무슨 일이 일어날지 모른다. 당장 그녀들을 구해내야 한다. 그렇게 생각하여 행동하려고 한 토모야가 다음 순간에 더욱 경악하여 눈을 부릅뜨게 되었다.

"무…… 수영복이, 녹고 있어?!"

그렇다. 크라켄 슬라임 안에 빠진 여성들이 입고 있는 수영복이 점점 녹아버리더니, 태어난 그대로의 모습이 드러나고 있었다. 동요하는 사이에도 다른 여성들이 점점 촉수 안에 빨려 들어가고, 남성은 예외 없이 튕겨 나갔다.

"이건 어린애한테는 보여줄 수가 없어!"

"후에? 어두워졌어!"

그런 광경을 보고, 토모야는 반사적으로 검을 쥐지 않은 왼손을 뻗어 루나리아의 시야를 가렸다. 그냥 여성의 알몸이라면 루나리아가 봐도 문제없지만…… 슬라임 안이라는 상황도 어우러져서, 조금 어린애가 보기에는 과격했다.

"큭. 이렇게 되면 아무리 그래도 버리고 갈 수는 없군!"

"윽, 리네. 저 사람들을 구할 수단이 있는 거야? 그리고 애당초 저 마물은 대체 뭐야?"

"저건 크라켄 슬라임. 통칭 여성의 천적으로 불리는 마물이다! 남성은 촉수로 튕겨내고, 여성은 몸속에 붙잡아서 옷을 녹여 알몸으로 만들지!"

"……오, 오오. 아니— 그래서, 이 상태가 이어지면 저 사람들은 어떻게 되는데? 옷만 녹는 게 아니라, 몸까지 녹거나 그러지는—."

"그런 일은 없다! 잠깐 지나서 만족하면 해방해준다. 다만, 저 안에서는 인간이 호흡할 수가 없어. 이대로는 해방되기 전에 호흡 곤란으로 죽는 사람이 나올지도 몰라!"

"그, 그렇구나. 일단 구해내야 한다는 거구나."

결국 뭘 하고 싶은 마물이냐는 생각이 안 드는 것도 아니지만, 일단 현재 상황의 해결에 사고를 기울였다.

"그래서, 어떻게 하면 쓰러뜨릴 수 있어? 촉수를 베어도 금방 돋아났는데…….”

“적은 슬라임종이다. 핵(코어)을 부수지 않으면 몇 번을 쓰러뜨려도 부활한다…… 머리 부분에 은색의 구체가 있지? 저게 핵이다!”

그 말을 듣고 시선을 돌리자, 적색 눈 안쪽에 분명히 축구공 사이즈의 은색 구체가 있었다.

저걸 부숴야 한다는 건 토모야도 알았지만…… 더욱 문제가 있었다.

“젠장. 빨려 들어간 사람들이 벽이 되어서, 원거리 공격을 할 수가 없어!”

그렇다. 핵을 원거리에서 직접 노리고자 해도, 다른 사람들을 끌어들이지 않고 공격을 맞출 자신이 토모야에겐 없었다.

그렇다면 광신— 토모야가 지정한 마력만 소멸시키는 마법을 쓴다면, 여성들에게 피해 없이 쓰러뜨릴 수 있을지도 모른다.

그렇게 생각하여 크라켄 슬라임의 마력을 확인하고자 색적 스킬을 사용했지만, 그러자 또 문제가 기다리고 있었다.

“이건 뭐야? 크라켄 슬라임과 다른 사람들의 마력의 특성이 비슷하다?”

어떻게 된 건지 그녀들의 마력의 특성이 비슷하다. 이대로는 빨려 들어간 여성들도 소멸시켜버릴 위험성이 있다.

그 원인을 찾기 위해 색적을 보다 깊이 사용하자, 드디어 알 수 있었다. 크라켄 슬라임은 여성들의 수영복을 그냥 녹인 게 아니라, 두르고 있는 마력과 함께 흡수한 것이다.

그 결과, 크라켄 슬라임 자체의 마력이 변질되어 여성들의 마력에 가까워졌다……. 여성의 수영복을 흡수하는 것으로 만족 못 하고 그 여성이 되려고 하는 건가. 이런 변태적인 마물이 있다니! 토모야는 전율했다.

뭐가 어찌 됐든, 광신을 사용하기 어렵다는 건 이해했다.

다른 방법을 생각할 필요가 있다.

'직접 뛰어들어서 핵에 접근할까? 아니, 그것도 결국은 날아간 곳에 사람이 나타나면 부딪히잖아. 그렇군. 그래서 크라켄 슬라임은 핵을 지키기 위해 빨아들인 사람들을 핵 근처에 옮긴 거구나.'

여기까지 생각하고 최종적으로 나온 결론은, 토모야가 이 자리에서 크라켄 슬라임을 공격할 수 없다는 것이었다. 안에 빨려 들어간 여성이 직접 핵을 공격해주면 이야기가 간단한데…… 거기까지 생각하고서, 토모야는 좋은 생각을 떠올렸다.

"그렇지! 내가 저 녀석에게 일부러 빨려 들어가서, 핵을 파괴하러 가면!"

그렇다면, 다른 사람을 공격에 끌어들일 걱정이 없어진다.

그렇게 생각한 토모야였지만, 아니. 리네가 고개를 옆으로 저었다.

"그건 불가능하다. 말했지. 크라켄 슬라임이 빨아 들이는 건 여성뿐이야. 남성은 촉수로 튕겨내지……. 토모야라면 그렇게 쉽사리 날아가진 않겠지만, 그래도 흡수되지 않는 건 다를 바 없어."

"크, 그러면 어떡하면……."
"이야기는 간단해. 네가 아니라— 여성인 내가 가면 된다."
"—윽!"
리네의 뜻을 깨닫고, 토모야는 커다랗게 눈을 부릅떴다.
"하지만, 그건! 만약 네가 크라켄 슬라임에게 빨려 들어가면 다른 사람들처럼……."
"그 이상 말하지 않아도 돼, 토모야."
살며시 돌아보는 리네의 비취색 눈동자가, 가만히 토모야를 바라보았다.
거기에 담긴 것은 분명한 결의였다.
그리고 상냥한 웃음을 지었다.
이미 모래사장에 남은 의식이 있는 사람들은 토모야 일행뿐이었다.
여성은 예외 없이 크라켄 슬라임에게 빨려 들어갔고, 남성진은 어쩐지 기절해 있었다.
크라켄 슬라임이 더욱 먹잇감을 찾아서 뻗는 촉수들을 토모야가 한 손으로 공참을 사용해 막아내는 가운데— 두 사람은 서로의 마음을 이해했다.
"……갈 거야?"
"응. 그게, 나만이 할 수 있는 일이니까."
"각오는 되어 있는 거구나?"
"그래."
작전을 실행하면 기다리는 것은 지옥. 당연히 리네가 그걸 이해하지 못할 리 없다.

그래도 망설이지 않고 수긍하는 그녀를 보고, 토모야는 생각했다.

리네를, 믿고 싶다. 자신이 일으킬 수 없는 기적을, 그녀라면 분명히 이룩할 수 있을 거라고.

"알았어. 그럼 나는 하다못해, 내 마음을 너에게 맡길게."

"이건……."

토모야는 오른손에 든 검을 살며시 내밀었다.

리네의 검은 여관에 두고 왔으니, 지금 이 자리에 없다.

그렇기에, 이 검을 맡길 생각이었다.

"고마워, 토모야. 네 마음, 분명히 받았어."

리네가 말하고 검을 받았다.

그리고 크라켄 슬라임과 마주 보았다.

저 멀리 후방까지 펼쳐진 대해와, 앞길을 막아서는 거대한 마물.

그것을 앞두고 검을 겨누는 리네의 뒷모습을 보고, 토모야의 눈동자는 조금씩 촉촉해졌다.

"리네, 나는 믿고 있는다! 너라면 할 수 있어! 해낼 수 있다고!"

"그래. ―맡겨둬."

리네는 빈 왼손을 옆으로 뻗어서 척 엄지를 세웠다.

그리고 기어이, 모래사장을 힘차게 박차고 달렸다.

용감한 그 모습에서 눈을 떼는 건 결코 용납되지 않는다.

"……나도, 볼래."

"루나?"

작고, 그렇지만 강한 의지가 담긴 목소리가 들렸다.

이어서 토모야의 왼손을 루나리아의 작은 양손이 꼭 쥐고서, 천천히 자기 얼굴에서 떼었다.

그리고 촉촉한 벽안으로 토모야를 올려다보았다.

"나도, 리네가 노력하는 모습, 볼 거야. 봐야 하니까!"

"루나…… 그래, 그렇구나. 함께, 지켜보자."

루나리아의 각오는 진짜배기다.

토모야가 내민 오른손에, 루나리아의 왼손이 닿았다.

두 사람은 손을 맞잡고 리네의 노력에 시선을 옮겼다.

"하아아아아아!"

리네는 적색의 긴 머리칼을 나부끼면서, 몸에 달라붙는 촉수를 검으로 베어내고 절단면에 스스로 돌진했다.

한순간 숨이 막힌 것처럼 표정을 찌푸렸지만, 필사적으로 버티면서 크라켄 슬라임 안을 헤엄쳐 핵까지 이동했다.

중간에 그녀가 입은 검은색 수영복이 녹아서, 하얗고 매끄러운 피부가 아낌없이 노출된다. 그래도 멈추지 않고, 리네는 똑바로 돌진했다.

"가라."

"가."

토모야와 루나리아의 성원에 응답하듯, 드디어 리네는 핵 근처까지 도달했다.

리네는 그대로 힘차게, 손에 든 검을 휘둘렀다!

""해치워어어! 리네에에에!""

그것을 본 순간, 두 사람의 성원이 더욱 뜨거워졌다.

두 사람의 외침이 겹치고, 그리고.

리네의 검이 핵을 베어낸 순간, 세상이 화려한 빛에 휩싸였다.

그리고 몇 초 뒤, 서서히 빛이 잦아들었다.

리네가 휘두른 검이 핵을 베어내고, 크라켄 슬라임이 소멸한다. —그걸로 끝나면 다행이라고 할 수 있지만.

"저런!"

핵이 파괴된 순간, 빛과 함께 내부에 축적한 마력을 일제히 방출했다. 그것 자체는 다른 사람을 상처 입히는 힘이 아니지만, 순수한 에너지가 터지며 사람들을 밀어냈다.

다시 말해서 핵을 중심으로, 크라켄 슬라임 안에 있던 여성들이 일제히 날아간 것이다.

"—윈드!"

이대로는 여성들이 세차게 해면에 떨어져 버린다. 아래가 물이라도, 이 기세로는 틀림없이 크게 다친다.

그래서 토모야는 반사적으로 바람 마법을 사용하여 그녀들의 몸을 살살 받아냈다. 그대로 섬세한 마력 조작을 하여 모래사장으로 옮겼다.

그녀들을 구해내는 건 성공했다. 그러나,

"젠장, 리네!"

그렇지만 핵과 가장 가까이 있던 리네는, 마력 폭발의 영향을 누구보다도 크게 받았다. 그녀는 세차게 날아가서, 바다가 아니라 모래사장 쪽으로 떨어졌다.

그곳은 바람 마법의 범위 밖이다. 이대로는 리네가 모래사장에 세차게 떨어져 버린다. 무의식중에, 토모야는 그녀의 추락을 막고자 달렸다. —리네라면 여유 있게 착지할 수 있다는 사실을 잊고서.

"윽, 토모야?!"

"으헤구악?!"

결과적으로, 두 다리로 착지하려고 한 리네가 아래에 있는 토모야를 피하고자 억지로 몸을 틀었다.

그러나 급하게 하는 바람에 제대로 되지 못하고, 자세가 무너진 채 떨어져 버렸다.

리네와 토모야는 뒤엉키며 그 자리에 쓰러졌다.

"아야야……."

아니, 솔직히 아픔은 전혀 없다. 그렇지만 뒤통수부터 땅에 쓰러졌다는 사실에, 토모야는 무심코 그렇게 중얼거려 버렸다. 리네와 부딪힌 순간, 그만 눈을 감아 버렸기 때문에 지금 어떤 상태인지 모른다.

그것을 토모야는 손을 더듬어 확인하고자—.

말랑.

"……으응!"

—두 손이, 뭔가 부드러운 것을 쥐었다. 손바닥에서 아주 약간 넘칠 것처럼, 조금 힘을 주기만 해도 간단히 형태가 바

뀔 것 같은…….

그리고 손바닥의 중심에는 부드럽기만 한 게 아닌 신비로운 감촉도 있었고, 어째선지 동시에 리네가 뭔가를 견디는 것처럼 소리를 내서—.

'서, 설마 이건!'

그제야, 토모야는 눈을 떴다.

그러자, 조금 고개를 올리기만 해도 입술이 닿을 법한 가까운 곳에 리네의 얼굴이 있었다. 하얗고 매끄러운 피부가 희미하게 붉어지고, 평소에는 자신이 가득한 비취색 눈동자는 어쩐지 촉촉함이 늘어나서 토모야를 바라보고 있었다.

그 시선에서 도망치듯 시선을 내리자 매끄러운 쇄골이 있고, 더욱이 그 아래에는 분명한 탄력이 있을 법한 두 언덕과…… 그것을 붙잡은 자신의 손이 있었다.

"으응…… 앗, 거기는 안 돼, 토모야……. 으응!"

혼란에 빠져서 오버히트된 머리에 추가 공격을 하듯, 리네의 요염한 목소리가 뇌수에 침투하여 사고가 멎었다.

"미, 미안! 지금 비킬 테니까—."

그리고 몇 초 뒤, 퍼뜩 제정신을 차렸을 때는 이미 늦었다.

"—이, 바보, 토모야!"

바로 위에서, 리네의 오른손이 떨어지는 것을 멍하니 바라보는 수밖에—.

"아파!"

—토모야의 볼을 때리고, 반대로 아파 보이는 리네를 보았다.

그렇다. 방어 스테이터스는 지금도 ∞이기 때문에, 모든 힘이 그대로 리네에게 돌아간 것이다.

어쩐지 터무니없이 미안해졌다.

"조, 좋아, 리네! 방어 스테이터스를 0으로 바꿨어! 한 번 더!"

"윽, 또 너는 그런 짓을……! 이 바아보오오!"

그런 대화를 거친 다음에 또 일격을 받아서, 훌륭하게 기절했다.

◇◆◇

"아직도 아파……."

그날 밤, 토모야 일행이 묵는 여관의 식당에서, 토모야는 자기 볼을 문지르며 중얼거렸다.

그곳은 리네의 손 모양으로 빨갛게 물들어 있었다. 그녀의 따귀로 생긴 것이다. 치유 마법을 쓰면 지울 수 있겠지만, 그럴 생각이 안 들었다.

"그건 그렇고, 리네도 공격 스테이터스 0으로 하고 때렸을 텐데……. 그걸로 기절하다니, 본래 힘이 대체 얼마나……."

그런 식으로, 리네가 들으면 화낼 법한 말도 했다.

아무래도 그녀는 부끄러워서 토모야와 얼굴을 마주칠 수가 없는 모양이다. 더욱이 조금 삐쳐서 방에 틀어박혔다. 몇 번이나 깊숙하게 엎드려 사과해도 그랬다.

방을 하나밖에 안 잡았으니까, 잘 때는 또 얼굴을 봐야 하는데…… 그때는 뭐 그때다.

"토모야, 괜찮아? 내가 치료해줄까?"

그리고 옆에 앉은 루나리아가 걱정스럽게 올려다보며 말했다.

"아니, 괜찮아. 이건 자연치유에 맡길게."

"그래? 하지만 언제든지 내가 치료해줄 테니까, 언제든지 말해줘!"

"그래, 고마워, 루나리아엘."

"누구?"

그 상냥함에 어리광을 부리고 싶기도 하지만, 이건 자신에 대한 벌이다.

냉정하게 돌이켜보면, 좀 더 잘 행동할 수 있었다.

그때 신기하게 분위기에 휩쓸려서 리네가 알몸으로 크라켄 슬라임을 쓰러뜨리는 모습을 지켜본 것도 수수께끼고, 애당초 리네가 돌입하기 전에 그녀에게 방벽을 걸어두면 수영복이 녹지 않았을 것이다.

"아니, 알몸을 보고 싶어서 굳이 제안하지 않은 게 아니야. 생각이 안 난 거야. 정말로 정말이야."

"누구한테 말하는 거야? 토모야 이상해."

루나리아와 즐겁게 대화를 하면서, 토모야는 결국 그다음에 어떻게 됐는지, 그 자리에 있던 감시원 여성(모래성을 만들었을 때 토모야를 혼낸 사람)에게 들은 내용을 떠올렸다.

리네의 활약으로 크라켄 슬라임의 토벌에 성공하고, 구할 때까지 시간이 빨랐던 덕분에 호흡 곤란의 후유증이 남은 사람도 없으며, 토모야의 바람 마법 덕분에 기적적으로 부상자도 없었다. 다만, 어디까지나 여성들은 그렇단 것이다. 그 자리에 남아 알몸을 보려고 한 괘씸한 남성들은 다들 크게 다쳤다.

그리고 부상보다 힘들었던 것이, 크라켄 슬라임을 쓰러뜨린 순간에 모래사장으로 돌아가려는 남성들을 무사한 여성들이 전력으로 막은 것이었다고 한다. 결과적으로, 남성이 모래사장에 도착하기 전까지 모두 옷을 입는 것에 성공했다. 리네도 포함해서.

그 밖에 문제가 있었던 것은, 본래는 마물이 나올 리 없는 아리안테 해수욕장에 B랭크의 마물이 나타났다는 것이다.

애당초 크라켄 슬라임 정도로 거대한 마물이 그토록 가까이 접근하고 나서야 간신히 존재를 깨달았다는 것도 그다지 생각하기 어렵다.

그런 것에 관해서는 이제부터 조사를 하는 모양이다. 해수욕 자체는, 보다 경비를 견고하게 해서 앞으로도 금지하지는 않는다고 하지만.

참고로 이번 일에서 활약한 리네에게는 나중에 포상금을 준다고 했다. 그 이야기도 방에 틀어박힌 그녀에게 전달해야 한다.

"뭐, 오늘 일에 대해서는 그 정도로 좋다 치고…… 내일부터는 어떡할까?"

출발 일시는 사흘 뒤. 어쩐지 밀도가 높아서 잊을 것 같았지만, 오늘 점심 무렵에 노스 포트에 도착한 참이라서 아직 여기 머무른 기간은 하루도 안 됐다. 나머지 이틀 동안 어떻게 놀 것인지 생각할 필요가 있었다.

"우~응, 그렇네……. 루나."

"응? 왜~애, 토모야?"

"내일, 같이 노스 포트를 관광할래? 딱히 목적도 없이 설렁설렁. 물론 리네한테도 말해볼 거지만, 지금 상태를 봐선 따라오지 않을 것 같으니까…… 만약 그러면, 둘이서 가게 될 거야."

"앗! 갈래! 데이트네, 기뻐."

"데이트……인가?"

분명히 남녀 둘이서 외출하는 건 데이트라고 하지만, 토모야와 루나리아는 나이 차이가 있으니 그렇게 말해도 될지 불명이다.

그렇지만 루나리아의 기쁜 웃음을 보면, 그거면 된다고 생각해 버린다.

"그래, 데이트야. 루나, 내일 나랑 데이트하자."

"응, 알았어!"

그렇게, 내일 예정이 정해졌다.

주변 손님들의 수상쩍은 시선을 대가로 지불하고.

"바~보, 바~보. 토모야는 바~보."

"……있잖아 리네, 내일 루나랑 같이 노스 포트를 관광할

건데, 너도 안 올래?'

"안 가. 바~보, 바~보."

그날 밤. 리네에게 그런 귀여운 매도를 들으면서 토모야는 쓴웃음을 지었다.

그다음부터 계속, 토모야가 아무리 사과해도 이런 느낌이었다. 그런 주제에, 자기가 때려서 토모야를 기절시켜 버린 것에 대해서는 성실하게 사과하러 온다는 기특한 일도 있었지만.

'뭐, 내일이면 어느 정도 진정되겠지.'

그렇게 토모야는, 등에 그녀의 시선을 느끼면서 천천히 잠들었다.

그의 품 안에서, 루나리아도 새근새근 숨소리를 내고 있었다.

대천사다.

다음 날, 점심 전.

토모야는 자기가 묵고 있는 여관에서 조금 떨어진 길가에 홀로 서 있었다.

루나리아가 함께 여관에서 나오는 게 아니라 약속 장소에서 만나고 싶다고 했기 때문이다. 아무래도 그녀가 가진 데이트의 이미지를 실행하고 싶은 모양이라, 토모야도 그것에 어울려주기로 했다.

"기다렸지, 토모야!"

이렇게 생각하고 있는데, 익숙한 소녀의 목소리가 고막을 흔들었다. 토모야는 천천히 그쪽에 시선을 돌리고— 이어서 말을 잃었다.

어제처럼 후드가 달린 로브가 아니다. 무릎 아래에서 하늘하늘 흔들리는 귀여운 프릴이 달린, 순백의 원피스풍 의상을 루나리아는 입고 있었다. 루나리아의 순진함과 귀여움이 흘러넘치는 복장이었다.

두 개의 검은 뿔은 빨간색 리본을 달아서 숨기고 있었……는데, 그걸로 더욱 루나리아의 활발한 인상을 표현할 수 있게 됐고—.

"—아아, 번거로워. 이건 말로 표현할 수 있는 차원이 아니야! ……그러나, 일단은 한 마디. 루나, 엄청 잘 어울려."

"에헤헤~, 고마워! 리네가 코디네이트? 그거 도와줬어!"

"아아, 그랬구나. 어쩐지 내가 본 적 없는 옷을 입고 있다 생각했지."

"응, 요전에 리네랑 샀어!"

어제 그렇게 「우우웅~」 했고, 오늘 아침에도 「우웅~」 하면서 신음했던 리네도, 토모야가 아닌 루나리아한테는 상냥하게 협력해주는 모양이다. 간접적으로 토모야에 대한 협력이라고 할 수도 있을 것이다.

이렇게 되면 돌아올 무렵에는 「웅~」 정도로 화가 가라앉지 않을까 하고 토모야는 생각했다.

"……토모야, 손!"

"응? 아아."

내려다보니, 루나리아가 오른손을 토모야에게 내민 귀여운 모습이 보였다. 망설이지 않고 왼손으로 꼭 잡자, 루나리아는 기뻐하며 웃음을 흘렸다.

"그러면, 가자!"

"그래."

그런 식으로, 토모야와 루나리아의 데이트가 시작됐다.

바다가 가까워서 그런지, 바닷바람의 독특한 냄새가 코를 간질였다.

다종다양한 종족과 그에 맞는 가게가 펼쳐지는 잡다한 거리를, 토모야와 루나리아는 손을 잡고서 즐겁게 걷고 있었다.

"봐, 토모야! 이거, 굉장해!"

"……분명히, 굉장하네."

루나리아가 가리킨 것은, 어느 가게에서 팔고 있는 생선의 꼬치구이였는데…… 다만 사이즈가 범상치 않았다. 생선은 그야말로 토모야의 크기를 넘어서고 있으며, 꼬치는 이미 그냥 창이다.

누가 사서 먹는 건지, 전혀 알 수 없을 정도였다.

"옷, 아가씨랑 형씨. 눈이 높은걸. 먹고 갈래?"

조금 떨어진 곳에서 바라보고 있는데, 가게 주인이 깨닫고 권해주었다.

"아, 아뇨. 아무래도 이 사이즈는 좀……."

"아아, 이건 그냥 호객용이야. 가끔 대식가 모험가가 경쟁하면서 먹는 일도 있지만……. 자, 이쪽에 보통 사이즈도 있어."

그러면서 가게 주인이 가리킨 가게의 조금 안쪽에, 일반적인 사이즈의 꼬치구이가 놓여 있었다.

"뭐, 그거라면 먹을 수 있겠네…… 루나, 먹어볼래?"

"응, 먹어보고 싶어!"

"알았어. 두 개 주세요."

"감사합니다!"

동화와 두 개의 꼬치구이를 교환하고, 하나를 루나리아에게 주었다.

""잘 먹겠습니다.""

둘이 동시에 말하고, 토모야는 손에 든 그것을 깨물었다. 바삭바삭한 껍질에, 흰살생선과 비슷한 두툼한 생선 살. 씹을 때마다 감칠맛이 담긴 지방이 일품이었다.

"맛있어!"

루나리아도 대단히 만족했는지, 한 입 먹고서 눈빛을 반짝거린 다음에 이어서 우물우물 먹었다.

"하핫, 아가씨 잘 먹는걸. 그렇게 맛있게 먹으면 이쪽도 기쁘지. 형씨들은 남매나 그런 거야?"

"저기, 뭐 그런 셈이죠."

"……우웅."

토모야는 딱히 사실대로 설명할 필요가 없다 싶어 수긍했지만, 그것을 들은 루나리아의 볼이 부풀어 올랐다. 다만, 꼬치구이를 너무 먹어서 입 안이 가득 찼을 가능성도 있다.

'어느 쪽이든 귀엽다. 자 해결.'

토모야는 그렇게 자기 완결을 했지만…… 꼬치구이를 다 먹고서, 더욱이 관광을 재개한 다음에도 루나리아의 볼은 부풀어 올라서 기분이 틀어진 모양새였다.

다만, 손은 꼭 잡고 있었다.

"루나~."

"……흥."

"아, 아니, 태도로 알 수 있으니까 말로 안 해도 돼."

"토모야!"

"앗, 네."

루나리아는 그 자리에서 반전하여, 작고 귀여운 검지로 토모야를 척 가리켰다.

"지금은, 데이트야. 남매 아닌걸."

"아니 딱히 그걸 고집할 필요는—."

"알았어?"

"—네."

"그러면, 좋아. 됐어."

양손을 허리에 대고서, 루나리아가 만족스럽게 콧김을 뿜었다.

옆에서 보면, 어엿한 어른이 어린 소녀에게 꽉 잡혀 있는 식으로 보이는 광경이었다. 실제로 주위에서 수상쩍은 시선이 여럿 날아온다.

뭐 지금 정도는 괜찮겠지. 토모야는 그걸 신경 쓰지 않기로 했다.

"그럼, 다시 가자. 루나."

"응!"
지금은 즐기는 게 최우선이니까.
"토모야, 여기, 여기 들어가자!"
"여기는…… 액세서리 같은 걸 파는 건가?"
적당한 음식점에서 점심을 먹고 나온 다음.
더욱 관광을 하는 가운데, 토모야와 루나리아가 도착한 곳은 액세서리 같은 소도구를 취급하는 작은 가게였다.
역시 여자애답게, 루나리아도 이런 것에 흥미가 있는 것일까? 그렇게 생각한 토모야에게 루나리아가 말했다.
"있잖아, 리네한테 줄 선물을 고르는 거야? 리네, 이렇게 귀여운 거 좋아하니까!"
"경악의 사실."
루나리아와 리네는, 토모야가 모르는 곳에서 친교를 다지며 서로의 취향도 아는 모양이다.
참고로 토모야는 문득 데이트 중에 다른 여자 이야기를 하다니! 하고 생각했지만, 관두기로 했다. 좋은 판단이다.
루나리아가 권하는 대로 둘이서 안에 들어갔다. 가게 안에는 반지나 목걸이 따위가 놓여 있었다. 싸구려부터 비싼 것까지 폭이 넓다.
그 가운데 루나리아는 어느 하나의 상품에서 눈길을 멈추었다.
"이거, 예뻐."
그것은 작은 보석이 끼워진 목걸이였다. 색이나 형태가 조금씩 다른 것이 놓여 있었다.

가격은 금화 몇 닢 정도. 토모야라면 간단히 살 수 있는 수준이었다. 그래서 토모야는 망설임 없이 결단했다.

"좋아, 그러면 이걸 사자. 리네 것만 사지 말고 루나 것도."

"……괜찮아?"

"당연하지. 데이트니까 뭔가 선물을 해도 되잖아?"

"……응!"

미소를 지으며, 루나리아는 기쁨을 드러냈다. 솔직히 이 웃음을 보기 위해서라면 금화는커녕 성금화 수백 닢을 지불해도 좋았다.

오히려 그 이상이다. 값을 매길 수 없다.

"루나는 이게 어울리지 않을까?"

잠시 상품을 바라본 다음, 토모야가 말하면서 하나를 집었다. 루나리아의 눈동자와 같은 파란색이며, 타원 모양의 보석이 끼워진 목걸이였다.

"와아, 예뻐……. 응, 그걸로 할래!"

"좋아, 그러면 결정. 다음은 리네 거네."

"어? 토모야 것도 고를 건데?"

"어? 내 것도?"

"응, 물론!"

루나리아는 망설이지 않고 고개를 끄덕이더니, 놀랍게도 핑크색의 목걸이를 토모야에게 내밀었다. 아무래도 그것이, 토모야에게 어울린다고 생각해서 루나리아가 고른 물건인 모양이다.

여러모로 갈등이 없는 건 아니었지만…… 토모야는 순순히 그녀의 의사를 받아들이기로 했다.

"그러면, 나도 그걸 살게."

"정말? 야호! 다음은 리네 거네!"

"그래."

그런 대화를 하면서, 토모야와 루나리아는 이것저것 말하면서 리네에게 어울리는 목걸이를 찾아…… 최종적으로 반짝이는 녹색의 보석 목걸이를 골랐다.

합쳐서 세 개를 구입하고, 토모야와 루나리아는 일단 밖으로 나왔다.

"그러면 루나, 자."

"……응, 와아아."

머리를 내미는 루나리아에게, 방금 산 목걸이를 목에 걸어주었다. 목에 건 다음, 루나리아는 자신이 목에 건 그걸 보고 기쁘게 웃음을 지었다.

"응, 어울린다."

"고마워!"

"나는…… 뭐 다음에 걸면 되지. 자, 손."

"응!"

루나리아의 함박웃음에 치유를 받은 다음, 토모야가 손을 내밀자 루나리아가 그것을 꼭 쥐었다.

아직 해도 높이 떠 있고 주변도 밝지만, 오늘은 이대로 여관에 돌아가기로 했다.

"그러면 돌아가자, 루나."

"응! 있잖아, 토모야. 오늘, 아주 즐거웠어."

"……그럼 다행이네."

함께 생선 꼬치구이를 먹고, 여기에 없는 리네의 선물을 생각하고. 그런 평소와 별로 다를 바 없는 데이트 내용이었지만, 그래도 루나리아는 즐거웠던 모양이다.

"나도 루나랑 같이 관광을 해서 즐거웠어."

"……에헤헤."

그래서 토모야도 순순히 자신의 마음을 전하고, 함박웃음을 짓는 루나리아와 함께 걸어갔다.

분명히 이제부터 몇 번이든, 이런 데이트를 할 수 있으리라.

그렇게 생각했기에— 다음 날 루나리아에게 흥미를 가지고 접근하는 무리와 만나는 사건이 일어날 것을 상상도 못 했다.

◇◆◇

루나리아와 데이트를 마치고, 이튿날 밤.

다시 말해서 출발이 내일 이른 아침이 되었을 때, 토모야 일행 셋은 여관 밖의 음식점으로 외출했다.

겉모습부터 실내에 있는 의자와 탁자, 장식까지 나무로 만들었다.

메뉴는 해산물 코스 요리다. 셋 모두 음미하며 맛있게 먹고 있었다.

"응, 이거 맛있군."

뫼니에르를 포크로 입에 옮기며 말한 것은 리네였다.

어제 루나리아와 데이트를 한 다음에 둘이서 선물을 하거나, 새삼 사과를 한 결과 무사히 화해에 성공했다.

이걸로 이제 이 도시에서 할 일은 없다고 해도 된다.

딸랑딸랑.

그렇게 생각하고 있는데, 가게 입구에 걸린 방울이 울리는 소리가 들렸다.

보통은 토모야도 새로운 손님에게 의식을 보내지 않았겠지만, 이번에는 조금 사정이 달랐다. 가장 앞에 있는 금발, 거기다 금색의 경장 갑옷을 입은 상큼한 훈남이 조금 임팩트가 지나쳤기 때문이다.

그리고 그 남성 뒤에서 세 명의 여성이 안에 들어왔다. 토모야로서는 어느 반 친구가 떠오르게 되는 광경이었다.

"저, 저건 설마, A랭크 파티 【금성의 섬멸단】 아냐?"

"그렇다면, 저 앞에 있는 게 금성의 엘트?! 꺄~, 나 처음 봤어!"

"흥, 내일 무투 대회의 우승 후보가, 대체 이런 곳에는 뭐 하러 왔는지."

그리고, 그들의 등장에 소란을 피우기 시작하는 가게 안의 사람들. 부정적인 의견도 있지만, 비율은 호의적인 게 많았다.

그것도, 마치 동경하는 유명인을 만난 것 같은 반응이었다. A랭크 파티, 무투 대회의 우승 후보 필두라는 말로도 알 수 있는 것처럼, 실력자로서 이름을 떨치는 존재라고 쉽사리 추측할 수 있었다.

"실례할게. 네 명인데, 빈자리가 있을까?"

"앗, 아, 네……. 이쪽으로 오세요!"

엘트란 이름의 금발 청년과 그의 일행이, 점원에게 안내를 받아 가게 안을 걸어갔다.

아무래도 그들이 안내를 받은 곳은 토모야 일행이 앉은 테이블 뒤쪽인지, 중간에 토모야 일행 옆을 지나—가지 않았다.

"—큭."

엘트가 토모야 일행의 테이블에 시선을 보낸 순간, 눈을 부릅뜨며 멈춰 섰다.

무심코, 토모야 일행이 식사하는 손도 멈춰 버렸다.

무슨 용건 있나? 토모야가 물어보는 것보다 빨리 엘트가 입을 열었다.

"……아름다워."

그것을 듣고, 토모야는 이렇게 생각했다.

'바다에서 헌팅에 이어…… 리네, 인기 있네.'

그러나 그 예상이 틀렸다는 걸, 금방 통감하게 됐다.

"밤하늘에 반짝이는 달처럼 아름다운 백은의 머리칼에, 창옥과 같은 반짝임을 숨긴 눈동자…… 이름을, 들려주실 수 있을까요?"

"……후에? 나?"

왜냐하면 엘트는, 리네가 아니라 뫼니에르를 입 안 가득 넣고 있는 루나리아 앞에 고개를 숙이더니 이어서 그렇게 말했기 때문이다.

'로, 로리콤이다!'

토모야가 자신은 제쳐두고 마음속으로 외쳤다.

가게 안에 불가사의한 분위기가 만연했다.

엘트에게 동경의 시선을 보내던 사람들도 기겁했고, 파티 멤버인 여성들은 기가 막힌 기색으로 한숨을 쉬었다.

마치 상습범을 보는 반응이었다.

"아니기다려기다려기다려, 갑자기 나타나서 뭔 말이야 너는."

냉정함을 되찾은 토모야가 두 사람 사이에 팔을 들었다.

"어이쿠 이거 실례. 당신은 이 가련한 소녀의 오빠인가? 아니면 설마, 당신들 부부의 딸인가?"

"아니, 둘 다 아니—."

"부, 부부라고?! 바보 같은 소리 하지 마!"

"잠깐, 리네. 일단 진정하고 심호흡하자."

본론이 아닌 단어에 얼굴을 새빨갛게 물들이고 과민 반응을 보이는 리네에게 한 마디 하고서, 토모야는 엘트와 대화를 재개했다.

"오빠도 부모도 아니야."

"허어. 그런데, 당신들은 여행하는 모험가처럼 보이는데, 그건 맞나?"

"그래."

"그렇군. 그렇다면 다시 말해서 당신은 가족도 아닌 연약한 소녀를, 모험가도 힘든 여행에 데리고 다닌다는 거군."

"……뭐?"

명백하게 토모야를 향해서 적대적인 의사가 담긴 말에, 무심코 눈을 가늘게 뜨면서 낮은 목소리를 흘려 버렸다. 지금 그 말은, 토모야와 루나리아의 관계를 부정하는 것이다. 토모야의 역린을 건드리기에는 충분하고 남았다.

"너 말이지. 처음 보는 사람한테 그렇게 말하면 안 되지. 우리들의 관계도 모르는 주제에, 다 안다는 식으로 말하지 마."

"허어, 재미있는 말을 하는군. 그러면 가르쳐 주시지. 당신들이 대체 어떤 관계인지—."

"계약, 했는데?"

"응?"

"어?"

갑작스런 루나리아의 발언에, 토모야와 엘트가 동시에 고개를 갸웃거렸다.

"있잖아, 내가 계약 마법을 써서, 토모야랑 계약했어!"

"……그랬었지."

"무슨!"

이번에는 수긍하는 토모야에 비해, 엘트는 놀란 소리를 흘렸다.

아니, 엘트뿐 아니라 가게 안에 있는 사람들도 경악의 표정을 지은 것을 토모야는 깨달았다.

무슨 일인가 의문을 품었지만, 이어지는 엘트의 말로 그 이유가 명백해졌다.

"다, 당신은! 여행에 데리고 다니는 것뿐이 아니라, 사람의 몸으로 그 소녀의 계약 대상이 됐다는 건가?! 이 무슨 괘씸한 짓인가!"

"아니, 기다려."

드디어 토모야도 이해했다.

계약 마법, 그것은 본래 마물 상대로 계약할 때 사용하는 것이다. 그것도 거의 거느린다는 의미에 가깝다.

그런 마법을 루나리아가 토모야에게 썼다는 것은, 루나리아가 토모야를 거느리는 관계라고 하는 거나 마찬가지였다.

그리고 아무래도 엘트는 토모야가 그런 관계라는 것을 강요했다고 착각했는지, 거칠게 소리를 높였다.

"자신의 욕망을 채우기 위해 애처로운 소녀를 속여서 이용하다니 부끄러운 줄 알아라!"

"후에? 토모야, 나를 이용했어?"

그러나 루나리아는 그 말의 의미를 그다지 이해 못 한 모양이라, 일부만 뽑아내서 토모야에게 물었다.

토모야로서는 비교할 것도 없이 엘트보다 루나리아가 소중한 존재이기 때문에, 그쪽에 대응하기로 했다.

"글쎄. 내가 행복해지기 위해서 함께 있어주기도 하니까, 그런 의미에서는 이용하고 있다고 할 수 있나."

"우~웅. 하지만, 나도 기쁘니까 같이 있는데? 그러면, 나도 토모야를 이용하고 있네!"

"어이쿠, 이거 한 방 먹었네. 하하하."

"내 말을 들어라아아아아아아!"

무시당한 엘트가, 검지로 토모야를 가리켰다.

"결투다! 나랑 싸워라! 그리고 나한테 지면 그 소녀를 해방해라!"

"거절한다. 그런데 리네, 아직도 얼굴이 빨갛네."

"바, 바보. 들키지 않도록 대화에 안 끼어들었는데, 이쪽 쳐다보지 마!"

"와아아, 리네 새빨개. 귀여워!"

"아아, 귀엽네."

"윽, 이, 이익, 루나랑 토모야! 너희들은 무슨 소리를!"

"……저기, 조금 이야기를 들어주실 수 있을까요? 우리 리더, 조금 울고 있어서요."

엘트의 파티 멤버인 밤색 머리칼을 한 여성에게 그런 말을 듣고서, 토모야는 어쩔 수 없이 엘트 쪽을 보았다. 분명히 몇 번이나 무시당해서 슬픈 표정을 짓고 있었다.

"그래서, 뭔데?"

"……방금 말한 그대로다. 나랑 결투해서, 지면 그 소녀를 해방해라."

"아니, 그러니까 그건 방금 거절했—."

"흥, 그렇군. 기왕이니, 결판은 내일 무투 대회에서 내지."

"어? 무투 대회?"

"그래. 지금 이 도시에 있는 모험가라면 당연히 참가하겠지? 거기서 싸우자."

"……아니, 나는 거기에 참가할 생각이—."

"도망치지 마라! 그러면, 작별이다."

"도무지 이야기를 안 듣는데, 이 사람……."

하고 싶은 말만 모두 하고서, 엘트는 가게 밖으로 갔다.

요리도 안 먹고 가는 거냐. 무투 대회에서 직접 부딪히기 전에 어느 쪽이 지면 어떡할 거야. 애당초 무투 대회 전에 배를 타니까 참가 안 하는데. 등등 태클을 걸 여유가 없었다.

"아니, 저기, 어쩐지 우리 리더가 소란을 피워서 죄송해요. 너무 신경 쓰지 않으셔도 돼요."

"그, 그래. 그렇게 말해주니 고맙네. 뭔가 참 힘들겠어, 저런 녀석이랑 같이 다니면."

"네, 정말로. 평소에는 나쁜 사람이 아닌데 말이죠."

밤색 머리칼의 여성이 토모야와 그런 대화를 한 다음, 목례를 하고 다른 파티 멤버와 함께 엘트 뒤를 따라갔다. 어쩐지 고생할 것 같은 사람이었다.

"……그래서, 어떻게 할 거지? 토모야."

엘트 일행이 떠난 다음, 리네가 차분하게 물었다.

"어떻게, 하다니?"

"무투 대회 말이야. 출장할 건가? 저 정도까지 말했잖아. 나로서는 이제 말릴 생각 없어. 배에 대해서도, 20일 정도 출발이 늦어져도 상관없다."

"……흠."

누군가에게 저 정도까지 말을 듣고서, 그냥 물러나는 것도 석연치 않다. 다른 참가자들의 노력을 짓밟게 되어도, 노스 포트에서 관광하는 일정이 늘어난 것뿐이라고 생각하면 평범하게 허용할 수 있는 범위다.

"……? 왜 그래? 토모야."

살며시 토모야는 루나리아에게 시선을 옮겼다. 그 무구한 표정을 보고, 토모야는 결단했다.

"좋아. —정했다."

결의가 가득한 눈동자. 다른 테이블에 있는 사람도 포함하여 이 자리에 있는 모두가, 내일 무투 대회에서 격투를 예감했다.

◇◆◇

다음 날 이른 아침.

토모야 일행은 예정대로 배를 타고, 노스 포트를 출발했다.

제3장 아트라렐 해

노스 포트를 출발한지, 이틀이 지났다.

여정은 대략 절반 정도 지났다고 할 수 있었다.

노스 포트에서 북대륙에 걸쳐있는 아트라렐 해를 건너는 배는, 목조의 범선이었다.

이 세계에도 마력 내연(매직 엔진) 기관이라고 불리는 것이 존재하여, 그걸 이용한 철선도 있다고 한다. 그러나 바람 마법이라는 것이 존재하며, 소재가 저렴한 점 때문에 배는 목조가 주류라고 한다.

사이즈가 상당한 크기이고, 문제없이 목적지에 도착할 수 있다는 이야기를 듣고서 토모야는 꽤 놀랐다.

—등등의 설명은, 지금 토모야에게는 아무래도 좋았다.

“괜찮아? 토모야?”

“그래…… 고마워, 루나.”

현재의 걱정거리는, 배의 갑판에서 루나리아에게 무릎베개를 받고 있는 이 상황이었다.

자그마한 허벅지였지만, 그래도 토모야를 상냥하게 받아들여주는 부드러움을 갖추고 있었다. 원피스 천 너머라지만, 그 허벅지에 머리를 올려두기만 해도 그야말로 지고의 행복이라고 할 수 있었다.

더욱이 그에 더해서, 루나리아가 걱정스럽게 작은 손으로 토모야의 머리를 몇 번씩 반복해서 쓰다듬는다. 행복을 넘어선 무언가가 그곳에 있었다.

평소와는 반대 입장이다. 자기보다 다섯 살이나 어린 소녀에게 무릎베개를 받으며, 더욱이 머리를 쓰다듬어준다는 상황에 토모야는 뭐라 말할 수 없을 정도로 창피함을 느끼고 있었다.

어째서 이렇게 된 걸까? 그건 간단했다.

토모야는 옆에 앉아 있는 리네에게 시선을 보냈다.

"저기요, 리네 씨."

"응. 뭐지?"

"바다 말인데요. 잔잔해진 거 아니었어?"

"아니, 충분히 배가 건널 수 있을 정도로는 잔잔해졌잖아."

"……그렇군요."

다시 말해서 그런 것이다.

분명히 배는 건널 수 있지만, 작은 흔들림 정도의 파도는 평범하게 있었다.

자신에게 치유 마법을 걸면 금방 몸 상태가 좋아지지만, 거의 시간이 지나지 않아 또 기분이 안 좋아진다. 그것을 반복하여 첫날은 잘 넘겼는데, 다음 날에 루나리아에게 속이 안 좋은 게 들켜서 무릎베개를 받게 됐다.

신기하게도, 그것은 토모야에게 치유 마법 이상의 효과가 있는 것 같았다.

“정말이지, 한심하기는. 보기 드물게 무투 대회 전에 이 배를 타는 모험가가 있다 싶었더니, 그렇게 작은 애한테 간병을 받을 정도라니.”

그러자, 머리 위에서 조금 낯선 목소리가 들렸다.

시선을 돌리자, 그곳에는 갈색 피부와 붉은 기운이 도는 다갈색 머리칼을 가진 여성이 있었다. 물에 젖어도 움직이기 쉬운 소재로 만들었다는 말 그대로 비키니 아머를 입고 있었다.

A랭크 파티 【물가의 작열자】의 리더인 베일이다. 무투 대회에 흥미가 없다는 점에서는 토모야 일행과 마찬가지지만, 그녀의 파티 네 명은 손님이 아니라 호위로서 배를 타고 있었다.

“자, 물이야. 마시면 편해질 거야. 정신 똑바로 차려, 남자잖아.”

“아아, 고마워요.”

그녀가 내민 수통을 받아서 입으로 옮겼다. 꿀꺽꿀꺽 마셔서 목을 축이자, 가슴속에 은근하게 상냥함이 퍼지는 기분이 들었다.

그 모습을 보고 베일이 훗 웃었다. 아직 만난 지 사흘밖에 안 됐지만, 그녀가 입은 조금 거칠어도 마음씨가 상냥하다는 건 알고 있었다.

“뭐, 앞으로 이틀 정도야. 노력해봐.”

그 말을 남기고, 그녀는 동료들 곁으로 돌아갔다.

토모야는 시선을 바로 위에 있는 루나리아에게 다시 돌렸다.

“응? 왜 그래?”

“아니, 아무것도 아냐. 그보다도, 다리가 저리거나 하지는 않아?”

“괜찮아! 아직 멀쩡해! 토모야가 기뻐해주면 언제까지든 할 수 있어!”

힘차게 미소를 지으면서, 머리를 쓰다듬는 속도를 올리는 루나리아.

그 어색함이 또 마음 편하다.

‘이것이 치유……구나. 잠깐—. 아무리 그래도 이 문을 열면 돌이킬 수 없는—.’

“……부러워라.”

“저기, 리네?”

“윽?! 뭐뭐뭐뭐지?!”

“아니, 지금 부럽다고…….”

“말 안 했다! 토모야가 잘못 들은 게 아닐까?!”

어느샌가 부러운 기색으로 토모야와 루나리아의 대화를 바라보고 있던 리네에게 말하자, 그녀는 필사적으로 얼버무리고자 했다.

루나리아에게 무릎베개를 받는다는, 인간이라면 누구나 가지는 당연한 바람을 그렇게 필사적으로 감출 필요가 있는 것일까?

그렇게 생각하는 토모야 위에서, 루나리아가 말했다.

“응? 리네도, 토모야한테 무릎베개 해주고 싶어?”

"——!"

그것은 토모야의 예상과 다른 내용의 발언이었다. 그러나 정작 리네는, 그 말에 정곡을 찔린 것처럼 눈이 동그래졌다.

"어, 그쪽?"

루나리아에게 무릎베개를 받는 거라고 생각했던 토모야에게 그것은 놀라운 일이었다.

왜냐면, 애당초 토모야에게 무릎베개를 해주는 것에 어떤 가치가 있는지 전혀 알 수가 없다. 역시 루나리아의 예상은 틀린—.

"루, 루나, 어떻게 안 거지?"

"……진짜냐."

—게 아니었다.

직접 리네의 입에서 긍정의 말이 나온 이상, 이제 답은 그걸로 확정됐다.

"그랬구나……. 그러면, 교대해줄게!"

"어, 무슨, 루나?!"

"잠깐만요, 루나 씨?"

더욱이 루나리아가 터무니없는 제안을 하여 토모야와 리네가 둘 다 격렬하게 동요했다. 특히 토모야에게 그 제안은 큰일이었다.

왜냐하면 루나리아의 무릎베개는, 좀 그렇긴 하지만 말하자면 어떤 의미로 소꿉놀이 같은 감각으로 받아들일 수 있다. 그에 비해 이성으로서 매력이 충분하고 남는 리네가 상대라면 여러모로 의식하지 않을 수가 없다.

더욱이 결정타로, 지금 리네의 복장은 선상에 있기 때문에 당연히 갑옷 차림이 아니다. 움직이기 쉬운 부드러운 하얀 천으로 만든 상의와 남색 쇼트 팬츠 차림이었다.

그러니까 무슨 말을 하고 싶은 거냐 하면, 그 하얗고 늘씬한 허벅지가 노출되어 있다는 것이다.

이대로 이야기가 진행되면, 정말로 위험한 사태가 일어난다.

그래서 토모야는 거절하려고 생각했지만…….

"그, 그러나, 나는 그렇다 치고, 토모야가 싫어하지 않을까……?"

리네의 그 불안해 보이는 표정을 보게 되면, 그 사고는 머리에서 사라져 버린다.

"따, 딱히, 나는 싫지 않은데."

"그, 그런가. 그, 그리면, 조금 실례하시……."

그런 대화를 나누고, 루나리아와 교대하듯 리네가 토모야 바로 옆으로 다가와서 드러나 있는 허벅지 위에 토모야의 머리를 놓았다.

'이, 이건…….'

루나리아의 허벅지하고는 또 다른, 반발력이 있는 단련된 허벅지. 그렇다고 해서 편안함이 없는 게 아니라, 오히려 힘차게 지탱해주는 감각이었다. 그리고 무엇보다도, 매끈매끈한 피부가 목덜미에 닿아서 신기한 기분이 들 것 같았다.

"토, 토모야. 기, 기분은 어떻지?"

"그, 그래. 느낌 좋은, 데."

'아니, 솔직히 너무 긴장해서 진작에 뱃멀미는 어딘가로 사라졌거든!'

그렇지만 진지하게 토모야에게 무릎베개를 해주는 리네의 얼굴을 보게 되자, 그것을 말할 수는 없었다.

결코 이대로 계속 무릎베개를 하고 싶어서 말하지 않은 게 아니다. 아니 계속하고 싶다는 건, 그건 그거대로 사실이지만.

"그, 그렇군."

"……."

"……."

"응응, 사이 좋네."

어색함에 말이 없어지는 두 사람.

그것을 루나리아는 옆에서 즐겁게 바라보고 있었다.

"그, 그래서 말인데, 토모야……."

"뭐, 뭔데?"

그런 가운데, 창피한 기색으로 말을 거는 리네.

이 상황에서 뭘 그렇게 물어보기 어려운 태도를 보일 필요가 있는 것일까?

그 의문에 대한 대답은 다음 순간에 명백해졌다.

"나, 나도 루나처럼, 머리를, 쓰다듬는 편이 좋을까?"

"……맡길게."

"그럴 수가아, 비겁하다?!"

"에에엑."

선택권을 전면적으로 떠넘긴 토모야에게, 리네가 설마 했던 불평을 했다.

“우우우, 어, 어떤 의미로 이것은, 무릎베개 이상으로 창피하다…….”

“그런 거야?”

“그, 그래. 그러니까, 네가 바라지 않으면, 결심할…… 수…… 가, 없어.”

“그렇다고 그렇게 죽을 것 같은 소리는 안 내도 되잖아.”

증기가 나오지 않을까 싶을 정도로 얼굴이 빨개진 리네.

이미 토모야의 태클은 귀에 안 들어오는 모양이다.

‘어, 어쩔 거야. 이 이상한 분위기!’

마음속에서 이 분위기를 바꿔달라고 바란다.

그러자 토모야의 마음속 목소리가 전달된 것은 아니겠지만, 마치 그것을 들은 것처럼 대천사가 행동을 일으켰다.

그렇다, 루나리아다.

“리네, 토모야를 쓰다듬는 게 창피해? 그러면 나도 같이 해줄게!”

“어?”

다만 사태를 악화시키지 않는다고는 안 했다.

“저, 정말인가, 루나?! 좋아, 그럼 부탁하지!”

“응, 맡겨둬!”

“야, 잠깐 기다려. 기다려 주세요. 어째 이야기가 이상한 방향으로 가는 것 같아.”

"흥, 시끄럽다, 토모야. 각오해라. 이제 너는 도망칠 수 없다."
"맞아, 도망치면 안 돼!"
"어? 어어?"
반론하는 토모야.
그렇지만, 리네와 루나리아는 상관하지 않고 행동을 개시했다.
다시 말해서 둘이 함께 토모야의 머리를 쓰다듬기 시작했다!
"어, 어떻지? 토모야. 쓰다듬고 있다!"
"기운 나~라."
"~~~~!"
리네의 허벅지 맨살 위에 머리를 올린 상태에서.
루나리아의 작고 귀여운 손이, 이제는 익숙하게 토모야의 머리를 쓰다듬는다.
그리고 리네의, 평소에는 검을 쥐고 있는데도 하얗고 아름다운 손이 토모야의 머리를 헤집는 것처럼 어색하게 움직인다.
어느 쪽이든 토모야에게는 하늘에 오를 것처럼 기분 좋은 일이었다.
'주, 죽을 것 같아. 이런 걸, 방어 스테이터스 ∞ 따위로 견딜 수 있겠냐!'
그렇게, 마음속으로 외쳤다.

리네와 루나리아의 무릎베개와 머리 쓰다듬기는, 그 뒤로도 잠시 이어졌다.
처음에는 어색했던 리네도 중간부터 익숙해져서(감각이 마비되어 있을 가능성도 있다), 토모야의 머리를 허벅지로 받아내고 능숙하게 쓰다듬었다.

그렇게 되어 수십 분마다 무릎베개를 교대하는 리네와 루나리아의 상냥함을 받는 동안, 깨닫고 보니 토모야는 깊은 잠에 빠져 있었다.

다른 승객들 대부분이 배 안에서 쉬고 있기 때문에, 기이한 시선이 날아오지 않는 것이 유일한 구원이었다.

◇◆◇

"……아무래도, 잠들어 버린 모양이군."

자기 허벅지를 베개 삼아 잠든 검은 머리 청년을 내려다보며, 리네가 중얼거렸다.

그의 머리를 쓰다듬고 있던 손을 멈춘 대신에, 앞머리를 살며시 위로 올렸다. 그곳에는 평소의 씩씩한 표정과 달리, 어린아이 같은 잠든 표정이 있었다.

그것을 보고, 리네 안에 신기한 감각이 솟아올랐다.

"토모야, 자?"

"그래, 그런 모양이다."

그 감각이 뭔지 이해하는 것보다 빨리 토모야의 몸을 끼고 안쪽에서 물어보는 루나리아에게 대답했다. 리네와 달리 지금도 그의 머리를 쓰다듬고 있었다.

그러자 루나리아는 토모야의 잠든 얼굴을 들여다보더니, 표정을 풀고 말했다.

"토모야 잠든 얼굴, 귀엽네!"

"……그렇군."

그 말에 수긍하기에는, 조금 시간이 필요했다.

딱히 루나리아의 말에 부정적인 마음을 품은 것은 아니다. 오히려 그것이 바로, 지금 막 리네가 품고 있던 감정이었다.

그러니까 리네는 단순히, 자신이 토모야의 잠든 얼굴을 보고 귀엽다고 느낀 것을 믿을 수가 없었다.

왜냐면, 그렇다.

리네 일행은 피네스 국 이후로, 여관에 묵을 때는 방 하나만 빌려서 모두 함께 같은 방에서 잠들었다. 트레이닝을 하려고 토모야보다 일찍 일어나는 리네는 그때마다 토모야의 잠든 얼굴을 보았다. 그러나 그때 이런 감정을 품은 적은 없다—.

"—잠깐. 그러고 보니 우리는 어째서, 이성인데 지금까지 같은 방에서 묵고 있는 거지?"

—리네는 근본적인 문제를 깨달았다.

"앙리네 여관은, 방이 하나밖에 없었는걸?"

"그, 그래. 그건 분명히 그랬었지만…… 노스 포트에서는 딱히 그렇지도 않았잖아."

노스 포트에서는 많은 여관이 만실이라, 어쩔 수 없이 고급 여관에서 방 하나를 빌려 묵었다.

그러나 생각해 보면, 그 여관에는 평범하게 공실이 몇 개 더 있었다.

그럼에도 리네 일행은 자연스러운 흐름으로 방을 하나만 빌렸다. 냉정하게 생각해 보면 여러모로 이상하다.

—사실 피네스 국에서 방을 빌린 시점에서는, 리네는 토모야를 다소나마 의식하고 있긴 했지만 같은 방에서 쉬는 것에 대해 부끄러움이나 그에 부속된 감정을 품을 정도는 아니었다.

그러나 그 뒤로 갖가지 일이 일어나는 가운데, 서서히 리네 안에서 토모야에 대한 호의가 부풀어 올랐다.

그런데도 같은 방에 묵는 것은 관습으로 계속 남아서 조금씩 위화감이 현저해지고, 오늘 이 타이밍에서 드디어 리네는 그 행위의 이상함을 깨달은 것이다.

……등등의 사정이 있지만, 자신이 토모야에게 품은 감정을 아직 완전히 이해 못한 리네는 당연히 그 의문의 대답에 도달할 수가 없었다.

그런 리네에게 루나리아가 말했다.

"우~웅, 이유는 말이야. 잘은 모르겠지만, 나는 다 함께 지내는 게 즐거워."

"……흠. 그러면, 됐나."

루나리아의 순수한 미소를 보고, 리네는 생각하는 것을 관뒀다.

그리고 분명, 리네의 의문에 대한 대답은 루나리아다.

왜냐하면 방을 두 개 빌리게 되면, 틀림없이 토모야와 리네 둘 중 누가 루나리아와 한 방에 묵을 것인가로 다투게 된다.

그것은 이미 전쟁이다. 일대가 불바다가 된다.

"응, 그렇지. 그런 걸로 해두자."
"……? 리네 이상해."
홀로 납득하며 고개를 끄덕이는 리네.
그런 그녀를 보고, 루나리아가 신기한 것을 보는 눈길을 보냈다.

"후아아. 어쩐지, 졸리기 시작했어……."
그리고 조금 시간이 지났을 무렵, 루나리아가 차분하게 작은 입을 크게 벌리고 귀엽게 하품을 했다. 따끈따끈한 햇살 따위에 당해버린 모양이다. 생각해 보면, 리네 자신도 조금 졸음을 느끼고 있었다. 견디지 못할 정도는 아니지만.
"루나도 잠들도록 해. 아직 여행은 기니까. 피로는 쌓아두지 않는 편이 좋다."
"응, 알았어!"
힘차게 대답한 다음, 루나리아는 그 자리에서 누워 토모야의 팔을 끌어안았다. 평소와 같은 위치다. 그런데 어쩐지 루나리아가 자기 불편한 기색이었다.
그 모습을 보고 리네는 깨달았다.
"그렇군. 내가 무릎베개를 하고 있는 상태니까 옆에서 자기 어렵구나."
"아니, 괜찮은걸?"
"아니. 역시 이대로는 안 좋아…… 흠."
생각한 끝에, 리네는 천천히 겉옷을 벗었다. 얇은 옷 한 장이 되지만 주변에는 지금 전혀 시선이 없고, 날씨도 오히려 더울 정도니까 문제없다.

벗은 옷을 둘둘 말아서, 리네는 살며시 토모야 아래쪽에 깔았다. 이것이 베개를 대신할 수 있으리라.

머리의 위치가 낮아져서 뒤척이기 쉬워졌는지, 토모야가 몸을 옆으로 돌렸다. 그 품에 뛰어드는 것처럼, 루나리아는 몸을 웅크리면서 말했다.

"고마워, 리네!"

"그래."

기쁜 기색으로 감사하는 말에 리네가 고개를 끄덕였다.

루나리아가 기뻐해준다면 겉옷 하나둘 정도 어떻게 되든 상관없다.

웃으면서, 리네는 두 사람을 내려다보았다.

'……흠.'

토모야의 팔과 품속에 루나리아가 쏙 들어가서 잠들었다. 그런 광경을 보면서, 리네는 조금 의문을 품었다.

토모야의 품 안에서 잠드는 루나리아는 어떤 기분인 걸까—?

루나리아의 작은 몸을 끌어안으며 잠드는 것.

그것이 얼마나 근사한 것인지는 리네도 이해하고 있었다. 사실 며칠에 한 번씩 루나리아와 리네는 같은 침대에서 자는 것이다.

그녀의 작고 부드러운 몸이 자신에게 매달리는 것에는, 말로 형용키 어려울 정도로 행복이 포함된다.

그러나 당연히, 지금까지 리네가 토모야와 같은 침대에서 잔 일도 그의 품 안에서 잠든 일도 없었다.

그래서 그만, 이 타이밍에 그런 의문을 품어 버렸다.

그런 일이 현실에서 일어날 수 없다는 걸 이해하면서—.

"……리네도, 토모야 옆에서 자고 싶어?"

"뭐?!"

—눈을 감고 잠들었어야 할 루나리아가, 마치 리네의 사고를 읽어낸 것처럼 하는 말이 들렸다.

갑작스런 일에, 무심코 눈을 홉뜨며 놀라움을 드러내 버렸다.

"루루루, 루나?! 어어, 어째서 그걸 알 수 있지?!"

"그거야 지금 리네, 그런 표정인걸! 분명히 토모야가 말했어…… 소녀의 얼굴? 이었나?"

"잠깐 기다려. 너는 평소 토모야에게 무슨 이야기를 듣고 있는 거지?"

그것은 동요 상태인 지금도 제대로 물어봐야 한다고 생각했다. 그러나, 눈앞에 있는 소녀는 그런 건 신경 쓰지도 않고—.

"자, 여기. 리네!"

"……루나."

토모야의 품 안에서 데굴데굴 굴러서(귀엽다) 떨어진 루나리아가, 아무런 다른 뜻도 없는 함박웃음을 지으며 리네에게 말했다.

빈 공간을 리네에게 양보해준다는 것이다.

'나, 나는 어떻게 해야 하지?!'

토모야의 품 안에서 잠드는 것. 그것에 흥미가 없다면 거짓말이다.

그렇지만 그렇다고 해서 이 상태…… 토모야가 자는 사이에, 멋대로 그를 이용하는 것처럼 되어 버려도 되리라고 생각하진 않는다.

"……왜 그래? 리네."

"아앗, 그렇게 무구한 눈으로 보지 말아줘!"

갈등하는 리네를 신기한 눈으로 바라보는 루나리아를 깨닫고, 무심코 그렇게 반응해 버렸다.

그렇다, 사실은 알고 있었다. 지금 토모야 옆에서 자신이 잠들어도, 그는 그걸로 화를 내지 않는다. 그런데도 지금 이렇게 고민하는 이유…… 그것은 단순하게, 창피하기 때문이다.

그럴 때, 문득 리네에게 한 가지 생각이 떠올랐다.

'아니, 잠깐. 반대로 생각하자. 이건 창피함을 견디는 특훈이다. 마음을 단련하기 위한 트레이닝의 장이야! 그래, 뭐가 반대인지는 전혀 모르겠지만, 그렇게 해두자! 그렇다고 하자!'

—리네는 역전적인 발상을 손에 넣었다.

"좋아, 간다!"

"갑자기 기운이 났네."

자신을 세뇌하여 기합을 넣은 리네는, 각오와 함께 그 장소에 스윽 몸을 미끄러뜨렸다. 옆으로 누워 있는 토모야 바로 옆에 자신도 누운 것이다.

"응응, 나는 이쪽!"

그것을 보고, 루나리아가 만족한 기색으로 수긍하고 토모야의 등 뒤로 이동하여 누웠다.

리네와 루나리아가 앞뒤에서 토모야를 끼운 형태가 된 것이다.

'이, 이제 물러날 수는 없어……!'

그곳에 도달한 리네는 자신의 얼굴이 새빨개진 것을 느끼면서도, 그 몸을 살며시 토모야에게 맡겼다. 평소 루나리아가 하는 것처럼, 자신의 볼을 토모야의 가슴팍에 비비듯. 그러자, 토모야의 체온이 직접 느껴졌다.

'따, 따뜻하다……. 그리고 겉보기와 달리, 뜻밖에 단단하게 잡혀 있네……. 나, 나는 무슨 생각을 하는 거지! 이, 이건 그냥 옆에서 자는 거야!'

너무나 때늦은 변명을 자신에게 외치고, 가슴의 고동을 느끼면서도 그대로 가만히 있는다.

뭐라고 해야 할까? 신기한 기분이었다. 평소에 가벼운 잡담을 나누는 상대와 몸을 이렇게 붙이고 잠드는 것이.

그렇지만, 싫은 기분은 아니다. 오히려 평소보다 더 마음이 편했다.

'만약 네가 깨어난다면, 너는 나랑 마찬가지로 생각해줄까? ……아니, 무슨 이상한 생각을 하는 거지 나는? 요즘엔 이런 것뿐이야……. 뭐, 애당초, 멋대로 옆에 누워 자고 있는 게 들키면, 일단 처음에 내 심장이 부서질 것 같지만.'

그런 엉뚱한 생각을 하고, 리네는 마음속으로 후훗 웃었다.

따끈따끈한 햇살, 그리고 토모야의 품 안에서 신비로운 편안함에 둘러싸이자, 자연스럽게 리네는 잠에 빠져 들었다.

◇◆◇

'눈을 떴을 때, 천사 둘이 옆에서 자고 있을 확률과, 그때의 내 심정을 대답하시오.'

졸음 속에서 의식을 되찾고— 제일 먼저 토모야는 현실 도피를 하는 것처럼 그런 것을 마음속에서 누군가에게 물었다.

당연히 대답해주는 자는 없다.

'아니, 정말로진짜로이거뭔데? 뭔데요? 인기 절정기?'

어휘력과 사고력을 잃은 토모야는 어떻게든 현재 상황을 파악하고자 분석을 시작—하려고 한 순간, 눈앞에 있는 한 사람째 천사가 천천히 입을 열었다.

"……으우응, 토모, 야아."

"——!"

평소와 다른 요염하고 녹아내리는 듯한 목소리가 그곳에 있는 리네에게서 귓속으로 뛰어 들어오더니 그대로 토모야의 뇌를 녹여버렸다. 그녀가 눈을 감고 있는 걸 봐서, 그것이 잠꼬대라는 건 알고 있었다. 아니, 어쩌면 잠꼬대이기에 그런 식으로 이름을 부르기만 해도 어쩐지 여러모로 위험했다.

말랑.

'추가 공격이라고?!'

그뿐이 아니다. 토모야의 배와 가슴 부근에, 이 세상 것 같지 않은 부드러운 감각이 습격했다. 그때 문득 깨달았다. 어째선지 리네는 겉옷을 벗고 있으며 현재는 얇은 옷 한 장이었다. 그 탓에 그녀의 두 언덕에서 느껴지는 감각이 한층 더 다이내믹하게 전달되어서…….

"토모야, 너무 좋아……."

"루나, 까지도?!"

등 뒤에서 꼭 끌어안는 두 명째 천사인 루나에게서도, 그런 잠꼬대가 들렸다.

'저, 정말로 대체 뭐냐고, 이 상황은…… 꿈인가? 나는 아직 꿈을 꾸고 있나? 아니, 이 골수까지 전해지는 감각적인 이건 틀림없는 현실…….'

기뻐해야 할지, 당황해야 할지. 어떡해야 좋을지 알 수 없는 상황에, 토모야는 그저 가만히 버티며 견디는 수밖에 없었다.

뭐가 어찌 됐든 기분 좋게 잠들어 있는 두 명을 깨울 수는 없다고 결론을 내리고, 토모야는 무리하게 이 자리에서 움직이지 않기로 정했다.

딱히 이 상황을 계속해서 즐기고 싶은 게 아니다. 정말이다.

그런 식으로 또다시 마음속으로 누군가에게 변명을 하는 토모야였지만, 유감스럽게도 이 시간이 오래 이어지지는 않았다.

"—윽, 이건?!"

둔중한 파쇄음— 뇌의 중심까지 침투하는 것처럼, 무언가가 무르게 부서져가는 소리가 울렸다.

그 소리를 따르는 것처럼 범선이 격렬하게 흔들리고, 주위의 바다가 크게 요동쳤다.

배가 암초에 부딪히기라도 한 걸까? 그런 식으로 생각되는 일이었다.

그렇다면 큰일이다. —뭐가 큰일이냐 하면, 이 배의 흔들림으로 한층 강하게 리네의 가슴이 토모야에게 밀려서 붙은 것이다.

가슴의 부드러운 감각이 토모야를 덮친다.

'죽는다, 죽는다, 죽는다! 뭔가 이렇게, 여러 가지 의미로 죽어!'

반사적으로 토모야는 마음속으로 그렇게 외쳤다.

"안 좋아! 이건, 리바이어던의 습격이다!"

—그런 그의 귀에 누군가의 초조한 목소리가 들렸다.

아니, 누군가가 아니다. 이 배를 호위하고 있는 A랭그 파티【물가의 작열자】의 리더, 베일이다.

갑판 중앙에 시선을 돌리자, 그곳에 비키니 아머 같은 복장을 한 여성 네 명이 있었다. 네 명 모두 다른 방향을 보면서, 뭔가에 대비하듯 각자의 무기를 들고 있었다.

대체 무슨 일— 그렇게 생각한 순간, 그것이 나타났다.

"뭐……야, 저거……?"

무심코 토모야는 눈을 의심했다.

배 밖의 해면에서 쭉 뻗어 오르며 모습을 드러낸 것은, 햇빛을 받아 반짝이는 파란색 비늘을 가졌고 세로로 날카롭게 뻗은 통 같은 무언가였다. 마치 뱀의 몸통 같은 형태를 하고 있었다.

다만 그 크기가 이상했다. 몸통은 직경 4미터쯤 된다. 끝부분일수록 조금씩 가늘어지고, 뾰족해졌다. 길이는 바다 밖으로 나와 있는 것이 일부이기 때문에 정확하게 잴 수는 없었다. 그러나 해면에서 끝부분까지의 길이만 해도 7미터는 가볍게 넘었다.

뱀의 몸통이라기보다는, 용의 몸에서 꼬리까지의 부분— 용미라고 평가하는 편이 올바른 것일지도 모른다.

"먹어라! 파이어 블라스트!"

그런 용미를 향해서, 베일이 양손을 뻗어 마법을 쏘았다.

거대한 폭렬음과 함께 뿜어져 나간 불꽃 덩어리가 맹렬한 기세로 괴물에게 다가가— 접촉하기 직전, 그 용미가 어마어마한 반응을 보이며 불꽃 덩어리를 피했다.

그 참에 용미의 일부가 힘차게 해면을 때려서 성대하게 물보라가 치솟았다. 커다란 알갱이의 물방울이, 갑판 전체에 쏟아졌다.

"칫, 설마 이런 곳에서 이 괴물이랑 만날 줄이야."

자신의 공격을 피하는 광경을 바라보면서, 베일이 분한 기색으로 혀를 찼다.

그다음 주변에 있는 다른 파티 멤버와 마주 보고, 그녀들은 각오를 굳힌 것처럼 고개를 끄덕였다.

'……저 표정은.'

그녀들의 그 각오를 굳힌 표정을 보고, 토모야는 어쩐지 불길한 예감이 들었다.

자신을 끌어안은 채 잠들어 있는 리네와 루나리아를, 깊은 아쉬움을 느끼면서도 몸에서 떼어내고 베일 파티 곁으로 간다—.

"……나도 간다."

"리네?"

일어선 토모야와 동시에, 마치 타이밍을 잰 것처럼— 아니, 리네쯤 되는 실력자가 그 정도 폭음을 듣고서 눈뜨지 않을 리 없었다.

틀림없이 정말로 토모야의 행동에 맞추어, 리네가 말한 것이다. 긴급 사태라는 것은 파악한 모양이다.

……그런 것치고, 신기하게 얼굴이 빨갛게 물들어 있지만.

"……토모야, 옆에서 잔 건 나중에 얘기하지, 얘기하겠습니다. 지금은, 이 위기를 어떻게든 하는 게 우선이라고 생각한다, 생각합니다."

"……알았어. 그러면, 가자."

토모야와 리네는 어색한 분위기를 느끼면서도, 일단 문제를 보류하고 베일 곁으로 달려갔다. 리네의 신기한 어조에 태클을 걸지 않은 토모야의 결단은 영리한 판단이라고 할 수 있었다.

만약을 위해서, 아직도 잠들어 있는 루나리아에게 스킬 방벽을 걸었다.

"무슨 일인가요?"

"너희들은……."

"아시는 것처럼 우리도 모험가입니다. 싸울 수 있어요. 사정을 들려주세요."

"아, 아아, 그랬었지. 그러면 미안하지만 협력해줄 수 있을까……? 하지만 보는 바와 같아. 리바이어던이 나왔다. 일단 격퇴했지만, 아마 금방이라도 다시 습격해 올 거야."

리바이어던— 방금 전에 토모야가 본 용미의 본체일 것이다.

전체 모습을 보지는 못했지만, 지금도 아직 이 배 근처에 있는 모양이다.

"너희들, 아까 그 폭음은 들었니? 그걸로 이 배의 일부가 파손된 것 같아. 아마 바닥 부분이겠지. 지금은 아직 어떻게 나아가고 있지만, 한 발 더 먹으면 틀림없이 침몰할 거야."

"그러면, 지금 당장 쓰러뜨려야겠네요."

"하아? 무슨 말을 하고 있니? 리바이어던은 S랭크 마물이야. 우리들이 쓰러뜨리는 건 불가능—."

"그르르아아아아아아아아아!"

"윽?! 왔다!"

그 순간, 마물의 포효가 근처 일대를 유린했다.

모든 사람이 동시에, 그 소리가 난 방향으로 시선을 돌렸다.

그러자 그곳에는 아까 전과 마찬가지로 파란 비늘을 두른 몸통과, 거대한 머리가 존재하고 있었다.

역시나 파란색의 비늘로 싸여 있는 울퉁불퉁한 형태에, 날카로운 금색의 안광을 가진 머리. 방금 전에 토모야는 그 괴물의 일부를 보고 용의 꼬리 같다고 생각했는데, 그 얼굴 또

한 용의 머리라고 할 수 있는 양상이었다.

감정을 발동한다.

【리바이어던】— S랭크 상위 지정.

랭크가 측정 불능이었던 피네스에는 크게 못 미쳐도, 그래도 강력한 힘을 가진 것은 변함이 없다.

그렇지만, 결코 토모야의 적이 될 수는 없었다.

창조 발동— 검을 손에 들고, 휘두른다.

"공참!"

쏘아낸 참격 한 번.

그것은 리바이어던의 목을 베어내 버릴 것이다.

그렇게 생각한 토모야의 예상을 배신하듯, 리바이어던은 경이적인 반응으로 몸을 틀었다—. 그러나 완전히 회피하지는 못했는지, 참격에 베인 파란색의 비늘이 힘차게 배 위로 떨어졌다.

그러나 큰 대미지는 되지 않았고, 당연히 마무리 짓지 못했다. 리바이어던은 위험을 느꼈는지, 또다시 바닷속으로 몸을 가라앉혔다.

"놀랐어. 설마 피할 줄이야."

"리바이어던의 비늘은 마력 감지 능력이 뛰어나거든. 오히려 비늘만이라도 베어낸 게 나한테는 충격이야……. 그렇지만 이걸로 이해했지? 저걸 쓰러뜨리는 건 불가능해……. 뭐, 안심해. 우리들【물가의 작열자】가 뒤를 맡을 테니까."

그렇게 말하고, 베일은 또다시 동료들에게 시선을 보냈다.

그러자 다른 세 명의 여성들이 동시에 웃고…… 갑판 끝까지 걸어갔다.

그 행위와 방금 한 말을 듣고, 그녀들이 뭘 할 셈인지 토모야는 짐작할 수 있었다.

"아니, 그럴 필요는 없어."

"어?"

그렇기에, 토모야는 망설임 없이 말했다.

베일이 놀란 것처럼 눈을 동그랗게 떴다.

"무슨 말을 하고 있니……. 네 공격이 안 통하는 건 방금 전에 봤잖아? 누군가가 발을 묶는 사이에 배가 도망치는 게 제일 머리 좋은 작전이야. 아니면 설마…… 네가 미끼가 된다고 말할 셈이니?"

"둘 다 아냐. ……리네, 일단 이 배의 호위는 맡길게."

"그래. 알았다."

"무슨, 너희들, 대체 뭘……."

토모야는 손에 든 검을 리네에게 맡기고, 갑판 끝까지 걸어갔다. 최후미에서 추적을 막으려던 여성들을 지나쳐 거기서 바다를 내려다보았다.

여기서 리바이어던에게 마법을 쓸 수는 없다. 배까지 말려들지도 모르니까. 그러면, 다른 수단이 필요해진다.

그 수단이란 것은 당연히—.

"정면으로 쓰러뜨린다!"

"무슨, 이봐 너!"

베일의 목소리를 등 뒤로 들으며 토모야는 배에서 몸을 던졌다.

첨벙. 물이 튀는 소리와 함께, 바닷속으로 몸이 가라앉았다.

'……시야가 좁아.'

바닷속은 결코 투명도가 높지 않았다. 그래서 토모야는 천리안 스킬을 사용해 시력을 높였다.

급속하게 선명해지고 넓어지는 시야. 그 안에서, 토모야는 그것을 보았다.

'……커다랗군.'

배에서 불과 수십 미터 정도 떨어진 바닷속에, 리바이어던은 공격할 타이밍을 재는 것처럼 존재하고 있었다. 말도 안 되는 길이, 100미터쯤은 될 법한 몸통이 원 모양으로 휘감겨 있었다.

그 끝에는, 방금 전에도 본 거대하고 울퉁불퉁한 머리가 있었다. 자신을 쓰러뜨리고자 추적해온 존재를 깨달았는지, 날카로운 금색의 두 눈이 토모야 쪽을 보았다.

"그르아아아아아아!"

"—흡."

바닷속인데도 날카롭게 울리는 포효를 지르면서, 리바이어던은 거대한 입을 크게 벌렸다. 날카롭고 뾰족한 송곳니에 눈길을 빼앗기고 있는데, 다음 순간 리바이어던의 입에서 파란색의 불꽃이 뿜어져 나왔다.

바닷물마저 태워버리는 열량을 품은 일격— 그 공격에 토모야는 망설임 없이 대응했다.

'—고정 방벽.'

스킬 방벽의 파생 능력 중 하나. 장소에 고정한 벽을 만들어내는 고정 방벽을 썼다.

그러자 토모야의 눈앞에 전개된 투명한 벽이 파란 불꽃의 진격을 막아내고, 그 위협을 완전히 지워버린다.

더욱이, 토모야의 작전은 그 정도로 끝나지 않는다.

'—확대.'

방벽의 전개 규모를 확대. 전방을 향해 방사형으로 투명한 방벽 범위가 넓어지고— 중간부터 반대로 한 점에 모이는 것처럼 수축했다.

그리하여 만들어진 것은, 직경 100미터에 달하는 거대하고 투명한 구체였다.

바닷물과 함께, 리바이어던의 몸을 통째로 모두 가두는 것에 성공했다.

'좋아, 이걸로 일단은 괜찮군.'

그것을 확인하고, 토모야는 안도의 숨을 내쉬었다.

구체 안에 갇혀 버린 리바이어던이 아무리 날뛰어도, 그 안에서 도망칠 수는 없다.

그사이에 배는 충분한 거리를 나아가, 이 괴물에게서 도망칠 수 있을 것이다.

'하지만 그러면 근본적인 해결이 안 되니까.'

자신들 다음에 북대륙으로 가는 배 또한 이 부근을 지나간다. 그때 이 리바이어던이 있으면 아마도 그 배는 침몰해 버릴 것이다. 방벽 사용은 1시간이라는 시간제한이 있기 때문에, 계속해서 가둬둘 수는 없다.

희생자를 내지 않기 위해서 지금의 토모야가 할 수 있는 일.

그것은 지금 여기서 리바이어던을 쓰러뜨리는 것.

'방벽, 일부 해제.'

눈앞의 투명한 벽에서, 자신의 팔을 넣을 수 있는 공간만 방벽을 해제했다.

곧장 공기, 혹은 마력의 흐름이 변화한 것을 감지했는지 그 구멍을 향해서 리바이어던이 다가온다.

그러나, 이미 늦었다.

'스킬 중력 마법— 파생 압축 마법 발동.'

그리고 마음속으로 외쳤다.

'그래비티 프레스!'

그 순간 형용하기 어려울 정도로 절대적인 에너지가 방벽 안을 휘감고, 그대로 중심을 향해 압축됐다.

풍선에서 공기가 빠져 줄어드는 모습이 가장 이미지에 가깝지 않을까? 다만 이번에는 공기뿐 아니라, 그곳에 존재하는 고체와 액체까지 예외 없이 말려들었다.

다시 말해서 리바이어던의 몸과 바닷물이다.

압축, 압축, 압축— 토모야가 지정한 좌표상의 한 점을 향해서, 압도적인 기세로 끝도 없이 압축된다.

리바이어던의 몸통이 차례차례 터져나가 수십, 수백의 파편으로 분열됐다. 더욱이 그걸 내버려두지 않는 압축으로 마지막 단말마를 지르지도 못하고, 푸슉, 하는 맥 빠지는 소리와 함께 몸이 형체도 안 남기고 완전히 소멸했다.

—완전 승리다.

그렇게 만들어진 진공 지대에, 토모야는 앞에 있는 작은 구멍에서 바닷물과 공기가 흘러 들어가는 것을 확인한 다음 그대로 해면을 향해 헤엄쳤다.

"푸하아!"

수십 초 만에 공기를 폐에 가득 빨아들이며, 해면에서 머리를 내민 토모야는 성대하게 숨을 쉬었다.

"토모야!"

"……정말로, 쓰러뜨려 버린 거니?"

조금 떨어진 위치에 이동해 있는 배 위에서 리네가 엄지를 척 세우고, 베일과 다른 세 사람은 눈앞의 광경을 믿을 수가 없다는 표정을 짓고 있었다.

루나리아는 아직 자고 있다.

"승리!"

그리하여, 토모야도 그 자리에서 엄지를 세워 답했다.

한화 그녀가 본 광경

북대륙 중앙, 엘프의 나라의 수도 세르바휴레.

수령 수백 년을 넘을 정도의 나무들이 난립하는, 녹음이 넘치는 숲.

그 안에, 한층 높은 나무가 우뚝 서 있었다.

—세계수 유그드라실.

무에서 마력을 만들어내는, 세계에서 가장 오래된 대수(大樹).

그 높이는 5,000미터에 달한다.

윗부분 1,000미터에는 마치 하나하나가 거목 같은 가지와 나뭇잎이 돋아 있고, 그곳에는 색채가 풍부한 과실도 영글어 있었다.

그 가지들— 높이 4,000미터 지점에 있는 가지 위에 한 소녀가 서 있었다.

"……이상, 없음."

높은 위치에 있어서 그런지 햇빛을 한층 강하게 쬐어 허리춤까지 뻗어 있는 세룰리안블루의 긴 머리칼이 미려하게 반짝이고, 더욱이 강풍에 흔들리며 나부꼈다.

그 탓에 머리칼 아래에 있는 조금 끝이 뾰족한 귀가 드러났다.

그것을 감추듯 소녀는 오른손으로 머리칼을 누르면서, 시선을 어떤 방향으로 돌렸다.

아래쪽으로 3,000미터, 옆으로 4,000미터.

소녀에게서 직선거리로 5,000미터— 소녀가 있는 숲에서 상당히 떨어져 있는, 표고 1,000미터 되는 산의 꼭대기.

그곳에 백을 훨씬 넘는 수의, 원 모양의 물체— 직경 1미터의 표적이 놓여 있었다.

"후~."

한숨, 호흡을 마치고.

소녀는 왼손에 든, 그녀의 키를 넘을 정도로 커다란 나무활을 조용히 겨누었다.

그다음 오른손으로 허리에 걸어둔 통에서 화살을 꺼내 천천히 현을 당겼다.

그리고, 쏘았다.

"시사(矢射)."

두웅.

화살이 쏘아져 나가, 그대로 허공을 가르며 날아갔다.

마력을 두른 그 화살은 「이 정도 거리에서」 기세가 줄어들지 않는다.

5,000미터 앞에 있는 산꼭대기에 설치된 수없이 많은 표적 중에서, 노린 것을 한 발로 맞춘다.

"……다음."

그것을 본 다음, 소녀는 기뻐하지도 않고 차례차례 화살을 겨누어 쏘았다.

한 발도 빗나가지 않고, 차례차례 표적을 맞추었다.
압도적인 실력이었다.
"그러면. 다음은—."
이어서, 30발째를 쏘려던 순간.

둥실, 바람이 그녀의 귀를 쓰다듬었다.

"……음."
몸을 반전.
가지를 힘차게 차고 몇 번 뛰어올라, 세계수의 반대쪽으로 이동했다.
숲을 빠져나가면 그 앞에 있는 구엘드 산맥의 더욱 너머— 드워프의 나라.
엘프와 드워프는 생활 습관 따위의 차이 탓에 사이가 나쁘단 소문이 있지만, 엘프족 중에서 드물게 육류를 좋아하는 소녀가 보기에는 오히려 호의를—.
'앗, 아니야. 지금은, 이럴 때가 아니야.'
사고를 고치고, 다시 의식을 집중했다.
수십 킬로미터 앞을 보기 위해서, 천리안의 효과를 높였다.
드워프의 나라 너머, 시야에 한가득 펼쳐지는 아트라렐 해안에서 외롭게 떠 있는 작은 배를 포착했다.
아니, 평범한 배 정도의 크기는 되지만 어디까지나 여기서 본 소녀의 감상이다.

'그렇구나. 벌써, 그런 시기네.'

이 시기는 언제나 동대륙에서 많은 인간족이나, 귀향하는 아인족의 배가 찾아온다.

그래서 지금 소녀가 보고 있는 배의 존재는 아무것도 이상할 것이 없지만, 그래도 소녀는 조금 위화감을 느꼈다.

"신기한, 느낌."

그 위화감의 정체를 알고자, 더욱 의식을 집중시켰다.

그리고, 그녀는 갑판 위에 있는 「그들」을 발견했다.

한 명은 검은 머리와 검은 눈의 청년.

그 청년이…… 백은의 머리칼을 가진 어린 소녀에게 무릎베개를 받고 있었다.

"어?"

더욱이 그걸로 멈추지 않는다.

옆에 앉아 있는 붉은 머리 소녀까지, 어째선지 무릎베개를 해준다.

청년은 기분 좋게 잠들기 시작했다.

"응?"

그걸로 끝나면 그나마 좋았다.

그러나 사태가 진전됐다.

이유는 불명이지만— 붉은 머리의 소녀와 백은 머리의 소녀가 청년 옆에서 자기 시작했다.

무슨 일이 일어난 건지 이해를 못하고 있는데, 새로운 사태가 발생했다.

"앗, 리바이어던."

해면에서 꼬리를 보이는 리바이어던.

틀림없이, 저 배에 있는 사람들은 대응이 불가능하다.

—어쩔 수 없지. 그렇게 생각하여, 소녀는 손에 든 활을 겨누었다.

더욱이 화살을 준비하고, 마력을 주입하여 집중했다.

그동안에 한 번 리바이어던이 머리를 바깥으로 드러냈지만, 지금은 다시 바닷속으로 숨어 버렸다.

한 번 더 머리를 드러냈을 때가, 리바이어던의 마지막이다.

거리가 멀다. 그러나, 그런 건 문제가 안 된다. 리바이어던의 비늘을 이용한 마력 감지가 깨닫는 것보다 빨리, 뇌수를 꿰뚫어 버리면 된다.

간단한 거다. 「지금의」 소녀에게는 정말로 간단한 일이다.

그런, 데—.

"—어?"

문득 깨달았다. 리바이어던의 마력이 소멸했다.

대체 누가—.

그렇게 생각하는데, 방금 전에 소녀가 흥미를 보인 검은 머리 청년이 해면에서 고개를 내밀었다.

척 엄지를 세웠다.

……그가 쓰러뜨린 걸까?

리바이어던의 독무대인 바닷속에서?

그럴 리 없다. 믿을 수 없다.

"좋아. 시험해보자."

나무 화살을 놓았다.

그리고 만들어낸 것은 마력으로 만든 투명한, 마력 화살.

훈련용이고, 위력은 없다. 뭔가에 닿으면 상처를 입지 않고 마력 화살만 소멸하는 것이다.

물론 맞았을 때 약간의 감각이라면 있다.

리바이어던을 쓰러뜨릴 정도의 실력자라면, 이 공격을 했을 때 반응할지 궁금했다.

다시 말해서.

"시사."

그 마력 화살을, 깊은 생각 없이 일단은 쏘았다.

청년의 뒤통수에 맞자, 마력 화살은 소멸했다.

청년은 공격을 막기는커녕, 머리에 마력 화살이 맞은 것조차 깨닫지 못한 모양이다.

"말도 안 돼."

틀렸다. 어떻게 이런 일이 있을 수 있을까?

소녀는 믿을 수가 없었다—.

"언니, 마중 나왔어요."

"……우."

두 발째를 겨누었을 때.

지상, 다시 말해서 4,000미터 아래의 목소리를 그녀의 귀가 포착했다.

어쩔 수 없다. 오늘은 포기하자.

소녀는 생각을 고치고, 가지를 차고 공중에 몸을 던지더니 빠르게 낙하했다.

추락하기 십수 초 전부터, 바람 마법을 사용해 감속했다.

지상의 꽃과 풀이 흐드러진 토양에 내려서자, 눈앞에 어린 소녀가 한 명 있었다.

"오늘도 수고하셨어요, 언니."

"……응. 고마워, 메를리."

활을 든 소녀의 머리칼보다도 조금 짙은 파란색 머리칼을 어깨까지 기른 소녀의 이름은 메를리였다. 소녀를 언니라고 부르는 것처럼, 그녀의 여동생이다.

어린아이답게 조금 동그란 윤곽에, 실제 나이보다도 조금 위로 보이는 지적인 눈동자가 특징적인 소녀.

태도나 말투 또한, 어른스러웠다.

"……."

"왜 그러시나요? 언니."

"아니, 아무것도 아냐."

그렇게 대답하면서도, 소녀의 시선은 메를리의 이마에 있는 커다란 흉터를 보고 있었다.

메를리도 그것을 깨달았지만, 그것은 언급하지 않고 고개를 끄덕였다.

"그런가요. 그러면 다행이에요. 어머님이 점심 준비가 됐다고 했어요. 집으로 돌아가요."

"……또, 채소?"

"네. 그런 것 같아요."

"하아."

"……저녁에는 고기를 쓰도록 저도 부탁을 할 테니까요. 부디 기운을 내세요, 언니!"

"알았어."

"부활이 빨라요?!"

저녁에는 고기. 그 말을 들은 순간, 소녀의 걷는 속도가 빨라졌다.

메를리가 조바심을 내듯 걸어서 소녀 옆에 섰다.

"그런데 언니. 오늘은 뭔가 즐거운 일이라도 있었나요?"

"딱히 없어. 왜?"

"아뇨. 언니의 표정을 보고 그런 생각이 들었을 뿐이에요. 아무것도 없다면, 신경 쓰지 마세요."

"……응, 알았어."

수긍하면서 소녀는 아, 하고 떠올렸다.

그러고 보니, 평소와 조금 다른 일은 있었다.

「그 청년」에 대해서다.

어째서, 자신이 그를 이렇게 신경 쓰는지는 알 수 없었다.

잠시 고민한 다음, 붕붕 고개를 옆으로 저었다.

'어차피, 또 만날 일 없어. 신경 써도 낭비.'

—시아 에트랑쥬.

통칭, 청사수라고 불리는 엘프족 역대 최강의 궁수인 그 소녀는, 그렇게 결론을 내리고 다시 걸어가기 시작했다.

제4장 파벨토닉

""도착~!""

"기운차구나."

배에서 내려 북대륙의 땅에 발을 디딘 토모야와 루나리아가 즐거운 기색으로, 양팔을 들면서 외쳤다.

그것에 대해 감상을 넣으며, 리네는 뒤에서 작게 웃고 있었다.

"이야~. 너희들이 있어줘서 정말 살았어. 리바이어던이 나왔을 때는 이제 끝이라고 생각했으니까. 자, 우리가 받은 보수 절반이야. 가져가라."

"베일 씨…… 그러면, 사양 않을게요."

리더인 베일이 대표로 금화가 든 주머니를 토모야에게 건넸다.

여태까지의 경험을 봐서, 토모야가 이런 상황에서 괜히 거절하지 않고 순순히 받는 편이 양쪽 모두 좋은 결과가 된다는 걸 배웠다.

손에 묵직한 감촉이 걸렸다.

그리고 토모야 일행과 베일 파티는 마지막 인사를 나누고 헤어졌다.

이 항구 도이크 포트에 머무를 예정인 베일 파티와, 이대로 드워프의 나라 최대의 도시 파벨토닉에 가려는 토모야 일행은 가는 장소가 달랐다.

또 만날 수 있으면 좋겠다고, 솔직하게 생각되는 사람들이었다.

"자, 우리는 파벨토닉으로 가자."

"그래, 그러지."

토모야의 제안에 리네가 동의했다.

파벨토닉은 이 항구에서 불과 몇 시간 걸어간 곳에 있다.

해가 아직 하늘 높이 올라 있었다. 오늘 안에 도착할 수 있을 것이다.

승합 마차를 의지할 것도 없다. 포장된 가도도 있다고 하니, 천천히 걸어가기로 했다.

배 위에서 나흘이나 있었기 때문에, 운동 부족 해소다.

"그러면, 출바알!"

"오~!"

"……후훗."

한손을 들고 외치는 토모야를 흉내 내듯, 루나리아가 함박웃음을 지으며 응답했다. 그것을 아까와 마찬가지로 뒤에서 즐겁게 지켜보는 리네.

"토모야는 이쪽! 리네는 이쪽!"

"오옷."

"흠."

루나리아는 자기 오른쪽에 토모야를, 왼쪽에 리네를 데리고 왔다.

그리고 두 사람과 손을 잡고는, 에헤헤 웃었다.

그 미소에 치유를 받으면서, 토모야와 리네는 꾹 손을 마주 쥐었다.

누가 보면, 그냥 부부와 딸이었다.

가도에는 토모야 일행 말고도 사람이 많았다.

드워프족으로 보이는 사람들도 많다. 뭐 여기가 드워프의 나라인 이상 당연하다.

토모야의 이미지처럼, 남성은 조금 신장이 작고 근육질이며 얼굴에는 수염 따위가 많았다.

다만 여성은, 신장만 인간족보다 조금 작은가 싶은 정도의 감상밖에 안 들었다.

드워프족과 인간족이 나란히 서도 딱히 주시하지 않으면 깨닫지 못할 가능성이 있었다.

걷는 도중에 마물은 하나도 나오지 않았다.

이 근처는 마물의 퇴치가 잘 되어 있는 모양이다.

항구 부근에는 어느 정도 풀이 나 있었지만, 앞으로 나아갈수록 수가 줄어들면서 단단하고 건조한 대지가 펼쳐진다.

수많은 광산으로 둘러싸인 파벨토닉에 다가가고 있다는 증거였다.

"이쯤에서 일단 휴식할까?"

두 시간 정도 걸었다. 이미 길을 절반쯤 지났다.

다만 다갈색 경치가 늘어날수록 공기의 질도 조금 탁해지고 호흡이 어려워진다.

토모야나 리네는 이 정도로 문제없지만, 루나리아가 걱정이었다.

그렇게 생각하여 물어봤지만, 그녀는 절레절레 고개를 옆으로 흔들었다.

"괜찮은데? 아직 전혀 안 지쳤어."

"정말로?"

"응."

안색을 살펴보니 거짓말은 아닌 것 같다.

어린 몸에 안 어울리게 대단한 체력이었다.

뭐 그것도 그럴 법 하다. 지금까지 토모야는 셀 수도 없는 마물을 토벌했다.

지금 루나리아의 스테이터스는 이전보다 훨씬 상승했을 것이다.

체력이 스테이터스의 어느 항목에 포함되는 건지는 모르겠지만, 스테이터스가 높을수록 지치지 않는다는 것은 과거 인도어파였던 토모야가 이렇게 멀쩡한 걸로도 증명할 수 있다.

그렇지만, 뭐. 루나리아가 지치지 않았다고 해서 그녀를 더 이상 걷도록 해도 되는가 하면, 그건 또 이야기가 달라진다.

"자, 루나, 타."

"앗! 응!"

"음."

토모야가 그 자리에서 쪼그려 앉자, 그것이 목말을 재촉하는 거라고 금방 눈치챈 루나리아가 올라탔다. 생각해 보니 얼마 전에도 이런 일이 있었구나 하고 떠올리면서 일어섰다.

"왓, 높아!"

딱히 보이는 것이 변하는 것도 아닐 텐데, 루나리아는 즐거운 기색으로 외쳤다. 그녀가 질리지 않으면 이대로 가자고 토모야는 생각했다.

……남은 문제는, 루나리아가 아니라 토모야 옆에 있는 소녀였다.

"……리네 씨도, 나중에 탈래?"

"윽?! 아, 안 탄다!"

부러운 기색으로 두 사람을 보고 있는 리네에게 조심조심 물어보자, 그녀는 얼굴이 새빨개져서 대답했다.

배 위에서 무릎베개를 해주거나 옆에서 잠든 것 같은 이것저것에서 오는 부끄러움도, 아무래도 아직 완전히 사라진 게 아닌 모양이다.

뭐 그건 어쩔 수 없는 일이라고 토모야도 생각했다.

왜냐하면 지금 토모야의 얼굴도 빨갛게 물들어 있을 테니까.

마음을 가다듬고, 토모야 일행은 다시 걷기 시작하여 파벨토닉을 향해 나아갔다.

그리고 더욱이 1시간 뒤.

드워프의 나라 최대의 도시 파벨토닉에 도착했다.

"뭐, 대강 상상한 그대로라고 해야 하나."

성벽 안에 들어가, 주위를 둘러보면서 토모야가 중얼거렸다.

참고로 이미 루나리아는 어깨에서 내려와 토모야와 손을 잡고 있었다.

최대의 도시라지만, 그렇게 크기를 자랑하는 건 아니다.

토모야와 리네가 만난 모험가의 도시 루갈과 비교해서 비슷한 정도다.

관광객용으로 여관이나 음식점이 있지만, 그것들은 이 도시의 장점이 아니다.

이 도시에 오는 사람들의 목적. 그것은 드워프족의 빼어난 대장장이 기술로 만들어낸 무구나 장식품이었다.

그 증거로, 그것들을 취급하는 가게가 압도적으로 많다. 무구 따위를 파는 가게는 돌로 만들어진 겉모습 자체가 정성들인 구조였으며, 그것을 바라보기만 해도 재미있다.

가게 주인 입장에서 무엇보다도 일단 처음으로 자신의 기술을 주장할 수 있는 장소, 그것이 바로 가게의 겉모습이었다.

"……그리운걸."

그 광경을 바라보며 리네가 조용히 중얼거렸다.

"그러고 보니 리네는 전에도 여기 온 적이 있었지."

"그래. 집을 나와서 얼마 안 됐을 무렵, 자아 찾기의 일환이었지."

"자아 찾기였구나……."

설마 했던 진실이었다.

"그래서, 전에 말한 리네가 아는 사람 가게는 어디 있어?"

토모야가 이어서 질문을 거듭했다.

애당초 이 북대륙에 온 이유는 리네가 아는 사람을 만나 검을 만들어달라고 하기 위해서였다.

오랜 여행 끝에 드디어 목적을 이루게 된다.

"아아, 공방은 이쪽이야. 따라와."

"알았어."

리네의 말에 수긍하고, 토모야 일행은 목적지로 가기 시작했다.

큰 길에서 벗어난 뒷골목을, 리네는 오랜만에 왔는데도 헤매지 않고 나아갔다.

평소에는 이 근처에 관광객이 오지 않을 것이다. 점섬 건물과 길의 풍모가 쓸쓸해진다. 이 앞에 정말로 리네가 아는 사람이 있는지 의문스러웠다.

"도착했다."

"……여기, 구나."

리네의 인도로 도착한 곳은, 크기는 어엿하지만 겉보기에는 너덜너덜한 공방이었다. 가게조차 아니다. 토모야가 의심스런 표정을 짓자, 리네가 설명을 더했다.

"아아, 여기 주인은 기본적으로 사이 좋은 사람한테만 생산 의뢰를 받거든. 그 탓인지 건물 겉모습을 고집해도 어쩔 수 없다는 생각을 하는 사람이야. 그만큼 실력은 확실하지만."

"그렇구나."

완전히 기술자 기질이라는 거군.

어떤 인물일까 생각하는 토모야 옆에서, 리네가 가볍게 문을 노크했다.

"프라제, 있나? 나다. 리네다. 전에 약속한 검을 부탁하러 왔다."

그러나, 아무 대답이 돌아오지 않았다.

"……? 아무도, 없는 걸까?"

루나리아가 갸우뚱 고개를 기울이면서 중얼거렸다. 토모야도 마찬가지 감상이었다.

그러나 리네는 두 사람하고는 달리—.

"들어간다."

—망설임 없이 문을 열고 안에 들어갔다.

"잠깐, 리네. 멋대로 들어가도 괜찮아?"

"응? 아아, 딱히 상관없을 거야. ……그리고, 그녀가 이 정도 불렀다고 밖에 나온 기억이 여태 없어."

"……그건 또 참. 뭐 됐나."

이곳의 주인과 가장 친한 리네가 이렇게 말한 것이다. 딱히 의심할 일도 아니었다.

루나리아와 얼굴을 마주보고 서로 고개를 끄덕인 다음, 리네 뒤를 따랐다.

건물 안에 들어가자 일단 작은 방이 있고, 거기서 잡다한 인상을 받았다. 무구의 소재로 사용할 수 있을 법한 광물부터 연성에 이용하는 도구까지, 참으로 난잡하게 흩어져 있었다.

정말로 여기 주인은 실력이 확실한 건가 의문을 품으면서도, 리네를 따라 앞으로 걸었다.

그리고, 그 앞에 있는 두 번째 문을 열었다.

"읏, 오오."

"와아……."

그 안의 광경을 본 순간, 토모야와 루나리아는 무심코 감탄의 한숨을 내쉬었다.

그곳에 펼쳐진 공간은 첫 번째 방의 몇 배나 컸다.

물론 토모야 일행의 눈길을 끈 것은 방의 크기가 아니었다.

돌로 만들어진 벽에 갖가지 무기가 기대고 있었다.

검, 창, 활, 방패 따위에 이르기까지 종류도 다양하다. 그 칼날의 빛을 보면, 무기를 잘 모르는 토모야도 뛰어나다는 것을 한 눈에 알 수 있었다.

"……후에? 아아, 누군가 했더니 리네 씨잖아요! 오랜만임다!"

"그래, 그렇군. 프라제."

낯선 목소리가 토모야를 현실로 끌고 왔다.

방의 중심에 시선을 돌리자, 그곳에 소녀 한 명이 있었다.

"아차, 그런데, 그쪽 분들은 아는 사람임까?"

"그래. 내 여행 동료야."

"호에~. 그 리네 씨랑 같이 여행을 할 정도의 분들임까."

그런 대화를 나눈 뒤, 프라제라고 불린 소녀는 손에 든 일그러진 형태의, 단조하는 와중인 검을 덜컥 땅에 놓았다.

그리고 천천히 일어서더니, 토모야와 루나리아를 돌아보았다.

140센티미터쯤 되는 작은 키. 입고 있는 옷은 가죽제의, 몸의 중요한 부분만 가리는 노출이 많은 것이다. 아름다운 피부가 대담하게 공기에 노출되어 있었다.

용모에 관해서는, 호박색 머리칼을 목덜미까지 기르고 머리색을 조금 짙게 만든 것 같은 말똥하게 뜬 눈동자가 특징적이었다. 예쁘다기보다 귀엽다는 풍모.

그런 어린아이 같은 용모를 가진 프라제는 싱긋 웃으며 말했다.

"처음 뵙겠습니다. 저는 프라제임다. 리네 씨랑 여행을 하다니, 당신들은 굉장한 사람이네요!"

입을 열자마자, 리네에 대해서 조금 실례였다.

마음속으로, 토모야는 조금이지만 찬동했다.

그다음, 간단하게 자기소개를 마치고서.

프라제는 일단 작업을 멈추고, 어디선가 테이블을 가져왔다.

이어서 차가 든 컵을 사람 수만큼 놓았다.

"자요. 뭐 일단은 느긋하게 드세요."

"그래, 고마워. 프라제."

컵을 들면서, 토모야는 프라제의 희망에 따라 반말로 감사와 그녀의 이름을 말했다.

프라제는 너무 격식을 차리는 것이 거북한 모양이다.

그런 것치고 자기는 신기하게 정중한 어조로 말하지만, 그건 그냥 버릇이라고 한다.

"영차. 그래서, 리네 씨랑 토모야 씨는 어떤 경위로 만난검까? 아니, 만난 것보다 어떻게 사이가 좋아졌는지, 임다. 제 기억으로는 리네 씨가 다른 사람을 마음에 들어 하는 건 드무니까요! 엄청 희귀한 일임다!"

"프라제…… 너는 대체 나를 뭐라고 생각하는 거지? 아니 뭐, 그렇게 틀린 건 아니지만."

"틀린 건 아니구나……."

"……?"

오랜만에 아는 친구랑 재회하여, 즐겁게 대화하는 리네와 프라제.

토모야와 루나리아가 그 광경을 조용히 바라보았다.

화제는 프라제의 질문에 따라, 토모야 일행이 만난 경위였다.

두 사람이 이야기하는 가운데, 가끔씩 끼어드는 물음에 토모야가 대답했다.

"며, 멱 감는 걸 보여 버린 검까?! 푸하!"

그런 시간이 지나는 가운데 그 사건에 대해 리네가 무심코 이야기해 버려서, 그것을 들은 프라제가 배를 잡고 구르며 웃었다.

"큭큭. 그게 뭠까? 엄청 웃긴데요! 하지만 어차피 그거 아님까? 리네 씨니까 아무것도 아닌 것처럼 반응해서…… 어라? 리네 씨, 조금 얼굴이 빨갛지 않슴까?"

"……프라제, 잠깐 이리 와봐."

"어? 뭠까? 리네 씨? 어쩐지 표정이 무섭슴다……. 어, 끌고

가지…… 힘이 세?! 잠깐, 토모야 씨, 구해 주세요!"

"부디, 건강해."

"버려졌습다?!"

리네에게 목덜미를 잡혀서 방 밖으로 끌려가는 프라제.

그 광경을 토모야는 합장하면서 배웅했다.

"응? 리네랑 프라제, 뭐 하러 갔어?"

"아니, 루나는 아무것도 몰라도 돼."

"웅, 루나만 따돌려……."

루나리아에게 들려주고 싶지 않은 이야기라서 얼버무리자, 그녀가 불만으로 볼이 빵빵하게 부풀었다.

아아, 그것은 참으로 손으로 만지기 좋아 보이는—.

"……? 토모야, 왜 그래?"

"헉?! 미안, 루나. 무심코……."

루나리아가 지적을 하고서야, 토모야는 자신이 그녀의 볼을 양손으로 살짝 집어보고 있다는 사실을 깨달았다.

볼을 부풀린 루나리아가 너무 귀여운 게 잘못이라고, 토모야는 또 다시 마음속으로 누군가에게 변명했다.

"으~응. 별로 싫지는 않은걸? 토모야가 기뻐해준다면, 오히려 기뻐. 자, 여기."

사과하는 토모야에게, 이번에는 반대로 기분이 좋아져서 루나리아가 얼굴을 앞으로 내밀었다.

그녀의 제안에 따라, 토모야는 다시 양손으로 볼을 살짝 집었다.

말랑말랑 부드럽고, 더욱이 매끈매끈한 피부.

살짝 집어서 당겨보자, 기이할 정도로 기분이 좋다.

루나리아가 살짝 간지러운 기색으로 「으웅~」 하며 몸을 꼬았다.

그렇지만, 그와 동시에 기쁜 기색으로 미소를 지었다.

“그러면, 다음은 나도 토모야를 만지작만지작할래!”

“어? ……아아.”

그러자, 루나리아가 작은 양손을 뻗어서 토모야의 양 볼을 집었다.

꾸욱꾸욱 난폭하게 손을 움직이지만, 아픔 따위는 전혀 없고 오히려 기분 좋았다.

여기에는 분명히 행복감만 남아 있었다.

말랑말랑.

탱글탱글.

꾸욱꾸욱.

꾸우우욱.

“……또 시시덕거리고 있군.”

“리네 씨, 이 두 사람은 대체 뭡까?”

“토모야랑 루나는 계속 이런 느낌이야. 신경 쓰면 지는 거다.”

“……그런 겁까. 그래서, 리네 씨는 시시덕거리지 않는 겁까?”

“……아, 안 한다.”

“침묵이 길지 않습까?”

이런 식으로.

리네와 프라제가 돌아올 때까지, 토모야와 루나리아의 볼 만지기는 이어졌다.

"그러면, 얼른 시작할까요. 리네 씨가 전에 말했던 검을 만드는 거면 되는 검까?"

"그래, 그걸 부탁하고 싶다."

"그러면, 일단 소재임다. 마력 흡수에 뛰어난 게 필요함다. 가져와 준 검까?"

"물론이지……. 토모야. 그 송곳니를 꺼내줘."

"그래."

리네 말에 따라, 토모야는 이공간 창고에서 레드 드래곤의 송곳니를 꺼냈다.

어린아이의 몸통과 비슷할 정도의 사이즈를 자랑하는 그 송곳니는, 어마어마한 위압감을 뿜었다.

그것을 보고, 프라제가 한심스레 입을 벌렸다.

"우하~, 레드 드래곤을 쓰러뜨렸다는 건 정말이었네요. 용종이라는 건 최소한이라도 B랭크 상위는 되는 검다……. 그리고 이공간 창고 스킬까지 쓸 수 있다니. 이야~, 정말로 놀랐습다!"

"……그랬었지. 보통, B랭크 상위는 상당한 강적이었지."

"무슨 말을 하는 검까, 리네 씨. 그거야 당연한 거 아님까!"

프라제에게 옆구리를 팔꿈치로 찔리면서, 리네가 어쩐지 포기한 눈으로 토모야를 보았다.

토모야와 여행을 하게 된 뒤부터 B랭크나 A랭크 따위가 가장 약한 적인 것처럼 토벌하고 있다는 것에, 새삼스럽지만 생각하는 바가 있는 것이다.

토모야는 도망치듯 시선을 돌려 루나리아를 보았다.

루나리아는 고개를 갸우뚱거리고 있었다. 치유된다.

"뭐, 레드 드래곤의 송곳니가 있다면 첫 번째 소재는 클리어임다. 두 번째 소재는 요 근처 구엘드 광산에서 채취할 수 있는 마타시우트 광석인데, 이건 평소에도 산더미처럼 쓰니까 당연히 창고에 있슴다. 이걸로 두 번째 소재도 클리어임다."

맥없이 두 번째 문제도 정리한 다음, 프라제는 이어서 말했다.

"그래서, 마지막 세 번째임다……. 기초가 되는 검이 필요함다. 이번에는 굳이 따지자면, 검을 만든다기보다 성질의 부여가 주체임다. 기초가 되는 검에 레드 드래곤의 송곳니랑 마타시우트 광석을 융합시키는 느낌임다."

"……흠."

프라제의 설명을 듣고 이해할 수 없는 부분이 있어서, 토모야는 조금 생각한 다음에 입을 열었다.

"프라제. 그 성질을 부여한다는 건 어떤 거지?"

"그러니까……. 말 그대로의 의미임다. 마력을 담으면 절삭력이 늘어나는 술식을 심거나, 무게를 가볍게 하는 소재를 융합하거나 여러 가지임다."

"그렇군."

토모야가 서투르게나마 가지고 있는 대장장이 지식하고는

근본적으로 다른 설명.

역시 마법이 있는 이세계쯤 되면 그런 부분도 여러모로 다른 모양이다.

일단 그 설명에 납득하고, 토모야가 동의했다.

……아니, 한 가지 더 물어보고 싶은 게 있다.

"그래서, 이번에는 어떤 성질을 부여하는 거야?"

"아아, 그건 간단함다. 본래 레드 드래곤의 송곳니는 이를 박은 먹잇감에서 마력을 흡수하는 능력이 있슴다. 그걸 응용해서, 검으로 벤 마물이나, 대기 중의 마력을 흡수하는 성질을 부여함다."

"……오호."

"그리고 다음으로 마타시우트 광석의, 축적한 마력을 몇 배로 증폭해서 뿜어내는 성질을 부여함다. 이렇게 하면 보통의 몇 배 효율로 마력을 흡수해서 뿜어내는 검을 만들 수 있슴다. 마법 검사분들이 잘 쓰는 타입이네요."

"그렇군. 그런 거구나."

돌이켜보면, 리네도 분명히 그런 타입이다.

공참도 그렇고 공간참화도 그렇고, 검기와 마법을 병용하는 경향이 있다.

그 위력을 높일 수 있는 것이리라.

이걸로 리네가 새로운 검을 바라는 의도를 이해할 수 있었다.

"설명 고마워."

"아뇨아뇨, 괜찮슴다~."

감사를 전하는 토모야에게, 프라제가 웃으며 대답했다.

그 대화를 지켜본 다음, 리네가 앞으로 나섰다.

"성질을 부여하는 검 이야기로 돌아가는데, 가능하면 검을 처음부터 만들어줄 수 있을까?"

"그건 별로 상관없지만, 어째서임까? 분명히 전에 리네 씨한테 만들어준 검은 제가 만든 것 중에서도 수위를 다툴 정도로 뛰어난 거라고 생각하는데요. 그거, 허리에 있는 검. 아무리 그래도 그걸 넘는 검은 만들 수 있을지 알 수가 없슴다."

"아아, 이건 조금 사정이 있어서, 비슷하지만 나한테는 전혀 다른 물건이야. 프라제가 만들어준 것에 대해서는…… 토모야, 부탁할 수 있을까?"

"그래, 알았어."

리네가 바라는 것은 짐작이 가기 때문에, 토모야는 이공간 창고에서 검이었던 몇 개의 파편을 꺼냈다. 피네스가 부숴버린 그것을 지금까지 토모야가 맡고 있었던 것이다.

"이건 또 산산이 부서졌슴다."

"그래, 부끄럽지만. 그래서, 가능하면 이걸 새롭게 만드는 검의 소재로 써주면 좋겠어."

"그런 검까."

설명을 들은 프라제, 그리고 옆에서 듣고 있던 토모야도 리네의 마음을 짐작할 수 있었다. 검사에게 검은 생명과 같은 뜻. 특히 애착이 있던 그 검의 혼을, 다음 검에 이어주고 싶은 모양이다.

프라제는 수십 초 정도 눈을 감고 생각하는 모습을 보인 다음, 각오를 한 것처럼 눈을 확 부릅떴다.

"네, 알겠습다! 다름 아닌 리네 씨의 부탁이니까요. 시간은 걸릴지도 모르지만, 한껏 실력을 발휘해서 해보겠습다!"

"고마워, 프라제."

구체적인 시기나 가격에 대해서 이야기하는 건 이제부터지만, 교섭이 일단 잘 되었기 때문에 자리의 분위기에서 긴장감이 사라졌다.

안도하고서, 문득 토모야는 공방 안을 둘러보았다.

돌로 만들어진 벽에 있는 수많은 무기들은, 역시 몇 번을 봐도 마음이 끌리는 것이었다.

복잡한 형태를 한 검이나 도끼 따위는 도대체 어떤 식으로 만드는 것일까?

의문스럽게 생각하는 것과 동시에, 한 가지 생각이 토모야 안에서 생겼다.

'그렇지. 창조나 연성 스킬을 쓰면, 나도 여러 가지 무기를 만들 수 있지 않을까?'

지금까지는 그저, 본 무기를 그대로 창조하는 것밖에 못했다.

그러나 연성 스킬을 이용하면 여러 가지 형태로 바꿀 수 있다는 것을 극히 최근에 배웠다.

수단을 얻었으니, 실행을 하고 싶다는 호기심이 생겼다.

창조하는 소재와 연성으로 만들어내는 완성형을 이미지하자, 얼른 토모야는 실제로 시도해보기로 했다.

검으로 만들기에 걸맞은, 부서지지 않을 정도로 단단하고 특수한 성질을 가진 소재를 토모야는 알고 있었다.

그것을 이미지하고 창조를 발동. 더욱이 그 소재를 변형시켜서 한 자루의 투명한 검이 완성됐다.

"좋아, 됐다."

무사히 완성된 것을 확인하자, 토모야는 만족하여 중얼거렸다.

그런 토모야에게 맨 먼저 반응한 것은 리네였다.

"토모야, 그 검은 대체 어쩐 일이지?"

"이 공방에 있는 무기를 봤더니 조금 스스로도 만들어보고 싶어졌어. 창조로 종언수의 핵을 만들고, 연성을 써서 검의 형태로 바꿔봤지. 그렇지, 리네. 조금 나를 향해서 마법을 쏴 볼래?"

"그건 상관없지만, 정말로 괜찮겠나?"

"그래. 대미지를 줄 셈으로 부탁해."

"알았다. —파이어 볼."

리네의 손에서 쏘아져 나간 불꽃 덩어리에, 토모야는 피하지 않고 투명한 검을 그저 들었다.

"……이거 놀랍군."

리네는 눈앞에서 일어난 현상을 보고 믿을 수 없다는 기색으로 중얼거렸다.

불꽃 덩어리가 검에 닿자마자 맥없이 소멸한 것이다. 그리고 동시에 칼날이 약간 붉게 물들었다.

이유는 간단했다. 악의나 공격의 의사를 가진 마력을 흡수한다는 종언수의 핵이 가진 성질로, 리네의 마법을 흡수한 것이다. 요컨대 이 검이, 적의가 담긴 마법이라면 완전히 무효화하는 경이적인 능력을 가졌다는 증거였다.

"잠깐 빌려줄 수 있을까?"

"물론."

리네는 검을 손에 들더니, 그 자리에서 가볍게 휘둘러봤다.

"흠. 능력뿐 아니라, 가벼움이나 강도에도 문제는 없군."

"그러면, 꽤 좋은 완성도라는 거야?"

"그래, 틀림없어."

한순간 번득인 생각으로 만들어낸 강력한 무기 앞에서, 기분이 들뜨는 토모야 일행.

다만, 그 기적의 대가로―.

"저, 저기~. 그 소재가 뭔지에 대해서는 모르니까, 오랜 경험에 따른 직감인데요……. 그거, 틀림없이 제가 만드는 검보다 뛰어난 거죠? 이제, 제가 리네 씨의 검을 만들 필요 없는 거 아님까……?"

"""……아."""

―프라제 씨의 프라이드가 운명하셨습니다.

"아, 아니야. 프라제. 딱히 네가 만든 무기를 바보 취급하려고 생각하는 게……."

"괜찮아요. 이제 괜찮아요. 토모야 씨. 제 가치가 어느 정도인지 알았습니다. 제가 평생 걸려 만든 무기 따위, 토모야 씨가 대충 생각나서 만든 제작 시간 몇 초인 무기에도 크게 뒤

떨어짐다……. 그렇죠오오, 이제 그만, 대장장이를 생업으로 하는 것도 물러날 때인가요."

"프, 프라제에에에에에!"

토모야는 자기 탓에 상처 받은 프라제를 위로하기 위해서 전력을 다했다.

그러나, 어지간해서는 토모야의 말이 프라제의 귀에 들어가지 않는다. 이렇게까지 부정적 사고인 사람이라고 생각 못했다.

아니, 기술자니까 자기 노력이 부정되는 일에 쇼크를 받는 건 당연하다고 할 수 있겠지만.

달리 어떤 방법으로 위로해야 좋을까?

고민한 끝에, 토모야는 벽에 걸려 있는 복잡한 형태의 도끼를 집었다.

"아니, 나 같은 건, 정말로 단순한 형태의 무기밖에 못 만들어! 자, 이걸 봐. 이것처럼 복잡한 형태면 말이지, 나 같은 녀석의 빈곤한 이미지력으로는 만들 수 없— 앗, 됐다."

"으캬아아아아아아아아! 이제 싫어어어어어어어!"

무심코 재능이 개화해 버린 토모야는, 놀랍게도 그 도끼를 창조하는데 성공했다.

그것을 본 프라제는 절망의 절규를 질렀다.

"토모야, 떽! 프라제를 괴롭히면 안 돼!"

"아, 아니야. 루나……. 이건 딱히 괴롭히려고 한 게— 앗, 이 창도 만들었네."

"우와아아아앙! 이제 싫습다! 토모야 씨 싫습다!"

"토모야, 떽!"

"……이 상황을 어쩌지."

토모야를 혼내는 루나리아에, 계속해서 슬픔의 절규를 지르는 프라제.

혼돈에 빠진 가운데 뛰어드는 목소리가 하나 있었다.

"아니, 두 사람 잠깐 기다려봐. 아무래도 내가 쓰기에 이 검은 커다란 결함이 있어."

"어?"

그것은, 세 사람과 조금 떨어진 장소에서 검을 시험 삼아 휘둘러보던 리네의 말이었다.

"분명히 가벼움이나 강도는 충분하다. 그러나, 문제는 마력의 흡수야. 아무래도 이 검은, 적의 마법뿐 아니라 자기 마력까지 흡수해버리는 것 같아. 마법이나 신체강화 따위도 상관없이."

"……그렇다면."

"그래. 검사라지만 마력을 전혀 안 쓰고 싸우는 사람은 없으니까. 유감이지만, 이건 그다지 쓸만한 물건이 아니겠지."

리네는 미안한 기색으로 어깨를 으쓱거리고, 검을 토모야에게 돌려줬다.

설마 그런 폐해가 있을 거라고 생각 못했다. 토모야는 반성하―.

그 순간, 천재적 발상이 토모야 안에 내려섰다!

"그래…… 나는 어차피 무기든 뭐든, 겉모습을 따라서 창조하는 것밖에 못해. 그런 물건은 그저 위작에 지나지 않아."
"가, 갑자기 왜 그러지?"
"……토모야 씨?"
"……?"
갑자기 연극조로 또박또박 말하자, 리네, 프라제, 루나리아 셋이 의문스런 표정을 지었다.
지금이다. —토모야는 프라제에게 시선을 보냈다.
"하지만, 프라제. 너는 달라!"
"후에?"
무슨 말을 하는 건지 모르겠다. 프라제는 엉뚱한 반응을 보였다.
토모야는 검을 내던지고 그런 프라제에게 다가가, 힘차게 양어깨를 잡았다.
"뭐, 뭐뭐뭐, 뭘까. 토모야 씨?!"
"내 말을 들어봐, 프라제!"
"앗, 네!"
프라제의 깊은 호박색 두 눈이 흔들리는 것도 상관하지 않고, 토모야는 말을 이었다.
"방금 말한 것처럼, 나 같은 건 고작해야, 전 세계에 존재하는 갖가지 소재로, 어떤 형태의 무기든 만들 수 있을 뿐이야!"
"그, 그건 엄청나게 굉장한 일이라고 생각하는데요……."
"아니, 그건 아니야! 왜냐면 나는, 프라제가 말한 성질의 부여 같은 거 못 해!"

"어?"

갸우뚱하는 프라제 앞에서, 토모야는 바닥에 떨어진 투명한 검을 가리켰다.

"이 검의 마력 흡수도, 처음부터 소재가 가지고 있는 성질에 지나지 않아! 나는 프라제처럼 몇 가지 소재의 성질을 잘 융합시키는 건 못 해!"

"그, 그런 겁까?"

"그럼, 그렇지!"

시도해본 적이 없을 뿐이지 실제로는 할 수 있을지도 모르지만, 상관하지 않고 토모야는 말을 이었다.

"하지만, 프라제는 달라! 네가 지금까지 얻은 경험, 그리고 타고난 재능은, 아무도 만들어낸 적이 없는 멋진 무기를 만들 수 있지!"

"……그, 그런 걸까요?"

"그럼! 당연하지!"

"그, 그래도, 역시 어차피 저 정도로는—."

"프라제!"

"~~~!"

아무리 설득해도 결정타가 안 된다.

그래서 토모야는, 지금까지보다 가장 마음을 담아서 외쳤다.

"그래도 나는, 너를 믿는다!"

"—앗, 아우우."

그 영혼의 외침을 듣고서, 프라제는 얼굴이 새빨개져서 증기를 뿜었다. 완전히 함락된 순간이었다. 무엇에 함락됐는지는 모르겠지만.

토모야가 천천히 양 어깨에서 손을 치우자, 프라제는 토모야에게서 도망치듯 일단 뒤로 돌았다.

그리고 잠시 시간이 지나 드디어 고개를 앞으로 돌렸을 때, 아직 빨갛게 물들어 있지만 눈동자에는 힘찬 의지가 담겨 있었다.

"그그, 그렇슴다! 저는 천재임다! 토모야 씨가 말한다면 틀림없슴다!"

"그래! 프라제는 천재다!"

"저, 만세!"

"프라제, 만세!"

""만세! 만세!""

토모야와 프라제는 마주보며 몇 번이나 양손을 들어 기쁨을 드러냈다.

지금까지 긴 시간을 들여 쌓아 올린 캐릭터가 근본적으로 무너지는 것 같기도 하지만, 토모야는 이제 깊이 생각하지 않기로 했다.

그 광경을 떨어진 곳에서 보는 존재가 두 명.

"그래그래. 사이좋게 지내야 돼!"

"……루나, 너는 언제까지나 지금 그대로의 루나로 있어줘."

"후에?"

기쁜 기색으로 미소 짓는 루나리아와 한숨을 쉬는 리네가 있었다.

그리고 토모야와 프라제가 만세를 계속한 다음.

다음으로 토모야가 프라제에게 상담할 차례였다.

"프라제, 잠깐 나도 상담하고 싶은 게 있는데."

"아! 네, 맡겨 주십쇼!"

마치 충견처럼 기쁘게 미소를 지으며 응답하는 프라제.

그 반응에 조금 쓴웃음을 지으면서, 토모야는 이공간 창고에서 그 물건— 종언수의 핵을 꺼냈다.

아까 리네에게 건넨 투명한 검과 달리, 그것은 칠흑으로 물들어 있었다.

텅. 그것을 바닥에 두자, 중량이 느껴지는 소리가 울렸다.

"이건…… 뭘까?"

당연히, 프라제는 본 적이 없을 것이다. 그 부자연스러울 정도의 흉흉함에 눈이 동그래져서 물었다.

딱히 감출 일도 아니라, 토모야는 솔직히 대답하기로 했다.

"그건 종언수의 핵이야. 피네스라는 미궁을 공략했을 때 얻었어."

"아아아, 그렇군요. 종언수 피네스를 공략— 공략한 검까?!"

"그, 그래. 꽤 억지란 느낌이었지만……."

예상을 넘어설 정도로 놀라는 모습에 무심코 뒷걸음질 쳤다.

그러나 프라제의 반응은 그 정도에 머무르지 않고, 조금 떨어진 곳에서 두 사람을 지켜보는 리네에게 정말인지 물어보는 시선을 보냈다.

리네가 고개를 끄덕이자, 프라제도 드디어 믿은 모양인지 「호~」 하고 목소리를 흘렸다.

"그건 정말로 진심으로 충격임다. 종언수라고 하면, 최하층에 다가가면 A랭크나 S랭크 마물도 나온다고 들었으니…… 이야~, 이건 아까 레드 드래곤 이야기하고 격이 다름다. 토모야 씨, S랭크 마물도 쓰러뜨리는 실력이 있는 거네요! 역시 제가 눈여겨본 사람임다!"

"어느샌가 눈여겨봤어……. 뭐 S랭크 마물이라면 분명히 몇 마리 쓰러뜨렸지. 북대륙으로 오는 도중에 배에서도, 리바이어던을 쓰러뜨렸고."

"리바이어던?! 정말임까?! 아트라렐 해의 주인이라고 불릴 정도의 마물임다!"

북대륙에 사는 프라제에게는 아트라렐 해에 나오는 리바이어던이 종언수 공략보다도 가깝고, 놀라운 내용이었을 것이다.

아까 이상으로 놀라는 모습을 보이는 그녀에게 증거를 보여주기 위해서, 토모야는 이공간 창고에서 리바이어던의 비늘을 꺼냈다.

리바이어던을 쓰러뜨렸을 때 입수한 이 소재는, 토벌한 토모야 몫으로 받은 것이었다.

"지, 진짜임다……."

거대한 비늘이 열몇 장.

그것을 보고 프라제의 눈에는 경악이 떠오르더니, 어째선지 반짝거림도 생겼다.

"토, 토모야 씨, 이거 팔아주지 않겠습까?! 리바이어던의 비늘은 소재로서 일급품입다! 한 장에 성금화 10닢으로 어떻습까?"

"성금화 10닢……?!"

일본 돈으로 환산하면 100만 엔.

상상 이상의 금액을 제시하자, 토모야는 무심코 복창했다.

그러나 그것을 듣고 무슨 착각을 했는지, 프라제는 얼굴을 빨갛게 물들이고— 양손의 검지를 콕콕 붙였다 떼며 부끄러운 기색으로 말했다.

"저, 저기, 그걸로 부족하다면…… 토모야 씨만 괜찮다면, 제 몸으로 지불을 해도—."

"공짜로 줄게."

"—잠깐! 조금 더 반응을 해주면 좋겠습다!"

어쩐지 이해 못 할 방향으로 가려는 것 같아서, 토모야는 그 이상 프라제의 말을 듣지 않고 공짜로 비늘을 주기로 했다. 물론 가장 큰 이유는 방금 전 여러 가지 폐를 끼친 것에 대한 사과와 미래에 대한 선행 투자였다.

어째선지 프라제가 삐친 것처럼 볼을 부풀리고 있지만, 토모야는 그 이유를 알 수가 없었다. 진짜로 진짜다.

"아까부터 너희들은 뭘 하고 있는 거지?"

"아야."

"아…… 리네, 그리고 루나."

프라제와 토모야의 머리에, 주먹이 떨어졌다.

전혀 아프지 않다. 조금 이야기의 흐름이 이상해져서, 그것을 수정하러 와준 모양이다.

일단 변명을 하기로 했다.

"아니, 이 비늘을 프라제한테 그냥 주기로 한 것뿐이야."

"……괜찮겠나? 괜찮은 장소에서 매각하면, 상당한 금액이 될 거라 생각하는데."

"딱히 괜찮아. 친교의 증거 같은 거지. 돈은 곤란할 거 없으니까."

"읏! 토모야 씨는 부자! 좋은 걸 들었습니다!"

"……프라제?"

"리, 리네 씨? 아니 저기, 뭐라고 할까요…… 표정이 무섭습다?!"

"흥."

"아야! 아니 아프지 않아!"

어째선지 갑자기 둘이서 노는 리네와 프라제.

그 안에서 토모야는 일단 철수하여, 루나리아 옆에 앉아 두 사람을 바라보았다.

"……평화롭네에."

"그렇네~."

토모야가 현실 도피처럼 말했다. 그러나 순진무구한 루나리아는 상반신을 내밀며 토모야 쪽을 보고, 함박웃음을 지으며 찬동해 주었다.

그 참에, 그녀가 목에 걸고 있는 파란 목걸이— 토모야가 노스 포트에서 선물한 물건이 찰랑 흔들렸다.

그 이후로 언제나 걸고 있었다. 토모야로서는 감개무량했다.

"—아하, 그래요! 좋은 생각 났습다!"

"어, 뭔데."

그러자 갑자기 프라제가 외쳤다.

그녀의 시선이 루나리아의 목걸이를 향하고 있었다.

"이야~, 리바이어던의 비늘을 그냥 받을 수 있는 건 기쁘지만, 정말로 이쪽이 아무것도 안 주면 너무 죄송함다. 그러니까 하다못해 뭔가 답례를 할까 생각해서요. 그 목걸이를 마도구로 바꿔 만드는 건 어떻슴까?"

"마도구로 바꿔 만들어?"

"그렇슴다! 용도는 다양하지만, 그렇네요……. 리바이어던의 비늘이 가진 마력 감지의 성질을 이용할까요? 그 성질을, 그 목걸이에 융합시켜요. 그래도 형태나 색이 바뀌는 건 아니니까, 그건 걱정 없슴다."

"그러면, 어떻게 되는데?"

"한정된 범위 안에서라면, 대상자의 마력을 감지해서 그 분이 어디 있는지 알 수 있게 됨다. 파티끼리 여행을 하는 사람에게는, 동료가 어디 있는지 금방 알기 위한 수단을 확보하는 건 중요하니까요. 편리함다."

"……그렇군."

프라제의 설명을 듣고, 토모야는 머리를 굴려봤다.

토모야는 색적 스킬이나 천리안 스킬이 있으니까 마음만 먹으면 언제든지 리네와 루나리아가 있는 장소를 알 수 있다.

그렇지만 반대는 어떨까? 그녀들이 토모야가 있는 장소가 어디인지 알 수 없어 난처한 일은, 분명히 앞으로 생길지도 모른다.

"리네, 어떻게 생각해?"

"흠. 좋지 않을까? 어디까지나 사용을 긴급 시로만 한정하면, 서로의 프라이버시도 어느 정도 지킬 수 있겠지."

"그렇구나. 루나는 어떻게 생각해?"

"……저기, 언제든지 리네랑 토모야가 어디 있는지 알 수 있는 거야?"

"그래."

"그러면 기뻐! 이걸로, 언제든지 만나러 갈 수 있어!"

""루, 루나……!""

"어, 이 광경 대체 뭘까……."

루나리아의 말이 마음에 와닿은 토모야와 리네의 모습을 보고, 프라제가 조금 기겁했다.

이렇게 토모야 일행은 프라제의 제안을 받아들여서, 각자의 목걸이(만약을 위해 토모야 것도)에 부여를 받기로 했다.

드디어 다음으로, 토모야에게 본론인 종언수의 핵 이야기를 하게 됐다.

땅바닥에 놓은 거대한 칠흑의 구체— 종언수의 핵을, 토모야는 오른손으로 콩콩 두드렸다.

“미안, 프라제. 상담해주면 좋겠어. 이걸 검으로 만들고 싶어.”

“……이걸 말입까?”

칠흑이 흉흉한 건지, 조심조심하면서 프라제가 핵을 만졌다.

만진 순간, 표정이 진지하게 변했다.

프라제가 관찰을 하는 동안, 동시에 토모야는 한 가지 의문을 품었다.

아까 토모야가 만든 검은 자신의 마력까지 흡수해 버리는 성질을 가지고 있었다. 그렇다면 이걸 검으로 만들어도 마찬가지 폐해가 나오는 게 아닐까?

그러나 금방 아니라고 고개를 저었다. 왜냐하면 아까 그것과 달리 이 칠흑의 핵에는 이미 한계까지 마력이 담겨 있고, 더 이상 마력을 흡수하지 못한다. 그 대신 강도는 올라갔다고 생각되기에 토모야라도 충분히 쓸 수 있을 것이다.

그리고 몇 분 뒤, 집중력이 끊어졌는지 프라제가 깊게 숨을 내쉬면서 머리 위를 두드렸다.

“이건, 터무니없습다.”

세계에서 제일 단단하다고 하기에 걸맞은 외각.

그리고 수만 년 분량의 마력이 담긴 내부.

실력 있는 대장장이인 그녀는, 그것이 얼마나 어마어마한 건지 이해할 수 있는 모양이다.

“알 수 있어?”

“네. 제가 지금까지 본 것 중에서 가장 단단한 소재입다……. 솔직히 말해도 됩까?”

"그래, 부탁해."

"—이걸 검으로 만드는 건 불가능함다."

"윽. 어째서?"

프라제가 한 말은, 토모야의 희망을 쳐부수는 말이었다.

당연히 금방 납득하지 못하고, 그 이유를 물었다.

"간단한 이야기임다. 제 연성 스킬은 Lv 6밖에 안 됨다. 그렇지만 추측하기로, 이 단단한 물건에 간섭하려면 Lv 10은 필요함다. 제 레벨로는 전혀 안 됨다……. 게다가 Lv 10에 도달한 대장장이는 과거를 거슬러 올라가도 한두 명 정도밖에 존재 안 해요. 그 시점에서, 이미 불가능—."

"앗, 내 연성 스킬이 Lv 10을 넘으니까 괜찮아."

"울 것 같아."

프라제가 그 자리에서 양손을 바닥에 짚고서, 쇼크를 받고 있었다.

토모야가 황급히 사과하자, 프라제는 기가 막힌 듯 한숨을 쉬면서 일어섰다.

"뭐 됐슴다. 이제 토모야 씨가 뭘 하든 놀라지 않슴다! 그러면 이야기를 진행하겠슴다!"

"부탁드립니다."

마음을 가다듬고, 프라제가 설명을 재개했다.

"연성 스킬을 가졌다면 제1관문은 클리어임다. 하지만 문제는 또 있슴다. 일단 이 소재를 일부만 깎아내는 건 무리 같슴다."

"무슨 소리야?"

"이중 구조로 되어 있어서 그렇습다. 외각이 단단한 핵, 그리고 내부가 대량의 마력…… 아마도, 외각 일부를 깎아낸 시점에서 알맹이인 마력이 밖으로 흘러나올 겁다, 이 형태라면."

"그러면, 어떡하면 되는데?"

"압축……이라는 방법이면 될 겁다. 마력을 안에 가둔 채로, 바깥 층의 형태를 검으로 바꾸는 게 제일이라고 생각함다. 난이도가 올라가는 만큼, 필요한 연성 레벨이 올라가는데요. 15쯤 될 겁다. 하지만 Lv 15라는 건 과거에 한 명도—."

"그거라면 괜찮아. 15도 넘어."

"울었다."

익숙한 대화를 반복하고, 결론이 나왔다.

"그러면, 얼른 그 압축을 시도해볼게."

"알겠습다!"

"힘내, 토모야!"

"그래."

프라제를 포함한 세 사람이 지켜보는 가운데, 토모야는 얼른 실행을 해봤다.

종언수의 핵을 건드린다. 이미지하는 건 한 자루의 검.

그리고 토모야는 연성을 발동했다.

"—이게 뭐지."

완성품을 보고, 토모야는 무심코 중얼거렸다.

거기 있는 것은 빈말로도 검이라고 할 수 없는 무언가였다.

사이즈는 작아졌지만, 정작 형태를 보면 마치 유치원생이 점토를 만지작거리며 생각나는 대로 만든 것처럼 일그러져 있었다.

그렇다고 해서, 결코 토모야의 상상력이 유치원생 수준이라는 건 아니다.

지금까지 평범하게 무기를 만들었던 것이 그 증거다.

그렇다면, 다른 요인을 찾을 필요가 있다.

"프라제, 어떻게 된 건지 알겠어?"

"잠깐 보여주십쇼. 흐으으음……."

잠시 끙끙거린 다음, 프라제는 「아아」 하고 생각이 난 것처럼 말했다.

"뭔가 알아냈어?"

"아직 추측의 영역이지만, 그래도 괜찮습까?"

"그래, 부탁해."

수긍하자, 그것을 확인한 프라제가 말했다.

"분명, 내부에서 마력이 결정체가 되어 있습다."

"결정체?"

"네. 아시는 것처럼, 평소 마력은 기체에 가까운 성질입다. 하지만, 이 안은 너무나 마력 밀도가 높아서 마력의 일부가 고체에 가까운 성질— 결정체로 변화했습다. 그러면 외각을 변형시키더라도, 그 결정체가 방해가 돼서 생각대로 연성을 못하게 되는 검다."

"……흠."

프라제의 설명을 듣고서, 토모야는 비닐봉지에 든 얼음을 떠올렸다. 운동부가 아이싱을 할 때 자주 쓰는 것이다.

아무리 바깥쪽의 비닐봉지를 누르거나 작게 정리하려고 해도, 얼음이라는 고체가 존재하는 한 마음대로 형태를 바꾸는 건 불가능.

그리고 비슷한 현상이 종언수의 핵에도 일어난 모양이다.

동시에, 토모야 안에 한 가지 발상이 떠올랐다.

그러면 안에 있는 얼음을— 결정체를 부수어 본래의 마력으로 되돌리면 되지 않을까? 그러면 연성도 가능해질 것이다.

다시 말해서, 또 한 번 연성을 사용해 힘으로 결정체를 부순다.

"이런 건 어때?"

토모야는 자기 생각을 그대로 프라제에게 말했다.

"그렇네요. 미지의 범위지만 시도해볼 가치는 있다고 생각합다."

찬동도 얻었으니, 실행해보기로 했다.

연성 Lv ∞ 발동.

이번에는 핵의 외각 형태를 바꾸는 정도로 그치지 않는다. 방해하는 것(결정체)이 존재한다고 해도, 사양 않고 뭉개버린다.

자, 시작하자—.

두근.

그것은, 머나먼 기억.

외각이 부서진다.

마력이 흘러나온다.

갖가지 살의가 밀려 나온다.

어떤 자는, 자국을 발전시키기 위해 타국의 사람들을 죽였다.

어떤 자는, 가족을 지키기 위해서 적대하는 인간을 죽였다.

또 어떤 자는, 식량을 얻기 위해 마물을 죽였다.

그리고—.

"토모야!"

"……?!"

그 부름 소리에 반응하듯, 토모야는 반사적으로 연성을 써서 부서진 외각을 보강했다.

무사히 그걸 마치고, 드디어 의식이 현실로 돌아왔다.

그 모습을 보고, 눈앞에서 걱정스런 표정을 짓고 있던 리네가 안도의 한숨을 내쉬었다.

"토모야, 왜 그래? 갑자기 멍해지다니, 안색도 나빠."

"내가 멍해졌어……?"

한순간, 리네가 무슨 말을 하는 건지 이해할 수 없었다.

냉정해져서 차분해지자, 드디어 이해했다.

그랬다. 분명히 그는 지금 뭔가에 사고를 빼앗기고 있었다.

그 사고는, 살의였다.

외각이 부서지자, 내부에서 흘러나온 마력에 담겨 있던 살의가, 해일처럼 토모야에게 밀려들었다.

살의라고 하면, 종언수에서 싸운 피네스가 떠오른다.

피네스는 종언수의 핵에 미처 들어가지 못한 마력으로 만들어진 괴물이었다.

그러나 돌이켜보면, 피네스를 만들어낸 것은 종언수 전체에서 보면 아주 미량에 지나지 않는 마력이었다.

그저 그것만으로, 그 만큼이나 살의로 가득한 존재가 태어났다.

그렇다면 이 종언수의 핵에 담긴 마력— 살의의 양은, 그야말로 헤아릴 수도 없을 것이다.

시선을 떨구었다. 그곳에 있는 것은 방금 전과 다를 바 없는 일그러진 형태의 검.

녀석이 말없이 고하는 것 같았다. 이 살의를 거느릴 각오가 없다면, 너는 이 검을 사용할 자격이 없다.

'여기서, 네가 방해를 하는 거냐.'

가로막는 벽 앞에서, 토모야는 마음속으로 투덜거리는 수밖에 없었다.

뭐가 어찌됐든, 계속 자신의 사고 안에 있을 수는 없다. 토모야는 새삼 일행을 돌아보았다.

"미안, 괜찮아. 검을 만드는 건 실패한 모양이지만."

"그렇습니까. 그러면, 괜찮지만요."

"정말로 괜찮아? 토모야?"

"그래."

다가온 루나리아의 머리를 상냥하게 쓰다듬었다.

그러자 드디어, 그녀가 안심하며 표정을 풀었다.

문득, 프라제가 입을 열었다.

"그건 그렇고 실패임까. 연성을 이용해서 결정체를 짓뭉갤 수도 없다. 이렇게 되면, 직접 안의 결정체를 공격해서 부수는 것밖에 떠오르지 않슴다."

"그런 게 가능해?"

"불가능함다~."

"이보세요."

무심코 태클을 걸어 버렸다.

그렇지만 뭐, 그건 당연한 거라고 토모야도 생각했다.

외각을 부수지 않고 내부만 공격하다니. 어느 정도 높은 기술을 가진 달인이어야 할 것인가?

유감스럽게도 토모야의 힘은 스테이터스로 상궤를 벗어났지만, 기술은 초보자다. 그럴 수는 없었다.

그것이 가능한 스킬도 짚이는 것이 없—.

"어아아앗!"

"우옷, 뭐야."

갑자기, 프라제가 외치면서 뛰어올랐다.

물어보니, 그녀는 눈을 반짝거리며 말했다.

"짚이는 게 있슴다! 외각을 부수지 않고 알맹이인 결정체만 공격할 수 있는 사람!"

"뭐, 정말이야?!"

"그렇습다!"

그렇다면 대단한 진전이다.

단숨에 문제가 해결될지도 모른다.

그렇게 기대하는 토모야 앞에서, 프라제가 말했다.

"구엘드 광산을 넘어간 곳에 있는 엘프의 나라. 거기에 시아 씨란 분이 있습다. 그분이라면, 어떻게 될지도 모릅다!"

그리고 그 말이, 토모야 일행의 이후 행동 지침이 되었다.

◇◆◇

"그러면, 이제 그만 출발하자."

이튿날 이른 아침.

짐을 정리하고, 하루만 묵은 여관 밖으로 나선 토모야가 중얼거렸다.

"그래."

"오~!"

리네가 수긍하고, 루나리아는 기운차게 한 손을 들어 응답했다.

"자, 후드가 미끄러졌어."

"으응~."

오늘 루나리아는 리본이 아니라, 후드가 달린 복장이었다.

뿔에 걸렸는지 이상한 형태가 되었기 때문에 토모야가 그 형태를 바로잡아주자, 루나리아가 간지러운 기색으로 소리를 흘렸다.
끝나자, 조금 부끄러운 기색으로 에헤헤 웃으며 말했다.
"고마워, 토모야!"
"……."
"또, 흐트러지는데?"
"—헉! 미안, 루나. 무심코."
무의식 중에 루나리아의 머리를 후드 너머로 쓰다듬고 있는 걸 깨달은 토모야는, 사과하면서 새삼 흐트러진 후드를 정성스레 다시 씌워주었다.
도중에, 루나리아가 목에 걸고 있는 목걸이에 시선이 갔다.
이것은 이미 리바이어던의 비늘을 이용해, 마력 감지의 성질을 부여한 다음이었다.
문득, 시선을 옆에 있는 리네에게 돌렸다.
"……? 왜 그러지?"
"아니, 리네도 목걸이 걸어줬구나 생각해서."
"너와 루나에게 받은 거다. 당연하지."
그녀의 가슴팍에는, 녹색의 보석이 반짝이고 있었다.
타오르는 듯한 적색의 긴 머리칼과 훌륭하게 조화하고 있었다.
그렇다, 루나리아와 리네는 잘 어울리니까 문제없다.
문제가 있다면…… 토모야가 걸고 있는 핑크색 목걸이였다.
덤이라고 하면서, 이것도 프라제가 세공을 해줬다.
"이거, 확실하게 나한테 안 어울리지……."
한 손으로 만지작거리면서 살며시 중얼거렸다.

"아니, 딱 좋아!"

"그렇지는 않다."

중얼거리자, 루나리아와 리네가 금방 부정했다.

두 사람은 얼굴을 마주보더니, 어째선지 미소를 나누었다.

어째서 그러고 있는지 토모야는 알 수 없었지만, 일단 두 사람의 말을 믿고 이대로 걷기로 했다.

'……그러고 보니.'

생각해 보면, 핑크색은 적색과 백색을 섞으면 만들어지는 색이다.

그렇게 생각하면, 이건 혹시나—.

아니, 생각이 지나친 거겠지. 토모야는 그렇게 결론을 내기로 했다.

"그런데 프라제는 어디 갔지? 배웅하러 온다고 했었지?"

"분명히 늦는군. 무슨 일이라도 있었을까……? 음."

대화하는 도중에, 허둥지둥 서두르는 발소리가 들렸다.

그쪽을 돌아보자, 프라제가 조금 조바심이 난 기색으로 달려왔다.

"여러분, 기다리셨죠!"

"왜 그래? 그렇게 당황하다니."

"그것이…… 심각한 얘기를 들었습니다!"

"심각한 얘기?"

표정을 보니 별로 좋은 소식은 아닌 모양이다.

심호흡을 해서 호흡을 진정시킨 다음, 프라제가 말했다.

"그렇습다. 여러분이 이제부터 가는 구엘드 광산, 거기서 록 드래곤이 목격됐다고 함다."

"록 드래……."

"록 드래곤이라고?!"

토모야의 물음보다 빨리, 리네가 외쳤다.

시선으로 설명을 요구하자, 그녀는 고개를 끄덕였다.

"록 드래곤이란 건, 본래 서대륙(드라그나)에 서식하고 있는, 이름 그대로 몸이 암석으로 뒤덮인 드래곤인데……. 그 성질이 성가시다."

"몸에 두른 암석을, 주변에 있는 돌의 색이나 바위의 성질에 동화할 수 있습다. 이 성질 탓에, 어디에 있는지 알 수 없어서 습격을 받아 당하는 모험가도 많다고 함다."

"게다가, 순수하게 암석으로 몸을 지키고 있기 때문에 방어력도 대단히 높다……. 보통 공격은 통하시 않는다고 생각하는 편이 좋아. 그 증거로, 랭크도 S다."

"……그런 적이 있구나."

리네와 프라제의 긴장감이 가득한 설명을 들은 토모야는, 강한 경계심을 품었다.

"……토모야."

루나리아도 두려운 기색으로 토모야의 소매를 잡았다.

"목말라."

"자."

아니었다. 그냥 목이 마른 거였다.

이공간 창고에서 수통을 꺼내 건네자, 꿀꺽꿀꺽 마셨다.

긴장감이 한 조각도 없다. 귀엽다.

—이 무구한 소녀를 지켜야 한다.

토모야는 그렇게 강하게 다짐했다.

"정보, 고마워. 그러면 다녀올게."

"네, 조심하세요."

프라제의 배웅을 받으며, 이번에야말로 토모야 일행은 출발했다.

리네의 검이 만들어질 무렵에 다시 돌아올 예정이니, 금방 또 만날 수 있다.

그렇기에, 지금은 앞날에 대해 생각해야 한다.

록 드래곤.

그 마물이 얼마나 강력하더라도, 지금이라면 이길 수 있다.

그렇게, 토모야는 믿고 있었다—.

◇◆◇

"감사합니다! 분명히 록 드래곤을 매수했습니다!"

엘프의 나라에 도착한 토모야 일행은 일단, 여행 도중에 쓰러뜨린 록 드래곤을 매각했다.

록 드래곤이 몸에 두른 암석은 방어구 따위에 이용되는 것이다.

암석 안에 있는 고기는 양이 적지만 일품이라고 한다—. 그러나, 식생활이 다른 탓에 사주지 않았다. 이공간 창고 안에 보존해뒀다.

엘프족은 기본적으로 채식주의라고 한다. 개중에는 예외도 있다고 하지만.

"오, 한가득이네."

대금으로 받은 대량의 금화를 주머니에 넣고, 이공간 창고 안에 던져 넣었다.

그 모습을 바라보며, 리네가 기가 막힌 듯 말했다.

"토모야. 나는 생각도 못했어. 옛날에는 내가 공간참화를 사용하지 않으면 어찌하지도 못했던 록 드래곤을, 그런 식으로 쓰러뜨리는 사람이 있다니……."

"……날씨가 좋네."

"이 녀석, 말을 돌리지 마."

얼버무리려고 하자, 혼나 버렸다.

문득, 토모야는 몇 시간 전 일을 떠올렸다.

◇◆◇

『우오, 굉장한데. 이렇게 커다란 돌을 들어 올릴 수 있어.』

광산을 걷는 도중에, 토모야는 양손을 펼쳐도 끝에서 끝까지 안 닿을 정도로 커다란 돌을 차근차근 들어 올렸다.

스테이터스의 굉장함을 새삼 실감하고 있었다.

그러나, 한번 기가 살아나면 더 시험해보고 싶은 것이 인간이란 것이라…….

『어디까지 들어 올릴 수 있을까? 앗, 이거는 어떨까?』

그래서 토모야는, 주변에 있는 것 중에서 한층 커다란 암석에 눈독을 들였다. 형태도 조금 이상한 것 같지만, 신경 쓰지 않고 그것을 한 손으로 잡아서— 확 들어 올렸다.

『오오, 이 크기라도 할 수 있구나. —어?』

『무슨.』

『후에?』

그때 토모야는 위화감을 깨달았다.

토모야는 어디까지나 거대한 암석을 들어 올린 것에 지나지 않는다.

그럼에도 불구하고, 그의 손 위에 있는 것은 「산」이었다.

그러니까 록 드래곤이었다.

광산과 동화되어 색 따위도 비슷했기 때문에 방금 전까지는 깨닫지 못한 것이다.

지금은 광산과 떨어지자 색이 본래대로 돌아와서— 문득 그 몸의 일부분에 눈이 나왔다.

번뜩, 토모야 쪽을 노려보았다.

입을 크게 벌리자, 그 안에 마력이 모이는 걸 알 수 있었다. 공격하려는 거다!

『우와아아!』

반사적으로 토모야는 록 드래곤을 힘차게 휘둘렀다.

광산 일부가 크게 함몰되고, 록 드래곤이 터져서 죽었다.

슬픈 결말이었다.

◇◆◇

“눈물 나네.”

“아니, 전혀 눈물이 안 나는데.”

“무슨 말이야, 리네. 이렇게 감동적인 이야기를 듣고서 그렇게 담백한 반응이라니…… 루나도 감동했지?”

“조금 무슨 말인지 모르겠어.”

“크헉!”

설마 루나리아가 부정하다니. 토모야의 멘탈에 5,000조 대미지.

“그런 것보다, 얼른 이동해야겠지.”

“그랬었지. 시아란 녀석을 찾아가야지.”

토모야는 부활했다. 멘탈 HP 또한 ∞이었다.

“저기…….”

콕콕. 토모야의 팔에 감각이 있었다.

루나리아인가? 그러나 그녀는 앞에서 리네와 사이좋게 손을 잡은 채 걷고 있었다.

그러면 대체, 누가―.

“저기, 잠깐 괜찮을까요?”

“……어, 너는.”

돌아보자, 그곳에 어린 소녀 한 명이 있었다.

나이는 열둘이나 열셋쯤 될까? 엘프족 특유의 끝이 뾰족한 귀가 특징적이다. 짙은 파란색 머리칼을 어깨까지 기르고, 대단히 귀여운 용모였다.

다만, 이마에는 커다란 흉터가 하나 있었다.

그렇다고 매력이 줄어드는 일은 결코 없었지만.

"저는 메를리 에트랑쥬라고 해요. 메를리라고 하시면 됩니다."

"나는 토모야 유메사키야. 토모야라고 부르면 돼."

"그러면, 토모야 님."

"님……?"

설마 했던 호칭에 놀랐지만, 거기에 태클을 걸기보다 전에 물어봐야 하는 것이 있었다.

"그래서 메를리, 무슨 용건 있어?"

"아, 그랬어요. 지금, 시아란 이름을 말씀하지 않으셨나요?"

"했는데…… 혹시, 뭔가 알고 있어?"

"네, 시아는 제 언니예요. 괜찮다면 언니한테 안내할까요?"

"……자매라. 하지만 괜찮아? 우리 같은 처음 보는 사람한테 그렇게 말해도."

"네, 물론이죠. 여러분이 언니에게 해를 끼치려는 분으로 보이지 않으니까요. 사실 저는 사람 보는 눈이 있어요."

언젠가 리네가 했던 것과 같은 말을 하는 메를리.

멈춰 서서 이야기하는 토모야와 메를리 곁으로, 리네와 루나리아가 돌아왔다.

"토모야, 무슨 일이야? 갑자기 멈추다니."

“처음 뵙겠습니다. 루나리아야.”

“네, 메를리예요.”

질문을 던지는 리네와, 그사이에 인사를 나누고 순식간에 친해진 루나리아와 메를리.

토모야는 메를리가 시아의 여동생이며, 시아에게 안내한다는 제안을 해준 것을 두 사람에게 말했다.

“그렇군. 그런 거였구나. 나는 리네야. 잘 부탁해, 메를리.”

“네, 잘 부탁드립니다. 리네 님!”

“님……?”

방금 전 토모야와 같은 반응을 리네가 취한 다음, 네 명이서 시아에게 가기로 했다.

엘프의 나라, 사르투스 안에 있는 최대의 도시 세르바휴레.

그곳은 풍부한 자연에 둘러싸인 도시였다.

선명한 녹색의 삼림에, 색색의 과실과 꽃이 아름다운 경치를 만들어낸다.

그것도 모두, 세계수 유그드라실의 은혜라 할 수 있었다.

갓 태어난 순도 높은 마력을 양분으로 삼기 때문이다.

그 자연 속에서 엘프족이 살고 있었다.

삼림의 중심 부분에서 조금 벗어난 장소에 그들이 손을 본 도시가 있었다.

도시와 주변의 자연을 포함하여 세르바휴레인 것이다.

토모야 일행이 구엘드 광산을 하산하여 잠시 걸어간 다음에 일단 목적으로 삼은 것도 그 도시였다.

거기서 록 드래곤의 소재를 매각한 다음, 메를리라는 소녀와 만나 시아라는 사람 곁으로 안내를 받게 되었는데—.

"이건…… 터무니없네."

"그래. 나도 이 정도 가까이서 볼 기회가 있을 줄은 몰랐다."

"와앗! 굉장해, 굉장하네!"

올려다보자, 그곳에는 꼭대기가 보이지 않을 정도로 거대한 대수— 세계수 유그드라실이 있었다.

토모야, 리네, 루나리아 세 사람은 제각각 놀라는 반응을 보였다.

그 모습을 뒤에서 바라보고 있던 메를리가 웃으면서 말했다.

"네, 아주 굉장해요. 그도 그럴 것이, 높이 5,000미터의 크기니까요."

"5,000미터라니…… 무슨 산이네."

떨어진 장소에 있는 구엘드 광산과 비교하면서, 토모야가 중얼거렸다.

구엘드 광산의 표고는 2,500미터 정도.

이것도 충분한 높이라고 할 수 있지만, 세계수의 높이는 그것을 훨씬 넘고 있었다.

종언수처럼, 나무의 대부분이 땅속에 묻혀 있는 것도 아니다.

압도적인 높이, 크기, 존재감. 그리고 흘러넘치는 반짝임과 신성함. 처음 본 토모야 일행이 눈길을 빼앗기는 것도 어쩔 수 없는 모습이었다.

그러면, 관찰도 적당히 하고. 본론은 여기서부터다.

"그래서 메를리, 시아는 대체 어디 있지? 여기는 이 세계수 밖에 없는 것 같은데.

"네, 그걸 설명할게요. 시아 언니는 현재, 세계수의 수호자를 맡고 있어서—."

—그 순간, 둥실 바람이 불었다.

"어?"

"……앗!"

머리 위에서 뭔가가 떨어져 내렸다. 그것이 뭔지 확인하고자, 다들 시선을 올렸다.

그 광경을, 토모야 일행은 그저 멍하니 올려다보는 수밖에 없었다.

그곳에 있는 소녀는 그저 하염없이 아름다웠다.

반짝임을 두른 세룰리안블루의 긴 머리칼이, 낙하의 영향인지 힘차게 나부꼈다.

머리칼보다도 더욱 깊이가 있는 파란 눈동자, 눈처럼 섬세하고 하얀 피부. 두 귀는, 엘프족이라서 조금 끝이 뾰족했다.

굴곡이 적은 호리호리한 몸에는 실크 같은 천 옷을 입었다.

왼손에는, 몸에 안 어울리는 커다란 목제 활을 쥐고 있으며—.

"먹어라."

"응? 아니 뭔데 우오오후아?!"

—그 활에서 쏘아져 나온 빛의 화살이, 토모야의 안면에 직격했다.

아픔은 없다. 방어 스테이터스 덕분이라기보다 애당초 그 화살에 공격력이 없는 것 같았다.

그렇지만 갑작스런 공격에 놀라지 않을 리 없고, 토모야는 그대로 뒤로 넘어가 그 자리에 쓰러졌다.

"무슨?!"

"우에?! 토모야?!"

너무나 갑작스런 일에 대해, 리네와 루나리아가 눈이 동그래져서 토모야의 몸을 걱정했다. 메를리는 한 손을 이마에 대고서 한숨을 흘렸다.

그런 그녀들 앞에서, 활을 든 소녀는 만족스레 가슴(허무)을 내밀며 말했다.

"드디어, 반응해줬어……. 만족. 에헴."

이것이, 토모야와 시아 에트랑쥬의 만남이었다.

제5장 청사수와 작은 내기

"……잠깐 기다려."

딱히 기절한 것도 아닌 토모야는, 일단 몸을 일으키고 상황 파악을 시도했다.

입을 열자마자—라기보다 오히려, 얼굴 보자마자 공격을 해온 소녀의 의도를 일단 캐내야 한다.

상황에 따라서 전투로 이행하는 일도 있을 수 있다.

토모야는 그렇게 생각했는데…….

"그렇군. 그러니까 토모야가 리바이어던이나 록 드래곤을 일축하는 것을 보고, 그 광경을 믿을 수가 없어서 실제로 눈앞에서 공격을 시도해보고자 생각한 건가?"

"그래. 그거야."

"……이해된다. 나는 이해된다. 그 마음. 요즘 들어 조금 그에게 지나치게 익숙해졌지만, S랭크 마물을 소일거리 삼아 쓰러뜨리는 것은 본래 있을 수 없는 일이니까……. 초심을 떠올리게 해줘서 고맙다, 시아."

"천만에, 리네."

리네와 시아가 굳은 악수를 나누었다.

그것을 토모야는 멍하니 바라보았다.

다음으로, 루나리아가 시아 곁으로 갔다.

“있잖아. 어려운 건 잘 모르겠지만……. 시아는, 토모야한테 장난을 쳐서, 반응을 보고 싶었던 거지?”

“그래. 그런 느낌…… 아마도.”

“에헤헤. 그거라면 나도 이해해! 그치만, 다음부터는 위험한 방법은 안 돼!”

“알았어, 루나리아.”

루나리아와 시아가 굳은 악수를 나누었다.

그것을 토모야는 멍하니 바라보고…… 바라보고…….

“바라볼 수 있겠냐! 잠깐 기다려 너희들 좀 이상하지 않아? 갑자기 공격해온 녀석이랑 어째서 금방 친해지는 거야?!”

“아니, 그게. 나와 같은 고뇌를 품은 사람을 만나는 일은 드물어서 말이지. 무심코. 미안하다.”

“어, 미안 그거 처음 알았어. 리네, 나랑 같이 있으면서 고뇌했어?”

“조금.”

“조금은 했구나아.”

토모야는 그 이상 리네를 추궁하지 못하고 루나리아를 보았다.

그러자, 그녀는 함박웃음을 지으며 말했다.

“토모야를 좋아하는 사람 중에, 나쁜 사람은 없어!”

“루나……. 그렇구나. 루나가 그렇게 생각한다면 어쩔 수 없지.”

“딱히, 좋아하는 건 아니지만.”

"나 참. 기껏 용서해주는 분위기가 되어 가고 있으니까 좀 조용해 봐."

"그건 무리한 얘기."

"뭐야?"

"뭐어?"

서로 노려보는 토모야와 시아.

그것을 조금 떨어진 곳에서 리네와 루나리아가 나란히 서서 보고 있었다.

"어쩐지 토모야, 즐거워 보여!"

"음……. 분명 그렇군. 우리와 이야기할 때보다 기운이 넘치는 느낌이 드는군."

"……어째서일까?"

"글쎄. 우리가 아무리 생각을 해도, 토모야에 대해서는 알 수 없지."

"그렇네!"

'어쩐지 엄청난 말을 듣는 것 같은데…….'

시아와 노려보는 가운데, 토모야는 두 사람의 대화를 들으며 그런 감상을 품었다.

그렇지만, 자각이 있기는 했다.

토모야는 평소에 갖가지 결과를 예상하고 행동한다. 이런 말을 하면, 상대가 어떤 대답을 할지 따위도 언제나 생각하고 있었다.

예를 들어 토모야가 엉뚱한 발언을 했을 때— 다시 말해서 어벙한 말을 할 때는, 리네의 태클을 기다리는 때가 있다.

루나리아가 상대일 때는 어떤 어벙한 말도 정화해 버리는 경우가 있지만, 일단은 그걸로 문제는 일어나지 않는다.

그러나, 그런 그가 거북해하는 개념 존재가 있다.

보통과 다른 반응을 하는 계통의 인물은 토모야의 천적이다.

무슨 짓을 저지를지 예상도 못 하기 때문에 상대하기 어렵다.

그리고 아직 만난 지 얼마 시간이 지나지 않았지만, 시아가 그쪽에 속한 존재라는 것을 이미 토모야는 파악하고 있었다.

다시 말해서, 토모야에게 시아는 천적이었다.

그런 그녀의 앞에서, 무심코 마음이 흐트러져 버리는 일도 있는 법이다.

"좋아, 하던 얘기를 계속하자. 그래서, 너는 나한테 공격한 걸 반성하고 있어?"

"안 했어."

"……표면적으로라도, 반성하는 척도 안 하냐?"

"안 해."

"가, 강하다……!"

결코 흐트러지지 않는 강한 마음을 느끼고, 토모야는 무심코 할 말을 잃었다.

그러나, 그 틈을 시아는 놓치지 않았다.

"에잇."

"이봐 잠깐 기다려. 왜 이 흐름에서 두 번째 공격을 할 수 있지?"

"본능."

"본능이라면 어쩔 수 없군."

"응, 어쩔 수 없어."

압도적인 설득력이라서, 토모야는 무심코 물러나는 수밖에 없었다.

"역시 즐거워 보이는군, 저 두 사람……."

"사이좋아. 보기 좋네!"

"네, 정말로 그렇네요."

대화를 나누는 두 사람은, 옆에서 보기에는 참 사이가 좋아 보였다.

만난 지 아직 10분도 안 되었지만 서로의 성격을 알 정도로 농밀한 시간을 보낸 토모야 일행의 이야기는, 다음 장면으로 이행되고 있었다.

"갑자기 공격해온 건 뭐 이제 됐어. 이제 그만 본론에 들어가자."

"본론……?"

"그래."

토모야의 말이 뭘 가리키는 건지 알 수 없었는지, 시아가 의문을 드러내는 것처럼 고개를 갸우뚱 기울이자 그 바람에 기다란 귀가 살짝 흔들렸다.

그런 그녀에게 설명하고자, 토모야는 이공간 창고에서 그 물건을 꺼냈다.

일그러진 형태로 모습이 바뀐, 종언수의 핵.

그것을 처음 본 시아와 메를리 두 사람은, 눈이 동그래져서 살펴보았다.

"이건……."

"뭘까요? 조금, 아뇨. 상당히 흉흉한 마력이 느껴져요."

"그건 종언수의 핵이야. 형태는 조금 바뀌었지만."

"……음."

"무…… 종언수, 인가요?!"

의문스럽게 입을 다무는 시아에, 훌륭한 반응을 보여주는 메를리.

프라제에게 보여줬을 때도 이런 반응이었다고 생각하며, 토모야는 오늘에 이르는 경위를 설명했다.

동대륙에서 종언수를 공략하여 이 핵을 입수하고, 프라제 곁에서 검으로 만들려고 했지만, 내부에 생긴 마력의 결정체 탓에 그것을 이루지 못했다. 그래서, 그 결정체를 어떻게든 할 수 있다는 시아의 존재를 프라제에게 소개받았다는 흐름이다.

"그래. 프라제가, 그런 말을……."

당연히 시아는 프라제와 아는 사이였는지, 그녀를 떠올리며 중얼거렸다.

"그래, 그거야. 그래서."

그런 그녀에게, 토모야는 이번에야말로 여기 온 첫 번째 목적을 말했다.

"네가 가진 뮤테이션 스킬— 공간비사의 힘을 빌리고 싶어."

토모야 일행은 이미 프라제에게 들었다.

시아가 공간비사라는 뮤테이션 스킬을 보유하고 있다는 것을.

물론, 그 능력도 포함해서.

그 스킬만 있으면, 토모야의 목적을 달성하는 것이 가능하다.

그 탓에 적지 않은 기대를 품으면서 시아에게 말했는데—.

"—그건, 무리."

—살짝 눈썹을 찌푸리고, 묵직한 소리로 시아가 대답했다.

방금 전과 달리, 말에 강한 의지가 담겨 있었다.

그 표변을 보고, 무심코 토모야가 당황했을 정도였다.

"……어째서지? 이유를 물어봐도 돼?"

"이유고 뭐고, 없어. 나는 그런 건 쓰지 않아……. 쓸 수 없어. 그러니까, 그 부탁을 들어줄 수 없어. 그저 그것뿐."

"쓸 수 없어?"

토모야는 무심코 고개를 갸웃거렸다.

그것은 프라제에게 들었던 이야기와 상당히 다른 내용이었다.

쓸 수 없다는 것은, 시아는 지금 그 뮤테이션 스킬을 보유하지 않았다는 것일까?

반응으로 짐작해 보면, 공간비사라는 단어를 들어본 적이 없는 것도 아닌 것 같다.

시아의 스테이터스를 볼 수 있다면, 그런 의문을 해소할 수 있겠지만.

'—아, 이런.'

무심코, 그녀의 스테이터스를 보고 싶다고 생각해 버린 탓이리라.

감정이 자동 발동했다.

시아 에트랑쥬, 16세, 여자, 레벨: 42

직업: 청사수

공격: 32,600

방어: 27,800

민첩: 36,820

마력: 35,600

마공: 34,500

마방: 28,900

스킬: 궁술 Lv 3, 물 마법 Lv 5, 바람 마법 Lv 4, 천리안 Lv 4, 은폐 Lv 4, 공간비사

공간비사 — 뮤테이션 스킬. 특정한 물질을 전이시켜, 지정한 좌표를 직접 쏜다.

그곳에는 역시, 공간비사라는 스킬이 적혀 있었다.

자동 발동이었다지만, 시아의 스테이터스를 보고 싶다는 토모야의 의사에 반응하여 감정이 발동한 것은 사실이다.

"……특정한 물질을 전이시켜, 지정한 좌표를 직접 쏜다."

"—윽, 그건……."

"미안. 감정 스킬로 네 스테이터스를 봤어."

그녀의 스테이터스를 본 증거를 중얼거리며, 고개를 숙여 사과했다.

이 세계에서 스테이터스에 적힌 정보는 대단히 귀중하다. 허가를 받지 않고 봐선 안 되는 것을 토모야도 이해하고 있었다.

그 자세 그대로, 시아의 말을 기다렸다.

"……딱히, 그건 상관없어."

"……그래."

그러나, 시아는 스테이터스를 본 것 자체는 신경 쓰지 않는 모양이다.

금방 용서를 받고, 토모야는 고개를 들었다.

시아는 이어서 말했다.

"다만, 너에게 협력할 수 없는 건 사실. 나는 이제 두 번 다시 그 스킬을 쓰지 않으니까."

"……알았어. 미안하다. 억지 부려서."

"……응. 알면 됐어. 용건이 끝났으면, 나는 원래 장소로 돌아갈게."

"원래 장소라니…… 우옷."

대답도 대충 듣고서, 갑자기 시아를 중심으로 바람이 불었다 싶더라니 그녀의 몸이 머나먼 상공까지 날아갔다.

눈앞에서, 그 모습이 작은 점으로 바뀌었다.

"……자, 그럼. 거절당했네."

시아의 모습이 사라지는 것을 보고서, 토모야는 작게 중얼거렸다.

짚이는 곳이 사라진 지금, 어떡하면 될지 알 수가 없었다.

그 정도로, 그녀의 뮤테이션 스킬에 기대를 걸고 있었다.

—공간비사. 특정한 물질을 전이시켜, 지정한 좌표를 직접 쏜다.

전투에 연관되는 구체적인 예를 들어보면, 자신과 상대 사이에 어떤 벽이 막아서고 있어도 상관없이, 자기 활과 마법으로 공격을 상대에게 전이시킬 수 있는— 그런 터무니없는 능력인 모양이다.

프라제 말로는 시아가 그 스킬을 사용하는 것을 실제로 본 건 아직 둘 다 어렸을 때라고 했는데(애당초, 몇 년 전부터 서로 자기 나라에서 나가지 않았기 때문에, 얼마간 만나지도 않은 모양이다), 당시부터 이미 압도적인 이채를 뿜어냈다고 말했다.

그 스킬을 유효하게 활용하면 종언수의 핵 외각에 상처를 내지 않고, 다시 말해서 내부의 마력을 바깥으로 새지 않도록 하면서 마력의 결정체를 파괴할 수 있지 않을까 토모야 일행은 생각했다. 그것이 바로, 프라제가 토모야에게 말한 방법이기도 했다.

그러나 아무래도, 그 방법을 실제로 시도하는 건 어려운 모양이다.

"……어이쿠."

문득, 토모야의 어깨에 누군가 손을 올렸다.

돌아보자, 상냥하게 미소 짓는 리네가 있었다.

"수고했어, 토모야. 일단 오늘은 돌아가자."

"리네……. 그래, 그러자."

리네 말이 맞았다.

시아가 거절한 지금, 억지로 여기 머무를 이유는 없다.

……세계수 유그드라실을 좀 더 느긋하게 보고 싶다, 정도의 마음은 있지만.

"그러고 보니, 아직 여관도 안 잡았네. 관광도 하고 싶으니까……. 좋아, 일단은 놀자!"

계획이 틀어진 건 유감이지만, 참으로 놀랍게도, 냉정하게 생각해 보면 검을 만들지 못해도 딱히 곤란할 것은 없었다.

마음을 고쳐먹고, 의식을 노는 방향으로 전환했다.

"루나, 어디 가고 싶은 곳 있니?"

"어어, 토모야랑 리네가 함께 가면, 어디든지 좋아!"

"루나……!"

감동의 포옹을 하고 있는데, 문득 메를리가 기가 막힌 목소리로 말했다.

"저기……. 언니의 설득에 협력할 수는 없지만, 이곳 세르바휴레의 관광 명소라면 제가 안내할 수 있어요. 수많은 꽃이 피어 있고, 경치가 아름다운 장소는 어떤가요? ……저기, 토모야 님? 루나리아 님? 반응……."

"아아, 고마워 메를리. 저 둘은 기본적으로 저런 느낌이니까 딱히 신경 쓰지 않아도 된다. 그보다도, 나는 네가 말한 경치가 신경 쓰이는군. 괜찮다면 이다음에 우리를 데리고 가 줄 수 있을까?"

"리네 님……. 네, 알았어요. 맡겨 주세요!"

그런 대화를 나눈 뒤, 토모야 일행은 도시에 돌아가게 됐다.

중간에 들른 색색의 꽃이 피어 있는 꽃밭에서는 다 함께 동심으로 돌아가 즐길 수 있었다.

그리고 밤. 본래 토모야 일행은 도시의 여관에 묵을 예정이었는데—.

"—어째서, 있어?"

에트랑쥬 가족의 집으로 돌아온 시아는, 일단 처음으로 그렇게 불평부터 했다.

이것은 주의를 줘야겠다고 토모야는 생각했다.

"이 녀석, 돌아왔으면 일단 다녀왔습니다 해야지. 그리고 나는 말하는 거다, 어서 와, 라고."

"무슨 말을 하는 건지, 모르겠어."

"괜찮아. 나도 그러니까."

"그럼 됐어."

그리고 시아는 커다란 활을 정해진 위치에 세워두고, 그 자리에 앉았다.

"이 두 사람은 대체……."

"사이좋네!"
리네와 루나리아의 말을, 토모야는 일단 안 들리는 척했다.
그러자, 이어서 다른 목소리가 들렸다.
"핫핫하, 이건 근사하군! 우리 딸이 남자를 데리고 돌아오다니. 이건 손자를 볼 날도 이제 금방인가!"
"에이 여보, 조금 취했어요. 손자 얼굴을 얼른 보고 싶은 건 나도 마찬가지지만요."
파란 머리의 남성과, 파란 머리의 여성이 즐거운 기색으로 말했다.
그 모습을 보고, 시아는 조금 혼란에 빠져 말했다.
"……이 두 사람, 누구?"
"네 부모님."
그렇다. 그곳에 있는 것은 시아와 메플리의 아버지 오랄과, 어머니 메아였다.
아이를 가진 연령이라고 생각하기 어려울 정도로 젊다.
왜냐하면 엘프족은 마족 정도는 아니지만 수명이 길며, 그만큼 오래 젊은 용모를 유지하기 때문이었다.
"그래. 영문 모를 소리를 하니까 모르는 사람인 줄 알았어."
"네 판단 기준 굉장한데."
"쑥스러워."
"칭찬한 거 아니야……."
토모야는 생각하는 것을 멈추었다.
그러나 시아의 의문은 아직 사라지지 않았는지, 이어서 입을 열었다.

“그래서, 어째서 너희들이 여기 있어?”

“아아, 그거 말인데. 이야기하면 길어지는데…… 괜찮겠어?”

“안 괜찮아.”

대화, 종료.

를 할 수는 없었다.

“그러면 짧게 하면 되냐?”

“돼.”

“알았다. 그러면 시작한다. 그건 거슬러 올라가 1시간 정도 전에 일어난 일이었다―.”

“그 도입부는 뭐지?”

“두근두근.”

“아하하…… 이 광경 대체 뭘까요?”

그리하여, 토모야의 설명이 시작됐다.

◇◆◇

『토모야 님, 리네 님, 루나리아 님. 집까지 바래다주셔서 정말로 고맙습니다.』

관광을 한 다음, 토모야 일행은 만약을 위해 메를리를 집까지 바래다주었다.

메를리는 허리를 숙이며 정중하게 감사를 전했다.

『여기 오는 도중에 소개한 여관이라면, 가격으로도 서비스로도 문제없을 거라고 생각해요. 이 도시에 잠시 머무르실 거라면, 괜찮다면 또 만나도록 해요.』

『그래. 오늘은 고마워.』

『그럼 다음에 또.』

『안녕, 메를리!』

마지막으로 인사를 나누고, 작별이었다.

—본래는, 그랬어야 했다.

『꺅! 메를리가 남자애를 데리고 왔어어!』

그때, 집 안에서 그런 소리가 들렸다.

『정말인가?! 어떤 남자인지 확인해 주겠다!』

이어서, 그런 외침과 함께 파란 머리의 남성— 오랄이 뛰쳐나왔다.

토모야를 보자마자, 그는 말했다.

『네가 메를리가 데리고 온 남자인가! 흐흠. 평소에는 못 보던 얼굴이군. 그리고 인간족이라…… 그렇다면, 일부러 동대륙에서 메를리를 만나러 왔다는 건가?』

『아뇨, 굳이 따지자면 시아 쪽에…….』

『그렇군, 시아군! 그건 좋다! 그 녀석은 지금 세계수의 수호자 일을 하느라 나가 있다. 금방 돌아올 거야! 부디 안에서 기다리도록 하게! 핫핫하! 이걸로 우리 집의 앞날도 밝군!』

『어, 아, 잠깐…….』

『아아, 또 아버님과 어머님의 나쁜 버릇이…… 리네 님과 루나리아 님도, 일단 안에 들어오세요.』

『그, 그러면 실례하지.』
『실례하겠습니다아!』
『자, 오늘 밤은 진수성찬을 준비할게요!』

◇◆◇

"이렇게, 된 거야."
"길어, 한 줄."
"대강 네 부모님 탓이야."
"알았어."
압도적인 이해력이었다.
"그렇지만, 사정을 이해한 거랑 용납하는 건 다른 얘기. 나는, 너희들이 여기 있어도 된다고 허락할 생각이 없어. 애당초, 마치 네가 나랑 그런 사이처럼 취급되는 것 자체가, 굴욕—."
"앗, 그러고 보니 록 드래곤의 고기가 안 팔려서 남았는데, 괜찮다면 요리에 써주세요. 일품이라던데요."
"——! 평생, 있어."
곧장, 토모야의 양손을 시아가 힘차게 쥐었다.
틀림없이 자산(고기)을 노린 것이었다.

그다음, 저녁 식사는 막힘없이 진행됐다.
손님 측인 토모야 일행조차 마음 놓을 수 있을 정도로, 상냥하고 너그러운 분위기의 일가였다.

그 뒤에 간단히 몸을 물로 씻어내는 정도로 욕실을 빌리고, 다음은 잠만 자면 되는데—.

"—어째서, 이렇게 됐지?"

토모야는 눈앞에 펼쳐진 침실과, 그곳 한복판에 턱 깔려 있는 이불을 시야에 담고서 중얼거렸다.

이부자리는 하나밖에 안 깔려 있었다.

토모야가 혼자서 자는 거라면, 그것도 문제가 없었겠지만…….

"내가 알고 싶어."

토모야 옆에 있는 시아가 차분하게 응답했다.

물로 씻어낸 긴 머리칼은 완전히 마르지 않았고, 촉촉함을 유지한 채 선정적으로 나부꼈다.

입고 있는 잠옷이, 더욱 그녀의 매력을 올리고 있었다.

그렇다. 여기는 토모야에게 내어준 빈 침실이 아니라, 평소에 시아가 지내는 방이었다. 아까 토모야가 시아를 만나러 왔다고 섣불리 흘려버린 것이 문제였다. 그 순간에 이 결말이 결정되어 있었다.

다시 말해서, 오랄과 메아의 책략으로 목욕탕에서 나온 토모야가 당황하는 사이에 이 방으로 끌려온 것이다.

참고로 리네와 루나리아는, 몇 년 전에 고향을 뛰쳐나간 시아의 언니 방이 비어 있다고 해서 거기 묵는다고 했다.

"미안하네. 내가 오랄 씨랑 메아 씨한테 제대로 설명을 못한 탓에 이렇게 됐어."

"……됐어, 신경 안 써. 내일도 일찍. 나는 이제, 잘래."

시아가 대답하고, 얼른 이불에 누웠다.

마치 이 상황에 대한 불만 자체가 그다지 없는 것 같았다.

그렇지만, 아무리 토모야라도 그녀를 따를 수는 없었다.

그래서 토모야는 이공간 창고 스킬을 발동했다. 평소 여행을 하다가 잠들 때 쓰는 이불을 안에서 꺼내, 시아와 떨어진 장소에 깔았다.

"지금, 뭐 했어?"

그 모습을 보고 있던 시아가 물어보았다.

"이공간 창고 스킬로 안에서 이불을 꺼냈어. 아무리 그래도 한 이불에서 잠들 수는 없잖아."

"……분명히. 그것도 그럴, 지도 몰라."

그 설명으로 납득을 해준 모양이라, 토모야도 이불에 누웠다.

이불은 따로지만, 이제 막 만난 미소녀와 같은 방에서 잠든다는 상황에, 토모야의 심장이 쿵쾅거리며 뛰었다.

아무리 리네와 함께 잠드는 나날이 이어졌어도, 그렇게 간단히 익숙해지지는 않는 것이다.

"……어째서."

그런 생각을 하고 있는데, 문득 옆에서 그런 목소리가 들렸다.

"뭔데?"

"질문, 괜찮아?"

"괜찮은데."

딱히 거절할 이유도 없어서, 그렇게 대답했다.

"어째서 너는, 검이 필요해?"

"……무슨 뜻이야?"

검—이란 것은, 토모야가 시아에게 말한, 중언수의 핵을 변형시켜 만들려고 하는 것일 거다.

그렇다는 것은 알고 있어도, 어째서 그런 질문을 하는가를 토모야는 알 수 없었다.

"간단한 얘기. 나는, 너에게 무기가 필요할 것 같지 않아. 리바이어던이나 록 드래곤을 쓰러뜨리고, 중언수 대미궁도 공략할 수 있을 정도의 실력이 있고, 이공간 창고 같은 편리한 스킬도 가지고 있어……. 어째서 너는, 더 힘을 바라는 거야?"

"……."

"지금의 너 그대로도 충분해. 하고 싶은 일, 이루고 싶은 일, 뭐든지 할 수 있을 거라고, 나는 생각해."

"……그렇겠지."

하나하나, 머릿속에서 정성스레 말을 고르며 그 대답을 생각했다.

평소처럼, 검은 멋있고 남자의 동경이니까…… 그렇게 대답하는 건 간단할 것이다.

그렇지만, 시아가 바라는 대답은 그런 표면상의 것이 아닌 것 같았다.

무엇보다도, 그녀의 목소리가 진지했으니까.

"……딱히, 뭐든지 할 수 있는 건 아니잖아."

"……?"

사고 끝에 토모야가 도달한 것은, 그런 대답이었다.

“분명히 나한테는 힘이 있어. 스테이터스를 따져 보면, 아무도 당해내지 못할 정도로……. 그래도, 그것만 가지고는 할 수 없는 일이 산더미처럼 있어.”

“있, 어?”

“그래. 네가 가진 뮤테이션 스킬 같은 게 현저한 예잖아. 내가 가진 힘으로는, 그 사상을 재현할 수 없어.”

그 밖에도, 수많은 할 수 없는 일이 있다.

이 세계에 와서 뭐가 뭔지 모르던 처음에는 신시아 가족에게 의지하지 않으면 아무것도 못 했고, 여행을 하면서 필요한 지식은 리네에게 의지하기만 했고, 루나리아는 천사고, 귀엽고, 치유되고.

토모야가 할 수 없는 일은 헤아릴 수 없을 정도이며, 그것을 도와주는 수많은 사람에게 의지하며 여기까지 왔다.

그렇기에, 생각하는 것이다.

“분명히, 내가 가진 힘으로 지금까지의 싸움은 어떻게든 해왔어……. 하지만, 그것은 어디까지나 과거의 일이야. 앞으로 다가올 미래가, 언제 어떻게 될지는 아무도 몰라. 그러니까 이 틈에, 할 수 있는 건 전부 해두려고 하는 거야.”

깨닫고 보니 이세계에 소환되어 버리는 일이 있을 정도니까. 마음속으로만 생각했다.

덧붙이자면, 다른 세계의 상식을 가지고 있으면서 이 세계의 누구보다도 강력한 스테이터스를 받은 토모야이기에 자신이 한 말의 무게를 이해하고 있다고 생각했다.

그리고 무엇보다도, 맹세한 것이다.

토모야는 자신의 힘을 누군가를 위해 쓴다. 그걸 위한 노력이라면 아끼지 않겠다고.

"……그래. 미래를, 위해서."

"그래. 뭐 굳이 대답한다면 그렇다는 정도지만…… 이런 대답이라도 돼?"

"응……. 고마워, 잘 자."

일단 납득한 모양이다.

시아는 그 말을 끝으로, 잠에 빠졌다.

"새근, 새근."

불과 1미터쯤 떨어진 장소에서, 시아의 숨소리가 들리며 토모야의 고막을 흔들었다.

바로 옆에 남자가 있는데도 정말로 신경 쓰지 않고 잠들다니. 토모야는 조금 놀라고 있었다.

'……잠이 안 오네.'

그런 상황에서 느긋하게 잠들 수 없었다.

토모야는 일단 몸을 일으키고, 소리를 내지 않으며 살며시 방을 나섰다.

마음을 얼버무리고자 밤바람이라도 쐬려고 생각한 것이다.

그대로 집 밖에 나섰다.

"……토모야 님?"

"메를리?"

그러자, 달빛밖에 없는 밤의 어둠 속에 메르리가 있었다.
"무슨 일이야? 이런 시간에 밖으로 나오다니."
"저기, 조금 산책이라도 할까 생각해서요. 토모야 님은 무슨 일이신가요?"
"나도 비슷한 느낌이야. 시아랑 같은 방에서는 조금 잠들기 어려워서."
"후훗, 그런가요."
"그보다도, 여자애가 이렇게 어두운데 돌아다니면 위험하잖아."
"익숙해지면 괜찮아요……. 괜찮다면 토모야 님도 함께 어떠세요?"
"그렇네. 좋아."
"정말인가요? 기뻐요."
양손을 가슴 앞에 마주 대고, 정말로 기쁘게 웃는 메르리.
두 사람은 그대로 고요함이 가득한 거리를 걸었다.
마치, 낮과 완전히 다른 장소에 있는 것 같았다.
"조용하네."
"밤은 언제나 이런 느낌이에요. 수확제가 다가오면, 조금 떠들썩해지지만요."
"수확제?"
낯선 단어에, 토모야는 고개를 갸웃거렸다.
"네, 수확제요. 한 해에 한 번, 음식이나 과일을 얻어서 먹을 수 있는 것에 대한 감사를 바치는 축제가 열려요. 분명히 동대륙에 있는 축제 정도는 아닐 거라고 생각하지만, 제법 떠들썩해요. 가게나 행사도 있어요."

"그렇구나. 몰랐어. ……편견 같긴 하지만, 나는 예전에는 엘프족이 더 폐쇄적인 종족이라고 생각했거든. 국경을 간단히 넘은 것도 그랬지만, 상당히 개방적이네."

"분명히 옛날에는 그런 부분이 있기도 했지만, 저희들이 태어나기 전에, 그야말로 수백 년 전부터 서서히 문호를 열게 되었다고 해요. 풍요를 축복하기만 했던 수확제에도, 그 무렵부터 모두가 즐길 수 있는 내용이 더해지게 됐다고 들었어요."

"……그랬었구나."

머리 한구석에 있던 의문이 차례차례 해소되는 것에 편안함을 느끼고 있는데, 메를리가 이어서 말했다.

"그래요. 수확제는 20일 뒤에 있는데, 부디 토모야 님 일행도 참가해주세요. 리네 님이나 루나리아 님도 즐거우실 거예요."

"그렇네. 그러면 그렇게 하도록 할까."

시아가 협력을 거절한 지금, 일단 여행의 목적은 더 이상 없었다. 서두르는 용건이 있는 것도 아니니, 그 제안은 대단히 매력적이었다.

토모야에게는 검을 만드는 것도 중요하지만, 토모야 일행에게는 무엇보다도 일단 여행을 즐기는 것이 가장 중요한 것이다.

"……언니도, 참가할 수 있으면 좋을 텐데."

그런 가운데, 문득 메를리가 신경 쓰이는 말을 중얼거렸다.

"무슨 뜻이야? 시아는 수확제에 참가를 못 해?"

"……네. 언니는 세계수의 수호자로서 역할이 있으니까요. 축제가 가장 떠들썩할 낮 무렵에 참가할 수는 없을 거라고 생각해요."

"세계수의 수호자? 그러고 보니 아까 오랄 씨도 그런 말을 했었지. 그건 어떤 의미지?"

"말 그대로예요. 순도 높은 마력을 제한 없이 만들어내는 세계수에는, 갖가지 사악한 의지를 가지고 다가가려는 자가 잔뜩 있어요. 세계수를 부수어 세계를 멸망시키려고 하거나, 윤택한 마력을 포함한 세계수의 과실을 빼앗으려고 하기도 해요. 그런 괘씸한 자들에게서 세계수를 지키기 위해, 언제나 엘프족에서 몇 명이 수호자로 선출되어, 교대하면서 세계수를 경호하고 있어요. 토모야 님 일행을 언니에게 안내하려고 세계수까지 데리고 간 것도, 그런 이유 때문이었어요."

"그래서, 시아는 낮 시간 담당이야? 조금 부담이 지나치게 큰 거 아닐까?"

"그렇네요. 본래는 낮 시간이라는 구간 안에서도 시간이나 날짜를 나눠서 여러 명이 경호를 해요……. 그렇지만 이것은, 언니 본인의 의향도 있어서요."

메를리는 슬픈 표정을 지으면서 중얼거렸다.

동시에, 그녀는 무의식인지 오른손으로 이마에 남은 흉터를 매만졌다.

그때, 사소한 의문이 토모야의 머릿속에 생겼다.

"……있지, 메를리. 한 가지만 물어보고 싶은데 괜찮을까?"

"네? 물론이죠. 뭔가요?"

허가를 받아서, 새삼 토모야는 말했다.

"너의, 그 이마의 흉터에 대한 건데—."

◇◆◇

"그렇게 돼서, 왔다네."

"의미 불명."

다음 날, 해가 절반쯤 올랐을 무렵.

토모야는 세계수에 찾아오자마자, 먼저 와 있던 시아에게 웃으며 말했다.

그러나 시아는 진심으로 이해 못 하겠다고 말하는 표정으로 말을 흘렸다.

신경 쓰지 않고, 토모야는 거대한 다리 정도의 폭을 가진 가지에 양반다리로 앉았다.

4,000미터쯤 되는 높이지만, 공포는 전혀 없었다.

그렇다. 지금 토모야가 있는 곳은, 평소에 시아가 세계수의 수호자로서 역할을 다할 때 대기하고 있는 장소— 다시 말해서 세계수의 표고 4,000미터 지점이었다. 말도 안 되는 크기의 가지와 이파리에 더해서, 색채가 풍부한 과실이 열려 있었다. 토모야는 시아와 마찬가지로 바람 마법을 이용하여 여기까지 올라왔다.

"어째서, 왔어?"

시아는 어째선지 이런 장소에서 겨누고 있던 커다란 활을 내리더니 물어보았다.

그에 대해, 토모야는 한 마디.

"심심풀이."

"……."

"야야야 말도 없이 활을 들지마. 이쪽 겨누지마. 내가 잘못했으니까!"

필사적으로 사과하자, 시아는 그제야 활을 내렸다.

깊게 안도한 다음, 토모야는 순수한 의문을 물어보기로 했다.

"그런데, 어째서 너는 이런 곳에서 활을 겨누고 있는 거야? 여기서 사냥감을 노리는 것도 아닐 거고."

"……저쪽, 보면 알아."

"응? 저게 뭐야?"

시아가 가리킨 쪽에 시선을 돌렸다. —직선거리로 5,000미터쯤 너머에, 신기한 광경이 펼쳐지고 있었다.

토모야와 시아가 있는 높이보다도 표고가 낮은 산꼭대기에 트인 광장이 있다. 그곳에 궁도의 표적 같은 원형의 물체가 비좁게 늘어서 있었다. 가볍게 100개를 넘지 않을까? 그중에서 몇 개의 중심에 화살이 박혀 있었다.

"여기서, 저걸 노리는 거야?"

"그래."

"……진짜냐."

자기가 물어봤지만, 어마어마하게 놀랍다.

어떤 수단을 쓰면 여기서 저런 장소에 화살을 맞추는 게 가능한 걸까? 상식적으로 생각하면 당연히 불가능하다.

"응? 이건 뭐야?"

―그 순간, 머릿속에 궁술 Lv ∞이라는 문자가 떠올랐다.

이 스킬을 쓰면 가능하다는 것인가 보다. 토모야는 불가능을 가능하게 만드는 것에 성공했다.

"―그게 아니라. 그런 이야기를 하러 온 게 아냐."

"좋아. 또 맞췄어."

"이미 시아는 나를 보고 있지도 않네……."

그렇지만, 풀이 죽어 있을 수는 없다. 마음을 다잡고 시아의 행동을 관찰했다.

자신의 몸을 훨씬 넘어설 정도의 커다란 나무 활을 왼손에 쥐고, 오른손으로 화살을 메겨 현을 당긴다.

수만 번을 반복했을 것이다. 무심코 호흡도 잊고 눈길을 빼앗길 정도로 다듬어진 동작.

날카로운 시선이, 머나먼 곳에 있는 표적을 꿰뚫고―.

"시사."

부웅.

힘차게 쏘아져 나간 화살이 하늘을 가르며 순식간에 5,000미터 앞까지 날아가, 수많은 표적 중 하나의 한가운데 박혔다.

"터무니없는 정확도네."

그 일련의 흐름을 자신의 눈으로 본 토모야는, 새삼 충격을 받았다.

동시에 어떤 생각이 머릿속에 떠올랐다.

"시아, 너한테 한 가지 제안을 할게."

"뭔데?"

"내기를 하자."

"……?"

말의 의미를 잘 이해 못했는지, 시아는 고개를 갸웃거리며 토모야를 보았다.

그리고, 놀라서 눈을 커다랗게 떴다.

"그, 건……."

"그래. 지금 창조 스킬로 만들었어."

토모야가 손에 쥔 것은 커다란 나무의— 다시 말해서, 시아가 든 것과 같은 활이었다. 창조 스킬로 만들어낸 것이다.

"무슨, 속셈?"

"방금 말했잖아. 대결하는 거야."

손으로 가지를 강하게 밀어 앉은 자세에서 힘차게 일어서더니, 토모야는 활을 검처럼 가볍게 휘둘러 시아를 겨누었다.

그리고, 위풍당당하게 말했다.

"목표는 저기 있는 표적. 나랑 네가 교대로 화살을 쏜다. 정해진 횟수를 쏴서 누가 더 많이 표적을 맞추는지 겨루는 거야."

"……그래서?"

"이긴 사람이, 진 사람한테 뭐든지 하나 명령할 수 있다. —이건 어때? 물론, 만약 내가 이겼을 때 너한테 명령하는 건 검 만드는 거에 협력하는 거야."

"—윽."

그 제안을 마지막까지 들은 시아의 표정이 크게 일그러졌다.

토모야는, 그 표정 안에 분노가 담겨 있는 것처럼 느꼈다.

그러나, 그렇다고 해서 이쪽도 간단히 물러설 수는 없었다. 바로 어제, 정공법을 의지했다가 거절당한 상황에서 이런 계략을 쓰지 않으면 「토모야의 목적」을 달성할 수 없기 때문이다.

조용히 시아의 대답을 기다렸다. 그녀는 눈을 감고서 잠시 생각하는 기색을 보인 다음, 힘찬 의지를 담은 시선을 토모야에게 향하며 말했다.

"건방져. 활을 드는 모습을 보기만 해도, 알 수 있어. 너는 초보자. 그런 사람에게, 나는 안 져. —네가 졌을 때의 변명도, 안 들어."

"……그건 승낙한다, 라는 거면 되겠지?"

"응. 네가 울면서 용서를 구할 명령을 하겠어."

"좋아."

두 사람의 시선이 부딪히고, 불똥이 튀었다. 둘 다, 승부에 대한 의욕은 충분했다.

"그렇네. 사격 횟수 말인데, 일단 열 번 어때?"

"상관없어. 내가 먼저 쏜다."

"그래."

순서가 어느 쪽이든 문제없으니, 토모야는 순순히 시아에게 선수를 양보했다.

조금 이야기를 한 끝에, 화살을 쏘기 전에 100개 이상 되는 표적 중에서 어느 것을 노릴까 선언하고 그것을 쏘는 형식이 되었다. 토모야도 시아도 천리안 스킬을 가지고 있으니, 여기서라도 분명하게 볼 수 있다.

그리고 드디어, 그 승부가 시작됐다.

쏜다, 쏜다, 쏜다.

시아가 쏜 화살은, 모두 훌륭하게 선언한 그 표적의 한가운데를 꿰뚫었다. 전혀 흐트러짐 없이, 아홉 발 연속 성공. 마지막 열 발째를 겨눈 순간, 어디선가 강풍이 불었다.

그래도, 시아는 자세를 풀지 않는다. 시선을 전방에 못 박은 그대로였다.

"야, 일단 다시 해도 되는데."

"아니. 이대로, 갈래."

그 말처럼, 시아는 강풍이 부는 것도 상관하지 않고 화살을 쏘았다.

바람을 맞아서, 궤도가 틀어진다. 목표 지점이 5킬로미터 앞이다. 그 미세한 틀어짐이 실패로 이어진다.

그렇게, 토모야는 생각했는데.

"……굉장하네. 전부 명중했어."

그 바람에 의한 틀어짐마저, 시아는 계산했으리라.

결과적으로, 역시 표적의 한가운데 박혔다.

"이걸로 이제, 나는 지지 않아…… 어?"

시아가 자신만만한 목소리로 돌아보고— 그리고 토모야의 얼굴을 보고 신기한 것을 본 것처럼 표정을 지었다.

"내 승리는 이제 거의 정해졌어……. 그런데, 어째서 웃을 수 있어?"

"글쎄? 어째서일까?"

그렇다. 시아가 열 번 모두 성공한 뒤에도, 토모야는 쇼크는 받았어도 두려움을 품지도 않고 씨익 불손하게 웃은 것이다.

시아와 교대하여 앞으로 나서더니, 활을 겨누었다.

'—스테이터스 변동.'

그리고 시아를 등진 채,

"잘 봐, 시아."

"—윽."

유유히 말했다.

"이게 「나」의 진심이다."

"하나도 안 맞았어."

무릎 꿇고 앉은 채, 토모야가 정색하고 말했다.

에트랑쥬 가족의 집 객실이 정적에 지배되는 가운데, 이 자리의 분위기를 바꾸고자 입을 연 것은 리네였다.

"토모야, 네가 아침에 외출하기 전에 했던 말을 기억하고 있나?"

"네."

"말해봐."

"좋아, 시아를 설득할 방법이 생각났으니까 실행하고 올게. 정말이지, 이런 획기적인 방법을 떠올리다니 내 재능이 두렵

군. 만약 지력 스테이터스가 있었다면 그것도 ∞일 거라니까! ……입니다."

"그리고 결과는?"

"그게 하나도 안 맞았어요. 활 쏘는 거 어렵네. 깜짝 놀랐어."

"좋아. 가르쳐 주지. 네 지력 스테이터스는 3 정도다."

"그럴 수가 있나……!"

믿기 어려운 지적에, 토모야는 충격을 받은 나머지 양손으로 바닥을 짚었다.

분명히, 자신만만하게 토모야가 도전한 승부에서 진 것은 사실이다.

표적을 하나도 맞추지 못한 것을 넘어서, 영문을 알 수가 없었다. 어째선지 전후좌우로 화살이 날아간 것도 사실이다.

그렇게 완전 패배를 만끽하고, 에트랑쥬 가속의 집으로 돌아온 끝에 리네와 루나리아에게 변명을 하고 있는 것도 사실이다.

그렇다고 해도 지력 스테이터스 3은 아니지. 하다못해 5 정도는 있을 거다.

"그래서 말이다, 토모야. 그 승부의 내기로 명령을 받았다는 게."

"그래. 저기 펼쳐지고 있는 광경이 그 내용이야."

토모야가 가리킨 곳에 소녀 둘이 있었다.

시아와 루나리아다.

시아가 양반다리를 하고 앉은 위에, 루나리아가 기뻐하며 올라타 있었다.

"있잖아. 오늘은 내가 시아랑 같이 자면 되는 거야?"

"그래. 그게, 내가 내린 명령."

"그렇구나! 시아 방에서 자는 거, 기뻐!"

함박웃음을 지으면서, 루나리아는 등을 시아의 가슴에 맡겼다.

시아는 평소의 차분한 표정을 조금 풀고서, 기쁜 기색으로 루나리아의 머리를 쓰다듬고 있었다. 파란색과 백은의 어엿한 대비가 눈부시다.

그렇다. 다시 말해서 시아가 토모야에게 내린 명령— 그것은 루나리아 옆에서 자는 권한의 양도였다. 그야말로 토모야가 울며 용서를 구할 만한 명령이었다.

시아는 어제 루나리아를 처음 본 순간부터 그 천사력에 당했던 모양이다. 왜 그런 명령을 내리는 거냐고 토모야가 눈물 지으며 물어보자, 그녀는 가슴을 펴고서 「메를리와 동급의 귀여움을 가진 존재를 본 건 처음이니까, 무심코」라고 말했다.

오늘 밤은, 시아가 루나리아를 독점해 버리는 것이다. 루나리아 자신도 시아가 굉장히 마음에 든 모양이라 기쁜 기색으로 야호~, 하고 외치고 있었다.

그렇지만 물러나서 냉정하게 생각해 보면, 사실 이 명령으로 토모야는 전혀 손해를 보지 않았다. 왜냐하면, 토모야는 에트랑쥬 가족의 집에서 묵을 때 오랄과 메아의 계략으로 시아의 방에서 자게 됐기 때문이다.

다시 말해서, 처음부터 토모야는 루나리아 옆에서 잠들지 않았다. 결론적으로 루나리아 옆에서 자는 권한을 빼앗긴 존재는 따로 있었다.

"……여기 있는 동안에는 내가 루나랑 둘이서 잘 수 있다고 생각했는데. 바보 토모야."

리네는 진심으로 쇼크를 받은 모양이었다.

그 정도로 루나리아 옆에서 자는 권한은 가치가 있는 권리인 것이다.

이렇게 되어 버리는 것도 어쩔 수 없는 일이다.

……문득, 토모야는 리네에게 말해둬야 할 것을 떠올렸다.

"아 맞다. 리네. 루나랑 시아가 같이 자게 되면 방의 크기 때문에 내가 쫓겨나니까, 리네랑 같은 방에서 자게 되는데."

"……무슨!"

그 순간, 리네가 얼굴이 새빨개져서 외쳤다.

"그그그, 그건, 나랑 토모야가 단 둘이 같은 방에서 묵는다는 건가?!"

"뭐, 그렇게 되지."

"무, 무무, 무…… 무슨 생각을 하는 거지! 루나가 다른 방에 묵고, 우리 단둘이라니…… 그런, 그런, 우우우~."

"잠깐, 리네 씨?"

"어, 어쨌든 싫다! 나는 토모야랑 한방에서 자는 거, 싫어!"

"크아학."

설마 했던 성대한 거절에, 토모야는 피를 토하며 뒤로 날아갔다.

방금 전과 같이 양손을 바닥에 대고 절망을 드러냈다.

"왜, 왜 그래? 토모야."

그런 토모야의 모습에 의문을 품었는지, 루나리아가 바로 옆에 다가왔다.

그녀는 낮게 웅크리더니, 순수함이 가득한 커다란 눈동자로 토모야를 올려다보았다.

그리고, 작고 부드러운 손으로 토모야의 머리를 상냥하게 쓰다듬었다.

"어째서 토모야가 이러고 있는지는 모르겠지만, 토모야는 기운 냈으면 좋겠어. 착하다 착해. 토모야!"

"……천사다."

"마족인데?"

"그럼 대천사야."

"그러면 대마족이야."

"진화했다?!"

리네가 이해하기 어려운 태클을 넣으면서 떠들썩하게 소란을 피우고 있는데, 덜컹덜컹 문이 열리는 소리가 객실에 들렸다. 그리고 메를리가 거기서 나타났다.

"여러분, 오늘 저녁이 다 됐어요. 얼른 와주세요."

""""""네~.""""""

단란한 시간을 마치고, 일행은 이동을 시작했다.

◇◆◇

한층 강한 바람이 불고, 시아의 긴 머리칼이 허공에 나부꼈다.

그래도 그녀는 자세를 풀지 않는다. 활을 쏘는 자세 그대로, 파란 시선을 머나먼 곳에 있는 목표에 고정하고 있었다.

"……흡."

짧게 숨을 내쉬며 손을 놓은 순간, 화살 하나가 날카롭게, 맹렬한 기세로 쏘아져 나갔다.

그 화살은 흐트러짐 없이, 목표인 표적을 꿰뚫었다.

"여전히 터무니없네."

그 광경을 가지에 앉아 바라보고 있던 토모야는, 생각한 그대로의 감상을 말했다. 참고로 세계수의 가지는 하나하나가 수령 수백 년의 거목 같은 크기를 사랑하기 때문에, 떨어질 걱정 따위 전혀 없었다.

시아는 토모야를 힐끔 본 다음, 흥미 없는 기색으로 시선을 본래대로 되돌렸다.

"딱히. 간단한 일."

그러나 그 자세 그대로도 대답은 해주기 때문에, 토모야는 말을 이었다.

"간단한 건 아니지. 나는 오늘로 도전 시작한 지 며칠째지만, 전혀 성공할 낌새가 안 보여. 아직 하나도 표적에 못 맞췄잖아. 그러니까 역시, 굉장하다고 생각해."

"……그건, 네가 서투른 것뿐이야."

"엄격하시네."

쓴웃음을 짓는 토모야에게, 이번에는 아무 말도 없이 시아는 수련을 재개했다.

토모야 일행이 세르바휴레에 온 지, 대략 10일이 지나고 있었다.

그동안 토모야는 이 도시를 리네와 루나리아, 그리고 안내해주는 메를리와 함께 관광을 하면서 즐기고 있었다. 다만 그런 가운데 매일 이어지고 있는 일과가 있었다. 그것이, 이렇게 세계수의 수호자로서 일하는 시아 곁으로 찾아와 승부를 도전하는 것이다.

시아는 토모야가 찾아오면 싫은 표정을 짓기는 하지만, 뜻밖에 쉽사리 받아들이고 승부에 응답해주는 신기한 관계가 성립되어 있었다.

참고로 오늘 승부는 이미 끝나고, 결과는 토모야의 참패였다.

"벌써 시간이 이렇게 됐네."

시선을 올리자, 머리 위에 올라간 태양의 환한 빛을 받아 무심코 눈을 감았다.

점심 무렵이다. 평소에는 에트랑쥬 가족의 집에서 대접을 받거나 도시의 음식점에서 먹기도 하지만, 오늘은 도시락을 가져왔다. 일부러 메를리가 만들어준 것이다.

토모야는 이공간 창고에서 도시락을 두 개 꺼냈다. 미르테라고 불리는 과실 같은 달콤한 향을 뿜어내는 커다란 이파리 안에, 색이 선명한 채소 중심의 요리와 빵이 몇 개 들어 있었다.

"자, 시아. 메를리가 만들어준 도시락이야. 너도 먹을 거지?"

"……나중에 먹을래. 거기 둬."

"알았어."

시아는 아직 특훈을 하려는지, 식사도 나중에 할 모양이다.

토모야는 그녀의 지시에 따라 도시락을 가지 위에 두고, 이어서 이공간 창고 안에서 또 하나의 메뉴를 꺼냈다. 그 메뉴는 간단히 간을 해서 구운 뼈가 붙은 고기였다.

메를리가 만들어준 도시락은 분명히 맛있다. 그러나 아무래도 메뉴가 채소밖에 없으면 만족하기 어렵기 때문에, 주방을 빌려서 직접 만들기도 하는 것이다.

"잘 먹겠습니다."

아삭아삭한 식감의 신선한 채소와, 단단하게 씹는 맛이 있는 뼈가 붙은 고기, 그리고 부드러운 빵을 순서대로 먹는다. 궁합이 빼어나서, 이거라면 얼마든지 먹을 수 있을 것 같았다.

진지하게 특훈을 하는 시아 옆에서 식사를 하는 것에 대해 처음에는 죄책감이 들었지만, 지난 열흘 동안 몇 번 같은 상황을 겪으며 깨달았다. 시아는 정말로 자기 특훈에 집중하고 있을 때, 주변에서 일어나는 자신에게 필요 없는 일에는 전혀 반응하지 않는다.

"……그거, 뭐야?"

"어?"

그렇게 생각하고 있었기에, 시아가 어느샌가 눈앞에 있고, 토모야가 먹고 있는 뼈 붙은 고기를 흥미롭게 바라보는 것을 깨닫지 못했다.

"아아, 이거? 록 드래곤의 고기로 만든 거야."

"우."

그 대답에, 시아가 납득한 듯 눈썹을 찌푸렸다.

"치사해. 너만. 그렇지, 아까 내기의 명령. 그걸 나한테 먹여줘."

"아니, 일부러 안 그래도 시아 것도 챙겨왔—."

말하고, 이공간 창고에서 그녀 몫을 꺼내려고 한 순간이었다.

살며시, 달콤한 향기가 코를 간질였다. 그리고 조금 늦게, 시아의 얼굴이 바로 가까이 와 있는 걸 깨달았다. 달콤한 향기는 그녀의 머리칼이 나부끼며 불어온 모양이다.

조금 시간을 두고서, 시아가 얼굴을 떼었다. 그녀의 입가에는 다갈색 양념이 묻어 있고, 핑크색 혀로 핥은 다음에 만족스런 표정을 지었다.

"응, 맛있어."

아무래도 시아는 뼈가 붙은 고기가 마음에 들었는지, 참으로 기쁜 기색이었다.

시선을 내리자, 분명히 그곳에 토모야가 먹은 곳을 뜯어먹은 자국이 있었다.

그것을 인식한 순간, 토모야는 얼굴에 열이 모여서 새빨갛게 물든 것을 자각했다.

"시아, 갑자기 뭐 하는 거야."

"왜 그래?"

"그쪽은 자각이 없는 거냐……."

고개를 갸우뚱 기울이는 시아를 보고, 그녀는 그런 것을 전혀 신경 쓰지 않는 인물이라는 것을 토모야는 파악했다.

이상한 분위기가 되지 않았다는 안도인지. 아니면 자신을 의식하지 않는 것을 유감스럽게 생각하는 건지. 스스로도 잘 모를 신기한 마음이 솟았다.

아무리 생각해도 대답은 안 나온다. 그렇게 결론을 내고, 토모야는 계속해서 뼈가 붙은 고기의 남은 부분을 뜯어 먹었다.

◇◆◇

그리고 더욱이 열흘 뒤.

수확제가 다가오고, 도시가 활기를 보이고 있었다.

토모야 일행이 도착했을 때는 거의 엘프족밖에 없었지만, 지금은 드워프족이나 동대륙에서 온 인간족 등, 많은 사람들이 관광을 하러 찾아왔다.

그중에는 유미리안테 공국의 무투 대회를 관전하고 온 사람도 있을 것이다. 그 화제를 꺼내는 사람도 많았다.

그러나, 소란스러운 것은 도시 안이다. 거기서 조금 떨어진 장소— 세계수는, 평소와 같이 조용했다.

오늘도 평소와 다름없이 시아는 멀리 떨어진 표적을 보고, 바로 옆에서 토모야가 그 광경을 바라보았다.

"……."

두 사람 사이에 대화는 없고, 그저 침묵이 이 자리를 지배했다. 그렇다기보다 오히려, 애당초 토모야가 이 자리에 온 뒤로 아직 한 번도 말을 나누지 않았다.

평소에는 토모야가 가벼운 잡담을 하는 흐름이 되지만, 오늘은 어쩐지 시아의 분위기가 달랐다. 말을 거는 것을 거절하는 것처럼, 평소보다도 엄격한 기척을 내고 있었다.

그런 시아의 모습을 바라보며, 문득 생각했다.

시아는 세계수의 수호자로서 매일, 해가 오른 사이에는 이렇게 세계수에 있다. 그리고 노력을 계속하고 있었다. 그녀는 마치 그것이 당연한 것처럼 행동하지만, 실제로는 어느 정도 괴롭고 고통스런 일일까?

시아가 어째서 그렇게까지 하는 걸까? 그 이유에 대해서, 토모야가 물어보는 것이 용납되지 않는 건 이해하고 있었다.

그래서, 토모야는 각오를 굳히고 일어서서, 이공간 창고에서 활을 꺼내 시아 곁으로 다가갔다.

"그러면, 승부하자."

"……."

시아는 말없이 토모야를 한 번 본 다음, 슥 몸을 조금 옆으로 틀었다.

승부를 받아들여주는 모양이다. 그렇게 이해하고, 토모야는 그 빈 공간에 서서 천천히 활을 겨누었다.

지난 20일 동안 어느 정도 활에도 익숙해져서, 나름대로 자신이 있었다.

한 번 깊게 숨을 내쉰 다음, 토모야는 조용히 화살을 쏘았다.

결과는 열 발 중에서 세 발 명중. 토모야로서는 더할 나위 없는 것이었다.

그렇지만 상대인 시아는 전부 명중했기 때문에, 토모야의 참패다. 새삼, 그녀의 높은 기술을 실감했다.

승부에 졌다고 해서 계속 풀이 죽어 있을 수는 없다. 마음을 가다듬고, 새삼 시아를 보았다.

"이야~ 또 졌네. 하지만 이대로 가면 내일은 내가 이길지도 모르지."

"……."

"너도, 나한테 졌을 때 변명을 생각해두라고."

"……그건, 무리야."

"응? 뭐 분명히 내일은 무리일지도 모르지. 하지만 조만간에, 반드시 이길 거—."

"그런 게, 아냐."

묵직한 목소리로, 토해낸 말.

가지와 이파리 사이로 내리쬐는 햇빛을 두르고 반짝이는 파란 머리칼을 흔들면서, 진지한 눈빛으로 토모야를 꿰뚫어 보았다.

결코, 농담을 하는 태도가 아니었다.

"네가 어째서, 이기지도 못하는 승부를 고집하는지. 그건 몰라."

천천히. 한 마디씩 곱씹는 것처럼 말하는 시아.

그녀 앞에서, 토모야도 조용히 그 말을 들었다.

"다만, 하나만 말하고 싶어. 이제, 민폐야."

그리고 그녀는 이어서 말했다.

"오늘도 내가 이겼어. 그러니까 명령, 할래—. 이제, 승부는 안 받아줘. 너도, 나한테 승부를 도전하지 마."

그런, 거절의 말을.

"……."

여태까지 시아는 마지못해 승부를 받아준 적은 있어도, 정면으로 거절한 적은 없었다. 드디어, 진심으로 싫증이 난 모양이다.

처음에 내기를 건 것은 토모야였다.

따라서, 당연히 이 명령을 거절할 수는 없었다—.

"알았어. 이제, 내가 승부를 걸지는 않을게."

—토모야는, 순순히 고개를 끄덕였다.

제6장 바람을 담은 사격

수확제 당일. 이른 아침부터 낮까지 불꽃놀이가 벌어지며, 성대하게 축제의 시작을 알렸다.

"이건 굉장하네……."

"그래, 설마 이 정도로 떠들썩할 줄은 몰랐다."

평소에는 조용한 대광장에 갖가지 가게가 늘어서고, 더욱이 수많은 관광객이 모여서 떠들썩했다. 어제까지 축제 준비로 나름대로 활기가 있었지만, 역시 당일은 비교도 되지 않을 정도였다.

토모야와 리네는 그 광경에 압도된 모습이었지만, 루나리아는 즐거운 기색으로 두 사람의 손을 끌면서 축제 참가를 재촉했다.

"토모야, 리네, 얼른 가자!"

"그래, 이제 가보자."

"그렇군."

토모야와 리네는 가볍게 고개를 끄덕인 다음, 얼른 가고 싶은 루나리아에게 맞추어 발을 한 걸음 앞으로 내디뎠다.

가게는 역시 도시의 명물 따위를 파는 곳이 많았다. 종족적인 경향 탓에 고기나 생선보다도 채소나 과실이 많은 비율을

점하고 있지만, 당연히 모두 훌륭하게 조리되어 식욕을 부추기는 것이었다.

그러나, 그 이상으로 토모야가 흥미를 품은 것이 오락을 제공하는 가게였다.

흙 마법을 사용해서 정해진 과제(건물이나 동물 등)를 흙으로 만들어, 얼마나 비슷하게 재현할 수 있는가를 경쟁하는 게임.

탁구공 사이즈의 공을 바람 마법으로 목적지까지 옮기는 게임. 중간에는 강풍이 부는 구간이나 갑자기 벽이 나타나는 구간 같은 장애물도 존재한다.

마법이 당연하게 존재하는 이 세계이기에 할 수 있는 수많은 게임들. 또 한 가지 새로운 것과 만난 놀라움과 기쁨을 느꼈다.

그렇지만 토모야는 그렇다 치고, 리네와 루나리아의 특기인 불 마법이나 신성 마법은 굳이 따지자면 전투에 적합하고, 이런 놀이에는 적합하지 않은 것도 사실이었다.

유감이지만, 지금 이 자리에서는 더 간단히 놀 수 있는 것이 바람직했다.

그 생각에 주위를 둘러보자, 흥미로운 가게가 있었다.

"저건 뭐지? 사격 가게?"

그렇다. 그곳에 있는 것은 사격 가게였다. 다만 일본에서 사격이라고 하면 코르크 탄을 쏘는 공기총으로 상품을 노리는 것을 상상하지만, 그 가게는 활과 화살이 놓여 있었다. 어른부터 어린아이까지 다룰 수 있는 갖가지 사이즈가 모여 있었다.

"음. 토모야 왜 그러지? 사격을 하고 싶나?"

"아니. 그런 건 아닌데, 보기 드문 가게라서 놀랐어."

"나, 해보고 싶어!"

루나리아가 사격 가게에 흥미를 가졌기 때문에, 처음에는 여기서 놀기로 했다.

"리네는 어쩔 거야?"

"나는 보기만 해도 상관없다."

그리하여, 결국 플레이하는 건 루나리아뿐이다.

점원에게 한 번 플레이하는 요금 동화 5닢을 지불하자, 어린이용 활과 다섯 개의 화살을 주었다.

목표는 20미터 앞에 있는 직경 50센티미터쯤 되는 표적이다. 관광객용 가게라서 난이도는 그렇게 어렵지 않은 것이었다.

"있잖아, 토모야. 드는 법, 알려줘."

활을 손에 들기는 했지만, 어떻게 쓰면 되는지 모르는 루나리아가 고개를 갸웃거리며 부탁했다.

"일단 아무렇게나 들어봐."

"이렇게?"

"그래. 그러면, 이 손의 위치는 조금 바꾸고."

실제로 루나리아의 자세를 교정하기 위해, 뒤에서 끌어안는 형태가 되면서 지도했다. 더욱이 그녀의 작은 손에 겹치듯, 쥐는 법 따위의 세세한 부분에 대해서도 가르쳐준다.

"우음……."

어째선지 그 광경을 보면서, 리네가 뭔가 망설이는 목소리를 흘렸다.

혹시나 하는 마음에, 확인하기 위해 물어보기로 했다.

"그게, 뭐냐. 혹시나 역시 리네도 해보고 싶어졌어? 그러면 가르쳐 줄 수 있는데."

"아, 아, 아니다! 딱히 루나처럼 끌어안아 달라고 생각한 게!"

"……아니, 평범하게 입으로 설명할 생각이었는데."

"무어어?!"

성대하게 착각을 한 리네는 얼굴을 새빨갛게 물들였다.

더 이상 괜한 말을 하는 건 터부라고 재빨리 판단한 토모야는, 새삼 시선을 루나리아에게 되돌렸다.

"어때, 루나? 할 수 있겠어?"

"응! 고마워, 토모야!"

루나리아는 올려다보는 모습 그대로, 함박웃음을 지으며 감사의 말을 했다. 그 너무나도 귀여운 모습에, 토모야는 반사적으로 그녀의 머리를 쓰다듬었다.

"으응~, 왜 그래? 토모야."

"아니, 그냥 쓰다듬고 싶어졌을 뿐이야. 힘내, 루나."

"응! 끝나면, 또 쓰다듬어줘!"

토모야가 진심으로 기뻐하는 말을 남긴 다음, 루나리아는 단단하게 자세를 잡아서 활을 들고 시선을 표적에 돌렸다.

그 뒤에서, 아직 쑥스러워하는 리네와 함께 지켜보기로 했다.

"리네? 리네 씨?"

"……."

그러는 도중에 리네에게 말을 걸어도, 그녀는 시선을 피하고 있었다.

이건 순순히 사과를 하기로 했다.

"분명히 방금 전엔 내가 말투가 안 좋았어. 미안."

"따, 딱히 토모야는 아무것도 잘못한 게 없다. 내가 멋대로 엉뚱한 해석을 해버린 것뿐이지. 처음부터 화 안 났다. 그저 조금 부끄러울 뿐이다."

"그랬어?"

"그래. 새삼 생각하면 정말로 이상한 얘기군. 너랑 만났을 무렵에는, 그런 착각을 하는 일도, 설령 착각을 했어도 이런 기분이 드는 일도 없었는데…… 요즘에는 그런 일들뿐이다. 그러나 신기하게도, 그렇게 싫은 기분이 아니군."

"……그렇구나."

리네의 말을 듣고서, 문득 그녀와 처음 만났을 무렵을 떠올렸다.

늠름하고, 자신이 가득한 태도를 보이는 여성. 그것이 첫인상이었다.

그러나 그 뒤로 함께 의뢰를 받고, 여행을 하면서 여러 가지 면을 보게 되었다. 싸울 때 보여주는 멋진 모습도, 예상 못한 순간에 보여주는 귀여운 부분도, 전부 한꺼번에 리네라는 존재였다.

그리고 무엇보다도, 리네가 그런 꾸밈없는 부분을 자신에게 보여준다는 사실이 토모야는 더할 나위 없이 기뻤다. 생각해

보면 자신이 이 세계에서 가장 많이 본 상대는 분명히 리네일 것이다.

'……응?'

그렇게 생각하면, 가슴속에 은은히 따스한 무언가가 퍼지는 것이 느껴졌다. 그 정체가 무엇인지는 알 수 없지만, 나쁜 것이 아니란 것은 신기하게도 확신할 수 있었다.

"옷, 굉장하군. 명중했다."

그런 생각을 하고 있는데, 루나리아가 사격을 시작했다. 놀랍게도 처음부터 루나리아가 쏜 화살이 표적에 명중했다.

"토모야, 리네, 맞췄어!"

"굉장해, 루나."

"그래, 그러면 된다."

그 자리에서 돌아보며 기쁘게 보고하는 루나리아에게 대답하자, 그녀는 더욱 웃음을 지으며 두 번째를 쏘러 갔다.

최종적으로 루나리아는 다섯 번 중에 세 번 명중이라는, 초보자 같지 않은 좋은 성적을 남겼다.

그 뒤에도 산책이 이어지고, 다른 오락 가게에 가보거나 맛있는 걸 먹기도 하면서 즐기고 있었다.

일단 휴식을 하기로 하고, 지금은 대광장에 설치된 벤치에 앉아 있었다.

길을 가는 사람들을 바라보면서, 토모야는 문득 생각한 것을 중얼거렸다.

"메를리랑 시아도 함께 다니면 좋았을 텐데."

"아아, 그렇군."

"응. 같이 못 다녀서 서운해……."

리네와 루나리아도 같은 생각을 했는지, 찬동해준다.

메를리는 엘프족으로서 운영에 관여할 필요가 있는 입장이라, 지금은 그쪽에서 열심히 일하고 있었다. 그렇지만 중간에 휴식 시간이 있으니까 타이밍을 봐서 함께 다닐 수도 있을 것이다.

그에 비해 그녀는— 시아는 참으로 단순했다.

토모야는 시선을, 멀리 떨어진 장소에 우뚝 선 세계수로 돌렸다.

이 도시, 세르바휴레는 수확제로 떠들썩하다. 그리고, 그 떠들썩함에 뒤섞여 세계수를 노리는 놈들이 나타나는 일이 있다.

그렇기에, 세계수의 수호자가 저기서 대기할 필요가 있는 것은 변함이 없는 것이다.

시아는 이 특별한 날이라도 당연히 그 역할을 다하고 있었다.

그렇게 생각하자, 잘 표현할 수 없는 마음이 솟아오르는 것을 토모야는 느끼고 있었다.

"토모야, 왜 그러지? 갑자기 멍해졌군."

자기 사고 안에 빠진 토모야를 의문스럽게 생각했는지, 리네가 물어보았다.

"아니, 딱히 아무것도—."

아무것도 아니라고, 그렇게 대답하려는 순간이었다.

"꺄아!"

—그 소리가, 갑자기 대광장에 울렸다.

"윽."

"무슨 일이지?!"

"후에?"

긴급 사태라고 판단한 토모야와 리네는 재빨리 일어서서 소리가 난 방향으로 시선을 돌렸다. 그런 가운데, 만약을 위해서 루나리아에게 갑옷 방벽을 사용해두는 것도 잊지 않는다.

"리네는 여기서 대기해줘. 내가 어떤지 보고 올게."

"그래, 알았다."

리네에게 지시를 내린 다음, 토모야는 사람들 사이를 빠져나가며 달렸다.

도착한 대광장의 구석에 사람들이 몰려 있었다. 그리고 그들이 모두 시선을 보내는 곳에, 그것이 있었다.

"……슬라임?"

그곳에 있는 것은, 투명감 있는 물빛의 형태를 한 구체의 마물이었다. 전에 본 크라켄 슬라임과 달리, 그야말로 슬라임 같은 모습이었다.

만약을 위해 감정을 사용한다.

【워터 슬라임】— C랭크 하위 지정.

토모야가 보기에는 잔챙이나 다름없지만, 일반적인 사람들이 보기에는 충분한 전력을 가진 마물이라고 할 수 있었다.

“어째서 이런 곳에 마물이 나오는 거야?!”

“그런 것보다, 누가 얼른 쓰러뜨려!”

“아니, 하지만 실수하면 빨려 들어간다. 그렇게 재빠른 마물이 아니니까 도망치는 편이 좋아.”

실제로, 인간족이나 엘프족을 포함하여 이 정도 사람이 있는데, 아무도 토벌하려 하지 않았다.

“죄송합니다. 길을 열어 주세요.”

“어? 당신은 분명히 에트랑쥬 씨네 있는…….”

“내가 쓰러뜨릴게요.”

말하자, 그 자리에 있던 사람들이 떨어졌다.

주변을 끌어들이지 않는 걸 확인하고, 토모야는 그대로 읊었다.

“광신.”

지정한 마력만 소멸시키는 최강의 마법.

그 순백의 빛을 쬔 워터 슬라임이 저항할 틈도 없이 소멸했다.

“오오오. 이렇게 간단히 쓰러뜨리다니!”

“고마워! 이걸로 이제 걱정 없어!”

그 광경을 보고 있던 사람들이, 차례차례 찬사와 감사의 말을 했다.

다만, 그 가운데 의문을 가진 사람도 있었다.

“하지만, 정말로 어째서 이런 길 한복판에 슬라임이……. 경비하는 녀석들은 뭘 하는 거야?”

“그게 이상해! 나 봤거든! 아무것도 없던 장소에서 갑자기 슬라임이 나왔어!"

"……아무것도 없는 곳에서, 갑자기?"

그 말을 듣고, 토모야는 유미리안테 공국 일을 떠올렸다.

그때도 크라켄 슬라임은 갑자기 나타났다. 마물이 나오지 않아야 할 장소였는데도 불구하고.

일어난 시간도 장소도 다른 이 두 가지 일에, 어째선지 관련성이 있는 것 같다는 생각을 거둘 수가 없었다. 둘 다 나타난 것이 슬라임이라서일까?

그러나, 아무리 생각해도 대답이 나오지 않는다. 지금은 신경 쓰지 않고 축제에 돌아가야 할 것이다.

그런 토모야의 생각이 실행되는 일은 없었다.

"이봐, 이쪽에도 마물이 나왔다!"

"여기도! 누구 쓰러뜨릴 수 있는 사람 없어?!"

"핵을 베면 죽는다! 싸울 수 있는 녀석은 얼른 처치해버려!"

이렇게 마물의 출현과 도움을 바라는 소리가 대광장 전체—아니, 그보다도 더 넓은 범위에서 차례차례 들렸기 때문이다.

"대체 무슨 일이 일어나고 있지?"

"토모야!"

미처 파악하지 못한 현재 상황에 당황하고 있는데, 멀리서 익숙한 목소리가 들렸다.

그쪽을 돌아보자, 진지한 표정으로 달려오는 리네와, 그 뒤를 따라오는 루나리아의 모습이 보였다.

리네는 토모야의 눈앞에 도착하여, 그대로 말했다.

"이미 상황은 이해하고 있을 거라 생각하지만 긴급 사태다. 이곳 일대에 차례차례 마물이 나타나고 있다. 색적 스킬로 마물의 위치를 조사해줘. 분담해서 쓰러뜨리지."

"알았어."

짧게 정리된 지시에 응답하기 위해, 토모야는 곧장 색적 스킬을 사용했다.

머릿속에 대광장을 중심으로 한 색적 범위의 지도가 떠오른다. 그 안에는 마물로 추정되는 반응이 20개 가까이 존재하며, 도시에 위험이 닥친 것을 알리고 있었다.

그러나 더욱 색적 범위를 넓히자, 토모야는 그 생각이 틀렸다는 것을 깨달았다.

"잠깐, 이건 대체……."

분명히 도시 안에는 스무 마리나 마물의 반응이 있다. 그러나 그 바깥쪽에 있는 숲에도 기이한 반응이 존재하고 있었다.

보통 색적을 사용하면 지도 안에서 인간은 하얀색, 마물은 검은색으로 표시된다. 그러나 거기 있는 반응은 흉흉한 회색이었다.

그리고 그 회색 반응은 세계수를 향해서 똑바로 이동하고 있었다.

"윽, 그렇군! 양동인가!"

그제야 깨달았다.

이 대량의 슬라임 출현은 그것 자체가 목적이 아니라, 도시를 혼란에 빠뜨리기 위한 것.

그 혼란의 틈을 찔러서, 세계수를 노리는 것이 본래의 목적인 것이다.

세계수를 노리는 자가 최종적으로 무엇을 꾸미고 있는지는 알 수 없다. 그러나, 그래도 한 가지 알고 있는 것이 있다. 그것은 세계수가 지금 이 순간 위기에 빠졌다는 것.

—세계수를 혼자서 지키는 시아에게, 위험이 닥치고 있다는 것!

그것을 이해하자 판단은 빨랐다.

현재 상황을 짤막하게 리네에게 전하자, 그녀는 눈을 홉떴다.

그러나 놀라는 것도 한순간, 금방 냉정함을 되찾고 눈을 가늘게 떴다.

"상황은 파악했다. 그래서, 나는 뭘 하면 되지?"

"이 근처의 마물이 있는 장소는 지금 말한 대로야. 그걸 대응하러 가줘. 나는 세계수에— 시아 곁으로 간다."

"알았다."

방침이 정해졌으면, 당장이라도 움직여야 한다.

그 타이밍에, 지금까지 조용히 둘의 대화를 듣고 있던 루나리아가 말했다.

"토모야! 나도, 할 수 있는 일 없어?"

"루나……."

언제까지나 자신이 보호를 받는 입장이라는 것을 견딜 수 없었던 걸까? 눈동자에 강한 의지가 담겨 있었다.

평소에는 루나리아가 위험한 일을 당하는 걸 피하는 토모야였지만, 이 각오 앞에서는 그것을 선택할 수 없었다.

토모야 또한 결의를 굳히고, 이공간 창고에서 그것을 꺼냈다.

"토모야, 이건……."

"마법지야. 그걸로 마물을 소환해서, 함께 대처해줘."

"아! 알았어!"

루나리아가 함박웃음을 짓는 것과 동시에, 힘차게 마법지를 쥐고 마력을 담았다.

마법지가 눈을 덮을 정도로 환한 빛을 뿜었다. 이윽고 그 빛이 사라지자, 그곳에 몸길이 5미터를 넘어서는 순백의 털을 가진 거대한 늑대 마물이 있었다.

『흠. 그대들인가? 오랜만이군. 내 힘이 필요하다면 빌려주지.』

그곳에는 언젠가 소환에 응해주었던 펜릴이 있었다. 전력으로는 충분하고 남는다. 더욱이 예전이라면 모를까, 지금은 루나리아의 마력량이 많기 때문에, 상당한 시간 동안 사역할 수 있을 것이다.

이걸로 이쪽은 리네와 루나리아에게 맡길 수 있다.

"그러면, 이쪽은 맡기겠어."

"그래."

"응!"

『그래.』

마지막으로 말을 나눈 다음, 토모야는 이번에야말로 시아 곁을 향해 달렸다.

◇◆◇

—슬라임의 출현으로 소동이 일어나기, 아주 조금 전.

수확제의 운영을 돕고 있는 메를리는 그 준비에 여념이 없었다.

"그러니까, 분명히 이 근처에…… 있다!"

도시 구석에 있는 건물 안에서, 목적한 물건을 찾고 환희의 목소리를 올렸다.

이제부터 수확제 제일의 이벤트인, 풍요의 신에게 기도를 바치는 의식이 있는 것이다. 그 의식에, 지금 메를리가 찾은 신구가 필요해진다.

얼른 가지고 돌아가야지. 혼자서 찾으러 온 메를리를 모두 기다리고 있었다.

"그럼, 돌아가자!"

기합을 넣어 외치고, 얼른 다들 기다리는 곳으로 돌아가려는 메를리. 그러나 그 발은 앞으로 나아가지 못했다.

"……뭔가요?"

갑자기, 눈앞에 그것이 나타났다.

강철과 비슷한, 번들거리는 은색의 투명감이 있는 모양. 안쪽에 작은 적색의 핵이 있는 일그러진 구체의 마물.

"읏, 블라스트 슬라임?!"

그것을 메를리는 알고 있었다. 다른 누구보다도.

왜냐하면 그 마물은—.

"후후, 후후후. 드디어 찾았다. 그래. 그래. 얼마나 이때를 기다렸는지."

그 사고를 가로막으며, 도무지 흥분을 억누를 수 없는 기색으로 요염한 목소리가 울렸다.

어느샌가, 블라스트 슬라임 옆에 누군가 서 있었다.

빨간색 로브를 입고 있으며, 후드가 있어서 용모를 살펴볼 수가 없다.

그러나 윤기가 흐르는 하얀 피부와, 보라색 머리칼은 그녀가 여성이라고 판별할 수 있는 재료였다.

"당신은, 누구인가요?"

이런 장소에 블라스트 슬라임을 거느리고 나타난 존재가 제대로 된 사람일 리 없다. 그것을 알고 있어도 물어보지 않을 수 없었다.

"후후, 누구, 라. 그걸 대답할 필요가 있을까? 그런 것보다도, 너 중요한 게 있어."

그 여성은 여유로운 웃음을 지으면서, 천천히 오른팔을 들었다.

"—윽."

그 동작을 보고 자신에게 닥친 위험을 느낀 메를리는, 재빨리 떨쳐내고 그 자리에서 달렸다. 도망쳐서, 동료들 곁에 도착해야 한다.

"가로막으렴."

"무슨!"

그러나, 그런 것을 간단히 허용해줄 상대가 아니었다.

여성이 한 마디 고하자, 그 지시에 따르듯 블라스트 슬라임이 메를리 앞을 막아섰다.

'대체 뭔가요? 이 사람은, 슬라임을 조종하고 있어?'

계약 마법 같은 걸까? 그런 것치고는 어쩐지 위화감이 느껴졌다. 적어도 지금 그 움직임은, 지시가 나온 것보다도 빨랐던 것 같았다.

그러나, 그런 의문을 품어도 의미가 없다. 이렇게 되어 버린 이상, 이미 메를리가 저항할 수단은 없었다.

블라스트 슬라임은 몸의 일부를 변형시켰다. 팔을 뻗는 것처럼, 그 몸이 메를리에게 다가갔다.

지금 당장 공격해서 핵을 파괴하면 쓰러뜨릴 수 있을지도 모른다. 그러나 그다음에 찾아올 비극을 상상해 버리면, 더는 움직일 수 없었다.

'미안해요, 언니—.'

눈앞에 다가오는 절망 속에서, 메를리는 그저 사과하는 수밖에 없었다.

또 그녀가 상처를 받을 거라고 생각했으니까.

◇◆◇

세계수의 수호자로서, 시아는 어떤 날이든 예외 없이 세계수에 가서, 해가 떠 있는 동안에는 경호를 하고 있다.

수확제가 시행되는 오늘이라고 해도 그것은 예외가 아니었다.

그러나, 그것은 결코 목숨과 맞바꾸어 세계수를 지키고 싶기 때문이라거나, 그런 숭고한 이유가 아니었다. 과거에 남은 하나의 후회. 그것을 청산할 방법을 아직 몰라서, 그저 하염없이 찾고자 하는 행동이었다.

"후~."

좀처럼 집중하지 못하고 활을 내리더니 시아는 작게 숨을 내쉬었다.

노린 표적을 맞추기는 했지만, 정신상태와 세세한 동작까지 포함하면 완벽하다고 말하기 어려운 상태였다.

안 돼. 더 집중해야 한다.

안 그러면, 그녀는 또 같은 잘못을 저지르게 된다.

'……그러고 보니. 오늘은, 그가 안 오네.'

그 자리에 앉아 휴식을 하면서, 문득 시아는 한 명의 청년을 떠올렸다.

토모야 유메사키.

이 근처에서는 보기 드문 검은 머리와 검은 눈의 남성이다.

그는 자신만의 무기를 찾아서, 그것을 만들기 위해 시아가 가진 뮤테이션 스킬 공간비사가 필요하다고 말하며 찾아왔다. 조금, 거슬렸다.

이 도시에 사는 사람 중에, 시아에게 뮤테이션 스킬에 대한 화제를 꺼내는 사람은 없었다. 3년 전의 사건과 그 결말, 다시 말해서 시아가 공간비사를 쓰지 않게 된 이유를 누구나 알고 있으니까.

그런데 그는 대단히 억지로, 흙발로 시아의 마음에 들어오려고 했다. 그래서 거절했다. 그런 그가 싫어졌으니까. —그런 건 아니었다.

오히려 반대다. 그와 지내는 시간이 시아는 즐거웠다.

그렇지만 그와 동시에 알 수 없는 것이 있었다.

어째서 그는 자신에게 적극적으로 다가오려 하는 것일까? 몇 번이나 한 승부의 결과를 봐도, 그가 시아를 이길 수 없는 건 다 알고 있을 텐데.

더욱이 그와 지내는 가운데, 시아의 마음속에 있는 후회가 흐려지는 것도 느꼈다. 이러면 안 된다. 자신을 다잡고, 그래서 거절하기에 이르렀다.

그런데, 오늘 그가 여기 없는 것에 일말의 쓸쓸함을 느끼고 있었다.

신기한 일이다. 자신이 그런 식으로 생각하다니.

"안 돼…… 그게 아냐. 그렇게 생각하는 건, 용서될 리 없어."

자신에게 들려주는 것처럼, 천천히 말을 했다.

왜냐면 그렇다. 「그 정도」의 일을 저지른 자신이, 그렇게 간단히 용서를 받을 리 없는 것이다.

스스로도 정리가 안 되는 복잡한 감정에서 도망치듯, 시아는 「그날」의 일을 떠올렸다.

◇◆◇

3년 전, 세르바휴레.

시아가 아직 13세였을 때, 그녀는 당시 세계수의 수호자 중 한 명이었던 언니 마레의 보좌로 역할을 다하고 있었다.

"—맞았다."

세계수의 높이 1,000미터 지점.

시아는 왼손에 든 활을 내리고, 조금 우쭐한 목소리로 중얼거렸다.

그러자, 그녀 옆에 선 마레가 시아의 머리에 손을 올리고 어색하게 웃었다.

"그래. 잘했어, 시아. 하지만 언니로서는 지금 시아가 뭘 했는지 전혀 모르겠는걸."

"저기 있는 커다란 나무 뒤에 마물의 기척이 있었어. 그걸 맞췄어."

"……여기서? 평범하게 나무로 막혀 있는 것 같은데…… 설마."

"응. 공간비사, 썼어."

"……하아."

미아가 뮤테이션 스킬을 사용해 마물을 쓰러뜨렸다고 말하자, 마레는 이마에 손을 대고 기가 막힌 한숨을 쉬었다.

마레와 부모님은 평소부터 시아에게, 어쩔 수 없을 때 말고는 공간비사를 사용하지 않도록 못 박고 있었다. 그것을 어긴 것이다.

마레와 부모님이 시아에게 그렇게 말하는 이유는 이하와 같았다.

공간비사는 특정한 좌표를 지정하여, 그곳을 직접 화살로 맞출 수 있는 스킬.

극단적으로 말하면, 활을 겨누거나 바람의 계산 따위 전혀 필요 없다. 그런 것을 하지 않아도 목표를 맞추는 것이 가능하니까.

그렇지만 그렇게 아무것도 생각하지 않고 사출만 반복하면, 이레귤러적인 사태에 빠졌을 때 올바른 선택을 못 한다. 활과 화살을 쓰는 방법을 올바른 순서로 배우면서 그러한 것을 익혀야 한다고 생각한 것이다.

그러나, 시아가 보기에 그 주장은 난센스였다.

평소부터 공간비사를 써서, 그 사용법에 익숙해지면 만약의 경우에도 뛰어난 대응을 할 수 있지 않을까?

애당초 13세로 세계수의 수호자 보좌에 임명된 것은, 시아가 압도적인 힘을 자랑하는 뮤테이션 스킬을 보유하고 있기 때문이 아닌가?

그러니까 이대로 괜찮다. 자신은 이대로 공간비사를 계속 써서, 실력을 늘려간다.

그러면 된다고, 계속 생각하고 있었다.

그런 생각은 직후의 일로 완전히 부서지게 되었다.

"—뭐지?!"

"읏?!"

갑자기 땅울림이 발생했다. 뒤늦게 사람들의 외침 소리도.

그것들은 모두 도시 쪽에서 들렸다.

"메를리, 아빠, 엄마, 다들—."

"기다려. 뭔가 불길한 예감이 들어."

지금 당장 무슨 일이 있었는지 확인하러 간다. 그렇게 생각하여 세계수에서 뛰어내리려는 시아의 팔을 마레가 힘차게 붙들었다. 그녀의 눈은 뭔가 의심하는 것처럼, 똑바로 도시 쪽을 보고 있었다.

그리고 시아도, 다음 순간에 놀라서 눈을 부릅뜨게 되었다.

"저, 건……."

도시 방향에서 뭔가가 보였다.

그것은 높이가 수십 미터에 이를 법한, 은색의 유동성을 가진 생물이었다. 안에는 적색의 구체가 보였다.

대체 저것은 뭘까 생각하는 시아 옆에서, 마레가 말했다.

"……블라스트 슬라임? 어째서 이런 곳에?"

그 이름은 들어본 적이 있었다.

은색의 몸을 가진, 슬라임의 일종.

적의를 가진 자가 그 몸을 만지면 폭발을 일으키고, 그렇지 않은 자는 몸속으로 빨아들인다는 참으로 신기한 성질을 가진 마물이라고 한다.

다만 그 폭발의 위력이 범상치 않아서 작은 것이라도 C랭크로 취급되며, 저 정도 크기가 되면 A랭크에 이를 것이다.

그런 식으로 냉정하게 생각한 것은, 그때까지였다.

"—메를, 리?"

블라스트 슬라임의 내부에 이미 수십 명이 빨려 들어가 있었다.

그 안에서, 시아는 여동생의 존재를 발견했다.

숨을 쉬지 못하는지, 물에 빠진 것처럼 괴로운 기색으로 몸부림치고 있었다.

"윽, 구해야 돼!"

"시아?!"

그 광경을 본 순간, 반사적으로 시아는 달렸다. 바람 마법을 구사하여 세계수보다도 낮은 나무에 뛰어내렸다.

뒤에서 시아를 불러 세우는 목소리가 들렸지만, 그걸 신경 쓸 여유는 없었다.

'노려야 할 것은, 중심에 있는 빨간 핵.'

블라스트 슬라임과 거리가 200미터가 되었을 무렵, 시아는 근처에 있는 나무 위에 서서 활을 겨누었다.

블라스트 슬라임을 쓰러뜨리는 법은 크게 나누어 두 가지.

하나는 내부에 빨려 들어간 사람이 직접 저 핵을 파괴하는 것. 블라스트 슬라임 안에 빨려 들어갔으니 적의를 품어도 폭발하지 않기 때문에 쓸 수 있는 방법이다.

그 방법이라면, 누구 한 사람 희생자가 나오지 않고 블라스트 슬라임은 소멸한다.

그러나, 적의를 품을 틈도 없이 저 안에 빨려 들어간 사람이 거기서 현재 상황을 파악하여 행동하는 것은 어렵다. 시아와 마찬가지로 지금도 혼란에 빠진 마을 사람들의 모습이 좋은 증거다. 이 방법은 그다지 현실적이지 않다.

또 하나의 방법은, 외부에서 적의를 가진 자가 블라스트 슬라임을 만지는 것.

그것만으로 저 마물은 폭발하여 자멸한다.

다만 그 방법으로는 블라스트 슬라임을 만진 자와, 내부에 빨려 들어간 자가 모두 폭발에 말려들어 버린다. 수많은 희생자가 나온다.

모두를 구하는 방법은 현실적이지 않고, 현실적인 방법으로는 수많은 희생자가 나온다.

그런 딜레마 속에서, 「시아 한 사람만 세 번째 방법을 만들 수 있다」.

"내, 공간비사라면……."

활을 쥐고서, 시아가 중얼거렸다.

그렇다. 그 힘을 이용하면 블라스트 슬라임의 핵을 직접 파괴할 수 있다.

누구 한 사람 희생되지 않고 저 마물을 쓰러뜨릴 수 있다.

'역시, 계속 이걸 써서 다행이야.'

마레와 부모님은 그것만 써서 편하게 싸우면 안 된다고 말했지만, 그 충고를 무시하고 시아가 공간비사의 수련을 계속 해왔기 때문에 지금 이렇게 망설임 없이 준비를 할 수가 있다.

자신은 할 수 있다. 그렇게 믿고서, 시아는 「목표만」을 보았다.

"목표. 블라스트 슬라임의 핵. 좌표, 고정. ―공간비사, 발동."

이제 쏘면 된다.

그때 누군가의 목소리가 들렸다.

"기다려, 시아! 움직이고 있어!"

그것은 마레의 목소리였다. 시아를 따라온 모양이다.

그렇지만 괜한 지시였다. 블라스트 슬라임이 지금도 움직이고 있는 것은 이해하고 있었다. 그리고 좌표를 고정했으니까 아무것도 문제는—.

"—메를리가!"

"……어?"

그리고, 화살은 쏘아버렸다.

그때, 드디어 시아는 마레가 한 말의 의미를 이해했다.

목표만 보면서 좁아졌던 시야로는 깨닫지 못했던 일. 어느 샌가 메를리의 몸이 핵 근처에 있었던 것이다.

블라스트 슬라임의 몸은 유동체. 수중을 이동하는 것처럼 거기까지 흘러갔을 것이다.

그렇지만, 이미 늦어버렸다.

공간을 비틀고 출현한 화살. 화살촉이 핵을 꿰뚫었다. 화살촉 부분을 핵의 좌표에 고정해서 쏘았으니 당연하다.

그러나 반대로 말하면, 시아는 촉 부분밖에 의식하지 않았다는 것이며—.

"—아앗."

메를리의 이마에 한 줄기 상처가 생겼다.

그리고 그 상처에서 빨간 피가 뿜어져 나왔다.

공간비사로 쏘아낸 화살은, 본래 그 자리에 있는 물질을 파괴하며 출현한다.

다시 말해서 화살의 일부, 깃털 부분의 출현 위치가 메를리의 이마 좌표와 겹쳤기 때문에 이런 결과가 생긴 것이다.

자신의 실수를 깨달은 시아는, 블라스트 슬라임이 소멸하여 공중에서 떨어지는 메를리 일행을, 블라스트 슬라임에게서 도망친 사람들이 바람 마법으로 받아내는 모습을 그저 바라보는 수밖에 없었다.

뇌리에 새겨진 선혈로, 시아의 사고가 가득 차 버렸다.

"……이건."

옆에 있던 마레가 뭔가 중얼거리고 그 자리에서 사라진 것조차, 시아는 깨닫지 못했다.

시아는 나라의 영웅 취급을 받게 되었다.

보통은 수많은 희생을 치르며 토벌하는 블라스트 슬라임을, 사망자 한 명도 없이 쓰러뜨렸으니 당연한 결과다.

그러나, 그 대가로 메를리의 이마에 커다란 상처가 남게 됐다.

목숨에는 지장이 없었지만, 나라의 뛰어난 사용자가 치유마법을 사용해도 완전히 낫지는 않았다.

"메를리…… 미안해."

"아뇨. 언니 덕분에 모두가 목숨을 구했는걸요. 이 정도의 상처로 넘어가서 다행이에요. 에헤헤."

웃으면서 말하는 메를리의 이마에는 붕대가 감겨 있었다.

상처는 평생 남는다. 그 사실이 시아를 탓했다.

좀 더 침착했다면. 냉정하게 상황을 파악했다면. 대처할 수 있었다면.

그러면 메를리가 상처를 입는 일이 없었다.

누구 한 사람 다치지 않고 구할 수 있었다.

마레와 부모님의 말이 맞았다.

공간비사라는 뮤테이션 스킬을 얻어서, 자신이라면 뭐든지 할 수 있다고 생각하고 있었다. 과신하고 있었다.

이런 것에 의지하니까, 이런 사태가 일어났다. 모두 자신의 책임이다.

모두들 시아를 칭찬했다.

사망자 없이 넘어간 것은 그녀 덕분이다. 폭발로 도시가 파괴되지도 않았다. 그 상황에서 모두를 구해낸 너는 굉장하다.

그렇지만, 시아는 그렇게 생각할 수 없었다.

두 번 다시 같은 잘못을 반복하지 않기 위해 어떻게 하면 좋을까? 그저 그것만 생각했다.

그 사고 끝에, 결론이 나왔다.

공간비사, 그것을 사용하는 것을 관두자. 모든 것의 시작은, 그런 힘에 의지한 자신의 나약함에 있는 것이다.

근본부터 잘라내야 한다.

다음으로, 세계수의 수호자 역할을 본격적으로 시작하자.

언제나 세계수를 지키기 위해 집중하고 있으면, 분명히 자신의 산만한 주의력도 어느 정도 나아질 것이다.

그 끝에, 어떤 때든 올바른 선택을 할 수 있게 될 것이다.
속죄의 방법을 찾을 수 있을 것이다.
그리고, 그렇게 결의한 날부터.
그저 노력을 거듭하며, 3년의 세월이 흘렀다—.

◇◆◇

과거의 기억 속에서 의식이 떠오르는 것을 시아는 느끼고 있었다.
동시에, 그날의 실수와 후회, 그리고 강한 결의를 떠올렸다.
자신은 이루어야 할 일이 있다. 그러니까, 만난 지 얼마 되지도 않은 그에게 더 이상 의식을 기울일 수는 없다—.
"—윽."
엘프족 특유의 뛰어난 청각을 발휘하는 기다란 귀가, 위화감이 있는 소리를 포착했다. 세계수를 중심으로 반경 200미터의 범위 안에서, 다수의 생물이 동시에 움직이는 소리였다.
방금 전까지 그 근처에서는 아무것도 느껴지지 않았었는데 신기한 현상이다.
그 의문을 해소하기 위해, 시아는 천리안 스킬을 사용하여 소리가 난 장소를 확인했다.
그러자, 그곳에는 상상도 못 한 존재가 있었다.
"……슬라임?"
대략 열 군데. 제각각의 장소에, 갖가지 종류의 슬라임이 존재하고 있었다.

워터 슬라임, 플레어 슬라임, 글로 슬라임 등. 모두 귀찮은 성질을 가지고 있지만, 핵을 파괴하면 소멸한다는 공통점을 가진 것은 틀림없다. 단단히 정신 차리고 싸우면 문제없이 쓰러뜨릴 수 있다.

어째서 갑자기 그런 마물들이 나타난 것인가에 대해 신경 쓰이지만, 지금은 토벌하는 것이 먼저다. 세계수의 수호자로서, 세계수에 다가오는 마물은 모두 쓰러뜨려야 한다.

활을 겨누고, 집중을 높인다. 노리는 대상 중에는 중간에 나무들이 가로막고 있는 것도 있지만, 상관없다.

머리칼을 쓰다듬는 바람을 읽고, 의지를 담은 마력을 화살에 두른다.

한없이 쌓아 올린 수련을 통한 일격을, 망설임 없이 쏘았다.

"시사."

쏘아져 나간 화살은 하늘을 가르고, 고속으로 대상을 향해 날아갔다. 중간에 나무들이 막고 있어도 상관없다. 마치 화살 자체가 바람인 것처럼, 우아하게 진로를 바꾸어 나무들을 돌아가 적을 파헤친다.

천리안으로 토벌 성공을 확인하고, 그대로 이어서 다음 화살을 쏘았다.

하나도 빗나가지 않고, 시아가 쏜 모든 화살이 적을 멸했다.

"……좋아."

위기가 물러간 것을 확인하고, 안도의 소리를 흘렸다.

그러나 어째서 슬라임들이 이런 장소에 나타난 것인지, 그 이유를 아직 알 수 없었다. 앞으로를 위해서 원인을 알아내야 한다.

상황을 보다 자세히 파악하기 위해, 시아는 가지를 차고 그 자리에서 뛰어내렸다.

바람 마법을 구사하여 낙하의 기세를 조정하면서 가볍게 착지. 동시에 지면에 떨어진 이파리가 둥실 공중에 떠올랐다.

슬라임은 이 자리를 중심으로 갖가지 장소에 동시에 나타났다. 어느 장소부터 조사를 시작할까 생각했다.

그러나, 그 생각이 행동으로 옮겨지는 일은 없었다.

"어머나. 꽤 간단히 쓰러뜨려 버렸네."

"—윽."

등 뒤에서 낯선 목소리가 들려서, 시아가 놀라며 반사적으로 돌아보았다.

어느샌가 왔는지, 그곳에 누군가 한 명이 서 있었다.

빨간 로브를 입고 있어서 용모나 몸매는 살필 수 없다. 목소리의 음질로 여성이라고 상상하는 것이 고작이었다.

"당신은 누구?"

시아의 물음에, 여성은 후후후 작게 웃었다.

"설마 이런 질문을 하다니. 아니, 돌이켜보면 분명히 그렇네. 나는 당신을 알고 있지만, 당신은 나를 모르니까."

"무슨 뜻?"

"간단해. 그렇지만 그걸 설명하기 전에, 일단은 그렇네…….

이제 얼굴을 감출 필요도 없을까?"

말하면서 그녀는 자신의 얼굴을 가리는 로브에 손을 대고, 그대로 천천히 내렸다.

그에 따라 여성의 용모가 드러났다. 독기마저 느껴진다고 표현해야 할 법한 보라색 긴 머리칼이 일단 눈에 들어온다. 이어서 머리칼과 같은 색의 눈동자와, 필요 이상으로 촉촉하게 느껴지는 백색의 피부가 드러났다. 절세의 미녀라고 불러도 지장 없을 것이다.

그런데도, 그 용모를 보고 시아가 처음으로 느낀 것은 이질적인 무언가였다. 결코 다가가고 싶지 않은 무언가를 그녀에게서 느꼈다.

"그렇게 무서워하지 않아도 돼."

그런 시아의 모습을 보고, 그녀는 즐거운 기색으로 웃었다.

아직 그 이질적인 존재에서 눈을 돌리지 못하는 시아에게, 그녀는 그 자리에서 우아하게 인사를 하더니 그대로 충격적인 사실을 말했다.

"그럼, 자기소개를 할게. 나는 룰러 슬라임. 슬라임종의 정점에 위치하는 마족이며, 어떤 슬라임이라도 사역할 수 있는 절대적인 지배자야. 이번에— 그리고 3년 전의 소동을 일으킨 자, 라고 말하는 편이 너는 오래 기억할지도 모르겠네."

"—큭!"

그녀— 룰러 슬라임이 무슨 말을 하는 건지, 한순간 이해하지 못했다.

지금 막 토벌한 슬라임들. 그리고 3년 전, 시아가 자신의 실수로 메를리에게 상처를 입힌 계기가 된 블라스트 슬라임의 출현. 그것들을 일으킨 것이 이 룰러 슬라임이라는 걸까?

그렇다면, 자신은 이 자를 용서할 수 없다.

몸 안쪽에서 솟아오르는 격정 그대로, 시아는 손에 든 활을 룰러 슬라임에게 겨누었다.

"나는, 당신을 절대로 용서 못 해."

입에서 흘러나온 것은, 스스로도 놀랄 만큼 차가운 목소리였다.

"후훗, 후후후."

그러나, 그것을 듣고서도 룰러 슬라임의 여유가 사라지지는 않았다.

"일단 나보다, 주위에 주의하는 편이 좋다고 생각하는데?"

"어? ……윽!"

그 충고와 동시에, 시아는 대각선 뒤의 사각에서 맹렬한 기세로 뭔가 다가오는 것을 희미한 바람의 흐트러짐으로 감지했다. 시아는 반사적으로 몸을 틀고, 방금 전까지 몸통이 있던 공간을 날카롭고 뾰족한 은색의 창 같은 것이 꿰뚫는 것을 눈으로 보았다.

그 일련의 흐름 속에서 룰러 슬라임은 전혀 움직이지 않았다. 그렇다면 이것은 그녀 자신이 한 일이 아니라 다른, 예를 들어 그녀가 사역하는 슬라임의 공격일까?

뭐가 어찌 됐든, 이대로는 추가 공격이 올 가능성이 있기 때문에 대처해야 한다. 이 정도 지근거리라면 활보다도 마법을 쓰는 편이 빠르다.

"윈드 웨어."

오른손에서 화살을 놓고, 재빨리 작은 소리로 읊었다.

발동한 바람 마법이 오른손에 모여, 그대로 칼날의 형태로 바뀌었다. 이대로 수도를 휘두르면, 금방 옆으로 뻗은 은색 창을 베어낼 수 있다. 슬라임을 쓰러뜨리려면 핵을 파괴할 필요가 있지만, 그보다 먼저 적의 공격 수단을 빼앗는 것이 중요하다.

적을 무력화시킨 다음, 토벌한다. 그런 방침을 정하고 수도를 휘두르고자 한 순간, 문득 위화감을 느꼈다.

룰러 슬라임이 사역하는 것은 슬라임. 그리고 눈앞에 있는 창은 은색이었다. 정보를 종합하여 생각하면…….

"……설마."

최악의 가능성이 뇌리에 떠올라, 무심코 시아는 자신의 손을 확 들어 올렸다. 두르고 있던 바람의 칼날도 적에게 닿지 않고, 집중력이 끊어지자 형태를 유지하지 못하고 공중으로 흩어졌다.

그런 시아에 대해 은색의 창은 추가 공격을 하지 않고, 스프링이 줄어드는 것처럼 본래의 위치까지 돌아갔다.

시아는 자세를 바로잡고 은색의 창이 돌아간 장소에 시선을 돌렸다. 그리고.

"……어?"

경악한 나머지, 말을 잃었다.

높이 2미터에 이르는 유동성을 가진 은색의 몸에, 적색의 핵을 가진 마물. 그것은 과거에 시아에게 트라우마를 준 존재, 블라스트 슬라임이 틀림없었다.

그러나 시아가 경악한 이유는 거기에 있는 것이 블라스트 슬라임이기 때문이 아니다.

"메를, 리?"

블라스트 슬라임 안에 붙잡힌, 사랑하는 여동생의 모습을 보았기 때문이다.

"——."

등골이 오싹했다. 만약 방금 전에 그대로 공격을 했다면, 블라스트 슬라임은 적의를 감지하고 폭발했을 것이다. 그리고 분명히, 그 폭발에 메를리도 말려들었다. 자칫했으면, 자신은 돌이킬 수 없는 실수를 저지를 참이었다.

룰러 슬라임은 그 자리에 우두커니 선 시아에게서 시선을 돌리지 않은 채, 천천히 블라스트 슬라임 곁으로 이동했다.

"유감이네. 재미있는 걸 볼 수 있었는데."

그리고 괘씸하게도, 시아가 저지를 뻔한 가정의 죄를 재미있는 것이라고 했다.

그녀는 시아가 자기 손으로 메를리를 해쳐 버리는 것을 기대하고 있었다.

"제정신이 아냐."

"후훗, 화났구나. 좋아, 그러면 돼. 그래야 내 원한을 갚을 수 있으니까."

"원한? 그건, 3년 전에 내가 당신이 사역하는 마물을 쓰러뜨린 거?"

"그것도 그렇지만, 더 굴욕적인 게 있었어. 사실은 내게 굴욕을 준 본인을 이 손으로 해치우고 싶었지만, 그건 다음에 하면 되지. 일단 당신과 이 소녀를 죽일 거야. 그러면 그 애도 괴로워하겠지."

"무슨, 이야기?"

"비밀이야. 알고 싶으면, 그렇네……. 이 마물을 쓰러뜨릴 수 있으면, 그때 대답해줄게."

말하면서, 룰러 슬라임은 옆에 선 블라스트 슬라임의 몸을 쓰다듬었다. 그 광경을 보고 시아의 몸이 떨렸다. 지금은 그녀가 적의를 품지 않아서 폭발하지 않지만, 아마도 그럴 셈이었다면 지금 당장이라도 메를리와 함께 폭발시킬 수 있을 것이다.

그러지 않는 이유는 간단하다. 룰러 슬라임은, 아무래도 어떻게든 시아의 손으로 메를리를 해치도록 하고 싶은 모양이다. 최악의 상황으로, 그 노림수는 적절하게 시아에게서 행동의 선택지를 빼앗았다. 이렇게 되어 버린 이상, 이쪽에서는 전혀 손댈 수가 없다.

블라스트 슬라임 내부에서 정신을 잃은 메를리를 보고, 자신의 무력함을 탓하며 이를 강하게 악물었다. 얼른 구해내지 않으면 메를리의 목숨이 위태롭다.

블라스트 슬라임을 쓰러뜨리려면 저 적색의 핵을 파괴할 필요가 있다. 그렇지만 지금 시아에게 그것을 가능하게 하는 수단— 아니, 실행하는 힘이 없다. 3년 전 일을 떠올리기만 해도 손이 떨리고, 사고가 흐트러진다.

이제, 시아가 선택할 수 있는 길 따위 하나밖에 없었다.

"……돼."

"어머, 뭐라고 했어?"

시아의 말은 룰러 슬라임에게 닿지 않은 모양이다. 시아는 각오를 굳히고, 다시 강하게 말했다.

"나를 죽여도 돼. 그러니까, 메르리는 살려줘."

그것은 말 그대로 결사의 각오였다.

메르리를 구하려면 대신 자기 목숨을 내놓는 수밖에 없다고 생각하여 한 제안.

"그건 재미있네……. 당연히, 받아들일 리 없지만 말이야!"

그러나, 그 제안에 대한 룰러 슬라임의 대답은 지독히도 잔혹한 것이었다.

룰러 슬라임은 그렇게 대답한 다음, 자기 손을 드높이 들어 올렸다. 그것에 응해 블라스트 슬라임도 마찬가지로 몸의 일부를 팔 같은 모양으로 바꾸어, 시아를 향해 내리쳤다.

이미 시아는 그것을 피할 기력도 없었고—.

"시아!"

자신에게 다가오는 절망을 받아들이고자 하려던 그 순간, 그 목소리가 들렸다.

목소리의 정체를 확인하는 것보다 빨리 누군가가 시아의 몸에 닿고, 뒤늦게 부유감이 생겼다.

이동하는 몸 바로 옆을 블라스트 슬라임의 공격이 지났다. 공격은 그대로 땅바닥을 때리고, 주변에 격렬한 진동을 일으켰다.

그러나 시아에게 중요한 것은 공격의 전말이 아니었다.

고개를 든 순간, 시야에 들어온 그 청년에게 의식을 빼앗겼다.

"괜찮아?"

"……너는."

그 청년, 토모야는 시아의 몸을 염려하는 표정으로 물었다. 잘 대답을 못했지만 무사하다고 판단했는지, 살며시 숨을 내쉬었다.

그제야 드디어, 시아는 자신의 몸을 토모야가 안아 들고 있다는 걸 파악했다. 그것도 이른바 공주님 안기라는 자세로, 상황이 상황인데도 불구하고 부끄러움을 느껴 버렸다.

"이, 일단, 내려줘."

"알고 있어."

고개를 끄덕이는 시아를 땅바닥에 내려놓은 토모야의 눈길은 진지했다. 아무래도 그는 이 자세에 대해 딱히 아무런 생각이 없는 모양이다.

당연한 일이다. 이 상황에서 그런 것을 생각하는 시아가 잘못된 것이다.

토모야는 그대로 시선을 룰러 슬라임과 블라스트 슬라임에게 돌렸다. 이해할 수 없는 것을 본 것처럼, 의문스럽게 눈썹

을 찌푸렸다.

"너는 분명히 바다에 있었던……."

"그래, 맞아. 기억해줘서 기쁜걸. 당신에게도 분명하게 알려줘야지. 나는 룰러 슬라임, 수많은 슬라임종의 정점에 위치한 마족이야. 휘하에 있는 슬라임을 사역하는 것도 가능해."

"……그러면 설마, 그때 나타난 크라켄 슬라임은."

"그래, 내가 불러낸 거야. 이번 일에 대비해서, 사역 가능한 정도를 재확인하기 위한 거였지만, 설마 그 정도로 간단히 토벌할 수 있다고 생각 못 했어."

"그렇군. 하지만 뭐 거기에 대해서는 나중에. 문제는……."

토모야는 평소하고 전혀 다른 차가운 시선을 룰러 슬라임 옆에 있는 마물에게 돌렸다.

"그 슬라임이 메를리를 잡고 있는 건 무슨 짓이지?"

확인하는 어조에, 분명한 분노가 담겨 있었다.

"그런 거야 말하지 않아도 알잖아? 나는 언제든지 그녀의 목숨을 빼앗을 수 있어. 그런 상황에서 당신들은 나를 거스를 수 있을까?"

"그러니까 인질이란 거구나."

"맞아. 이해가 빨라서 좋네."

대답을 듣고, 토모야는 짜증이 난 듯 입술을 깨물었다. 이 최악의 상황 앞에서 쓸 수 있는 수단이 없다는 것을 그도 깨달은 것이리라.

그에 비해 룰러 슬라임은, 그 반응을 보고 즐기듯 웃었다.

"좋아, 당신들이 품은 절망은 아주 좋아. 이걸로 나는 느긋하게 자기 목적을 이룰 수 있어……. 그렇지만, 그냥 이대로 전진하는 것도 흥이 살지 않네."

룰러 슬라임은 무슨 생각인지, 블라스트 슬라임에게 손을 살짝 올렸다.

"재미있는 생각이 났어. 이렇게 하자. 자, 진정한 모습을 드러내렴!"

"무슨."

"윽."

룰러 슬라임의 외침에 응하듯, 블라스트 슬라임에게 충격적인 변화가 나타났다. 몸길이 2미터쯤이던 몸이 갑자기 성장을 이루고, 순식간에 수십 미터의 높이로 변모했다. 물론 그 안에 메를리를 붙잡은 채.

그것은 얄궂게도, 3년 전의 광경과 대단히 비슷했다.

"자, 이걸로 준비가 끝났어. 당신들에게도 알려줄게. 나는 이다음에 이 블라스트 슬라임을 도시로 풀어줄 거야."

"도시로……?"

도시에서는 현재, 수확제가 열리고 있어서 수많은 사람들이 있을 것이다.

그런 곳에 블라스트 슬라임이 도달해 버리면 어느 정도 피해가 생길지 알 수 없다.

아니, 아마도 그렇게 되기 전에…….

"그 표정을 보니 이해했구나. 그래. 내 목적은 결코 도시를 파괴하는 게 아냐. 도시에 있는 사람들은 자기들 곁으로 오는 블라스트 슬라임을 보고 어떻게 생각할까? 나는 이렇게 추측하고 있어. 「설령 안에 빨려 들어간 자가 한 명 있어도, 그 사람만 희생되고 넘어간다면 도시에 피해가 생기기 전에 토벌해 버리자」라고. 그렇게 되는 게 내 바람이야."

"—윽, 사람이 할 생각이 아냐."

"당연하지. 마족인걸."

당당한 룰러 슬라임의 태도를 보고, 그녀가 정말로 그 생각을 실행할 셈이란 걸 알았다.

룰러 슬라임은 그대로 말을 이었다.

"설명은 여기까지야. 자, 가렴!"

지시에 응답하듯, 블라스트 슬라임은 거대한 몸을 천천히 움직이기 시작했다. 주위의 나무들을 집어삼키고, 때로는 쓰러뜨리면서 땅을 기었다.

높은 나무들을 빠져나가면, 그 커다란 몸은 금방 도시 사람들에게 발견될 것이다. 그렇게 되기 전에 어떻게든 대처해야 하는데, 시아는 아무것도 할 수 없다. 쓰러뜨리는 것도, 진행을 막아내는 것마저 불가능하다.

그런 상황에서, 의지할 수 있는 상대는 한 명밖에 없었다.

시아는 매달리는 것처럼, 옆에 선 토모야의 어깨를 붙잡았다.

"시아?"

아직도 진지한 표정으로 어떻게 행동해야 할지 고민하고 있는 기색의 토모야는 갑작스런 시아의 행동에 눈을 홉떴다.

"부탁해……. 메를리를 구해줘."

"……."

"네가 가진 힘이라면 할 수 있을 거야. 그러니까, 그러니까 부탁해. 나는 메를리를 구할 수 없어……. 부탁, 할게요."

종언수를 공략하고, 리바이어던이나 록 드래곤을 쓰러뜨리고, 이공간 창고 따위의 뛰어난 스킬을 보유한 토모야라면 메를리를 구할 수 있을 것이다.

그렇게 믿고 도움을 청했지만, 대답은 잔혹했다.

"아니, 그건 무리야. 나는 메를리를 상처 입히지 않고, 저 블라스트 슬라임만 쓰러뜨릴 수 있는 힘이나 스킬이 없어."

"……그럴, 수가."

"하지만, 메를리를 구하는 걸 포기하기에는 아직 일러."

"어?"

희망이 사라졌다고 생각한 그 순간, 토모야가 한 말을 듣고 반사적으로 고개를 들었다. 달리 무슨 방법이 있다는 걸까? 그렇다면, 얼른 그것을 실행해야 한다.

"어떻게 하면 돼? 어떻게 하면, 메를리를 구할 수 있어?"

"그 답은 시아, 네가 다른 누구보다도 알고 있을 거야."

"무슨, 말?"

토모야의 말이 어떤 의도인지 이미 직감으로 알고 있었다. 그렇지만 그것을 인정할 각오를 못 하고 시아는 되물었다.

그러나, 그래 봐야 대답은 바뀌지 않는다.

"간단한 거야. 시아, 네가 가진 뮤테이션 스킬— 공간비사라면 블라스트 슬라임의 핵만 꿰뚫을 수 있을 거야. 그걸 써. 메를리를 구하는 건 너야. 네가 아니면 안 돼."

"윽."

시아가 의식적으로 선택지에서 빼고 있던 그 방법을 토모야가 말했다.

공간비사라는 말을 듣기만 해도 몸이 떨린다. 할 수 있을 리 없다고, 몸 안쪽에서 맹렬하게 호소한다.

"못 해……. 나는, 공간비사를 쓸 수 없어. 왜냐면 그래. 3년 전의 그날도, 나는 그렇게 메를리를 구하려다가, 반대로 상처를 입혔어. 그러니까 나는……."

과연 자신은 지금, 무슨 말을 하고 있는 걸까?

3년 전의 사건에 대해서 토모야는 알 리도 없고, 시아의 말이 어떤 의미인지 전해지지도 않을 것이다.

그래도 말하지 않을 수 없었다. 결코 토모야가 이해해주길 바란 것이 아니다. 그저 분명히 자신에게 변명을 하고 싶었을 뿐이다. 자신이 노력하지 않아도 될 이유를 발견하고 싶었을 뿐이다.

그렇지만.

"3년 전이라면, 네가 공간비사를 잘못 써서 메를리의 이마에 상처가 났을 때 일 말이야?"

예상도 못 했던 말에, 시아는 눈을 부릅떴다.

"……알고 있어?"

"그래. 전에 메를리한테 들었어. 너랑 처음 만난 날 밤에."

그렇게 전부터 토모야가 시아의 사정을 알고 있던 것에 경악했다.

그렇지만, 그와 동시에 솟아오르는 감정이 있었다.

토모야는 시아가 자신의 뮤테이션 스킬에 대해 품고 있는 트라우마에 대해서, 그리고 그것을 극복하기 위해 나날이 훈련에 힘쓰고 있는 것을 알고 있었다. 그러면서도 매일매일 시아 곁에 나타나서, 승산이 없는 승부에 도전했다.

그 무신경함, 거리낌 없는 태도에, 짜증을 느꼈다.

그 짜증을 억누르지 못하고, 격정에 맡기고 외쳤다.

"알고 있으면 어째서, 너는 매일 나한테 찾아왔어?! 아무리 노력해도 보답받지 못하는 나를 보고 바보 취급을 하고 싶었어?! 어째서, 어째서—."

—어째서 나는, 이 정도로 상처를 받은 걸까.

자신에게 토모야는, 최근 들어 만난 타인에 지나지 않는다. 그런 타인이 어떻게 생각하든, 사실 아무래도 좋을 텐데.

그런데, 신기하게도 마음이 찢어질 정도로 고통스러웠다.

그 고통의 정체를 인정하기 싫은 자신이 있었다.

그래서 자신은 이런 때인데도, 무책임하게 모든 분노를 토모야에게 부딪히려 하는 것이다.

"그거야 간단하지."

자기혐오에 빠진 시아에게, 토모야는 깊은 검은색 눈동자를 돌렸다.

"그저, 시아를 이해하고 싶었어."

"……어?"

토모야가 무슨 말을 하는지, 한순간 이해하지 못했다.

갸우뚱하는 표정을 지은 시아 앞에서 토모야가 말을 이었다.

"사실대로 말하면, 나도 궁술 스킬이 있어. 하지만 나는 그걸 안 쓰고, 스테이터스도 너랑 같은 수치로 바꿔서 승부에 도전했어. 그건 결코 너를 바보 취급하고 싶었던 게 아냐. 너랑 같은 조건으로 승부를 해서, 네 각오의 강함과…… 그리고 여태까지의 노력을 알고 싶었으니까."

"……그런."

그런 말을 해버리면, 자신은 뭐라고 해야 할지 알 수가 없게 된다.

토모야의 말이 거짓이 아니란 것은 눈과 목소리로 알 수 있다.

그렇지만, 그러면 그는 어째서, 그렇게까지 시아를 알려고 한 걸까?

"언제였더라? 내가 말했었잖아. 내가 아무리 강력한 스테이터스를 가지고 있어도, 그것만으로는 이룰 수 없는 일이 분명히 있다고. 너도 그랬잖아. 공간비사라는 강력한 스킬을 가지고 있으면서도 커다란 실수를 해서, 후회를 해서— 그래도 노력해온 거잖아? 그리고 그 성과를 나는 봤어. 너라면 분명히, 반드시, 나는 못하는 일을 할 수 있어."

"——."

공긴비사를 쓰지 않게 된 뒤로.

궁술 스킬을 쓰지 않고, 자신의 몸 하나로 활을 당겼다.

처음에는 실패만 했지만, 그래도 계속 노력했다.

그렇게 오늘에 이르렀다.

"그러니까 다시 한번 말한다—. 시아, 메를리를 구하는 건 너야. 네가 아니면 안 돼. 3년 전의 실수를 넘어서기 위해서, 계속 노력해왔지? 그 모든 것은 이 순간을 위해서 있었던 거 아냐?"

그 노력 끝에 도달한 장소가 여기라고, 토모야는 말했다.

"……."

그래, 분명히 그 말이 맞았다.

이제 두 번 다시 실수하지 않도록, 그저 그것만 생각하고서 여기까지 왔다.

지금 여기서 과거를 뛰어넘지 못하면, 그 모든 것이 소용없어진다.

"후~."

활을 힘차게 쥐었다. 지금 당장이라도 블라스트 슬라임 토벌을 해야 한다.

그러나 시아의 시야 구석에 블라스트 슬라임에게 붙잡힌 메를리의 모습이 비쳤다.

"……무서워."

그날의 광경이 뇌리에 되살아난다.

"무서워."

정말로 자신은 성장했을까?

메를리를 구할 힘을 가지고 있을까?

그런 불안이 떠오른 순간, 활을 쥔 손이 떨리기 시작하고—.

"괜찮아."

—그 손을 잡아주는 사람이 있다.

시아의 왼손 위에, 살며시 토모야의 오른손이 닿았다.

깨닫고 보니 그의 얼굴이 바로 옆에 있고, 자신이 가득한 표정으로 시아를 보고 있었다.

"시아, 너라면 할 수 있어."

"……하지만, 만약 또 실패하면."

"그때는 내가 전부 한꺼번에 어떻게든 해줄게. 그러니까 괜찮아."

"……그게, 뭐야."

자기는 못 하니까 시아에게 맡긴다고 하거나.

그런 주제에 만약의 상황에는 자기가 어떻게든 한다고 선언하거나.

일관성 없는 말. 그 자리를 넘기고자 하는 말이란 생각밖에 안 들었다.

'그런데, 신기해.'

마음속에서, 지금까지 품고 있던 불안이 사라진다.

토모야의 말을 믿고 있는 자신이 있었다.

이유는 알 수 없다. 그렇지만, 분명히 그거면 된다고 생각했다.

그러니까 도전한다.

이번에야말로 실수하지 않도록. 메를리를 구하기 위해서.

그리고, 토모야의 기대에 응답하기 위해서—.

"내가, 메를리를 구할게."

"그래, 가. 블라스트 슬라임이 도시에 도착하기 전에."

고개를 끄덕이고, 시아는 몸을 돌렸다.

그 타이밍에서, 지금까지 방관하고 있던 룰러 슬라임이 입을 열었다.

"어머나, 촌극은 이제 끝이야?"

"촌극인지 아닌지 정하는 건 네가 아니지만, 뭐 그렇지. 기다리게 해서 미안하네."

토모야는 이 자리에 머물러서, 비아냥거리는 룰러 슬라임을 돌아 보았다.

룰러 슬라임은 지금까지 두 사람의 대화를 흥미롭게 바라보기만 하고 공격하지는 않았다. 그러나 실제로 시아가 블라스트 슬라임 곁으로 가면 이야기는 달라진다. 토모야는 그녀를 막기 위해서 이 자리에 남는다고 말없이 고하고 있었다.

그 등을 믿고서, 시아는 달려갔다.

마력으로 신체 능력을 강화하고, 바람 마법을 구사하면서 숲속을 고속으로 달려간다.

거대한 블라스트 슬라임은 나무들을 쓰러뜨리며 전진하고, 당장이라도 도시에 도착해버릴 것 같았다.

그러나 아슬아슬한 타이밍에 시아는 먼저 도착하는 데 성공했다.

도시에 내려서자, 사람들이 축제를 중단하고 자기들에게 다가오는 블라스트 슬라임 앞에 조바심과 공포를 품고 있는 모습이 보였다.

확인은 적당히 하고, 시아는 몸을 블라스트 슬라임에게 돌렸다.

다시 말해서 현재는 도시를 등지고, 블라스트 슬라임과 대립하는 형태다.

지금 당장이라도 활을 겨누려는 시아였지만, 그때 누가 말을 걸었다.

“시아인가?! 대체 무슨 일이 일어나고 있는지, 너는 파악하고 있나?”

고개만 돌려서 돌아보자, 그곳에 진지한 표정을 지은 붉은 머리의 여성, 리네가 있었다. 살짝 숨을 몰아쉬고 있어서, 마치 방금 전투를 한 것 같았다. 어쩌면 룰러 슬라임은 이 도시에도 뭔가 공격을 하고, 그녀가 대처해준 걸지도 모른다.

그 추측이 옳다면 감사를 하고 싶지만, 그건 나중이다.

간결하게 용건만 전달할 필요가 있다.

“파악하고 있어. 저건 블라스트 슬라임. 적의를 가진 자가 건드리기만 해도 폭발하는 마물. 그리고 지금은, 안에 메를리가 잡혀 있어.”

“무슨.”

“그럴 수가!”

“메를리가?!”

시아의 설명을 들은 리네와, 주위에 있는 사람들이 놀라서 외쳤다.

특히 3년 전의 사건을 경험한 사람이라면, 블라스트 슬라임의 위협은 이해하고 있을 것이다. 그때는 시아가 뮤테이션 스킬로 대처했지만, 시아가 품고 있는 트라우마를 아는 사람은 이번에는 그것이 어렵다는 것도 이해하고 있었다.

그렇지만, 시아가 각오를 못하고 있던 건 방금 전까지였다.

"괜찮아. 내가 메를리를 구할 거야. 그러기 위해서 왔어."

"가능한가?"

"할 수 있어. 내 뮤테이션 스킬이라면."

"믁, 사용할 수 있나?"

리네는 놀라서 물었다.

그것에, 시아는 가볍게 고개를 끄덕였다.

"할 수 있어. 그렇게, 정했으니까."

그 이상의 설명은 필요 없었다.

이미 블라스트 슬라임이 가까이 다가와서, 최악의 때가 시시각각 다가온다.

안에 붙잡힌 메를리의 상태도 걱정된다. 엘프족은 인간족과 비교가 안될 정도의 심폐기능을 가지고 있으니 수십 분 호흡하지 못해도 죽지 않지만, 괜한 고통을 맛볼 필요는 없다.

왼손에 든 활을 조용히 들어 겨누었다. 신기하게도, 여태까지보다 가볍게 느껴졌다.

노리는 것은 블라스트 슬라임의 중심에 있는 적색의 핵이다. 그것만 꿰뚫어서, 메를리를 구해내는 것이다.

‘좌표, 고정—.’

실패 따위 용납되지 않는 상황인데도 마음은 차분했다.

지금까지 자신이 해온 모든 노력을 떠올렸다.

그것을 지탱해준 여동생을 자기 눈으로 포착했다.

그리고 마지막으로, 이런 자신을 믿어준 그의 말이 등을 밀었다.

이제는 망설이지 않고, 쏘기만 하면 된다.

“—공간비사.”

읊은 순간, 목표에 커다란 움직임이 있었다.

블라스트 슬라임의 내부가 격렬하게 유동하며, 그 영향으로 핵의 장소가 크게 이동했다.

그뿐이 아니다. 무슨 인과인지 방금 전까지 핵이 있던 장소에 메를리의 몸이 흘러갔다.

그렇지만, 이미 공간비사의 발동을 멈출 수는 없다.

이대로는 자칫 메를리를 꿰뚫게 되는 것을 넘어서, 핵을 파괴하지 못하고 폭발을 일으켜버리는 일도 있을 수 있다.

‘괜찮아.’

그런 상황을 앞두고, 시아는 동요하지 않았다.

바람이 아무리 불어도 비가 내려도, 하루도 수련을 게을리하지 않았다.

그런 상황이라고 해도 맨몸으로 표적을 꿰뚫어왔다.

그 나날과 비교하면, 핵의 흐름을 포착하는 것 따위 쉬운 일이다.

"—시사."

따라서, 시아는 망설이지 않고 그대로 화살을 쏘았다.

그 찰나, 화살이 그 자리에서 사라졌다. 공간비사의 능력으로 화살은 공간 자체를 초월하여, 그리고…….

이번에야말로, 블라스트 슬라임의 핵만 꿰뚫었다.

"해냈……."

몸이 마력의 입자가 되어 소멸해가는 블라스트 슬라임을 보고 기쁨의 소리가 흘러나올 것 같았지만, 지금은 그런 느긋한 짓을 할 수 있는 상황이 아니란 것을 떠올렸다.

블라스트 슬라임이 소멸하자, 디딜 곳을 잃은 메를리가 공중에서 떨어진다. 이대로는 땅에 낙하해 버린다. 구해야 한다.

"에어 리시브."

반사적으로 바람 마법을 읊어서, 낙하의 기세를 죽였다.

시아는 그대로 낙하지점에 달려가, 메를리의 몸을 받아냈다.

무사하다. 상처 하나 입지 않았다. 자신은 메를리를 구해내는 데 성공했다.

그것을 이해한 순간, 몸 안쪽에서 더할 나위 없는 기쁨이 솟아올랐다. 메를리를 구해낸 것, 과거의 트라우마를 뛰어넘은 것, 갖가지 요인으로 인한 것이다.

그래도 지금은 그저, 메를리가 무사한 것이 무엇보다도 기뻤다.

"무사해서 다행이야…… 다행이야."

자애롭게 동생의 몸을 끌어안았다.

그러자, 품 안에 있는 메를리의 눈이 천천히 열렸다.

"언……니?"

"아, 메를리!"

"앗, 네. 이건 대체……?"

메를리는 상황을 파악하지 못했는지, 신기한 기색으로 주위를 둘러보았다.

자신을 끌어안고 있는 시아와 주변에 모여 있는 사람들의 모습을 보더니, 납득한 듯 미소를 지었다.

"생각났어요. 저는 분명히 블라스트 슬라임한테 붙잡혀서……. 그걸 언니가 구해주신 거죠?"

"그래. 무사해서, 다행이야."

"언니……."

"그날, 내가 실수했으니까. 메를리를 상처 입혔으니까, 또 실수하면 어떡하나, 계속 불안했어."

"……저는 무사해요. 언니가 구해줬으니까요."

"응…… 응. 무사해서…… 정말, 다행이야!"

그리고 메를리는 상냥하게 몇 번이고 시아의 머리를 쓰다듬어주었다.

메를리를 구해낸 당사자, 그것도 언니인 시아가 위로를 받는 신기한 광경.

그러나 이 자리에서 시아와 메를리를 이상하게 보는 사람은 누구 한 사람 존재하지 않았다.

상냥한 시간이었다. 그러나, 계속 그러고 있을 수는 없었다.

"맞아요. 언니. 또 하나 생각났어요! 제가 블라스트 슬라임에게 잡혔을 때, 신기한 분이 한 명 있었어요!"

"알고 있어. 그 녀석이 이번에, 그리고 3년 전 사건의 흑막."

"어? 어째서 그런 것까지 알고 있는 건가요?"

"이미 만났어. 지금은 세계수 근처에 있을 거야."

"세계수……?! 그러면 분명히 목적은! 얼른 막아야죠!"

"알고 있어. 하지만……."

자신의 생각을 말하는 것보다 빨리, 그 위화감을 깨달았다.

방금 전까지 블라스트 슬라임에 집중해서 깨닫지 못했지만, 도시에는 그 밖에도 다수의 슬라임이 있었다. 그것들을 쓰러뜨리고 위험을 제거하지 않으면, 자신은 토모야 곁에 갈 수 없다.

반대로, 자신이 가도 걸림돌이 될 가능성이 있다. 여기서 대기하는 것이 올바른 선택 같았다.

그러나 마음은, 어째선지 그 생각에 따르려고 하지 않았다.

"리네. 메를리와, 도시의 마물을 맡겨도 돼?"

"……그래, 맡겨라. 너는 가야 할 장소가 있는 거군."

"응."

"그렇군. 그러면 그에 대해서는 시아에게 맡긴다. 부탁하지."

"알았어. 고마워."

시아가 트라우마를 넘어서면서 일어난 일과, 이제부터 하려고 생각하는 것을, 신기하게도 리네는 이해한 모양이다. 망설이지 않고 시아의 요청을 들어주었다.

그녀에게 감사의 말을 한 다음, 시선을 세계수로 돌렸다.

저곳을 중심으로 강렬한 마력이 휘몰아치는 걸 이 거리에서도 알 수 있었다. 분명히 지금은 격렬한 전투를 하고 있을 것이다.

자신이 가 봐야 아무것도 못 할지도 모른다. 그 가능성이 더 높을 것이다.

그렇지만 그런 건 상관없다. 설령 아무것도 못 하더라도, 자신은 그저 지켜보고 싶다고 생각한 것이다.

그러니까.

"언니, 열심히 하세요."

"응. 열심히 할게."

마지막으로 메를리의 성원을 듣고, 등을 밀어줘서.

그의 곁에 가고 싶다고, 그저 그것만 바라고 달렸다.

◇◆◇

"어머나, 정말로 그녀를 혼자 보내다니. 상당히 심하네."

"그건 신뢰하고 있다고 생각해주면 좋겠는데."

"후후후, 말하기 나름이네."

시아가 물러간 다음, 남은 토모야와 룰러 슬라임 둘은 마주보면서 가볍게 말을 나눴다. 당연히 둘 다 언제 전투가 일어나도 괜찮도록 준비를 갖추고 있었다.

더욱이 토모야는 대화를 하면서, 룰러 슬라임의 실력이 어느 정도인지 추측하고 있었다. 지금까지의 일로는 그녀가 슬라임을 조종할 수 있다는 것밖에 모르고, 정작 그녀 본인의 실력에 관해서는 아직 불명이었다. 그녀가 취하는 여유로운 태도를 보니, 어느 정도는 경계할 필요가 있다.

그렇지만 제대로 싸우면, 규격을 벗어난 스테이터스를 가진 자신이 지지 않을 거란 것도 이해하고 있었다.

토모야는 상황을 타파하고자 새로운 한 마디를 고했다.

"그러면, 이제 그만 가르쳐 주셔야지. 룰러 슬라임……. 아니, 룰러. 네 진짜 목적은 뭐지? 그냥 시아와 메를리의 목숨을 노린 건 아니잖아?"

"흐응. 어째서 그렇게 생각해?"

"간단해. 그런 목적치고는 수단이 너무 우회적이야. 시아를 괴롭히는 건 어디까지나 덤이고, 그것 말고 본래의 목적이 있다고 생각하는 게 자연스럽지."

"헤에. 어느 정도는 머리도 돌아가는구나."

토모야의 말이 옳았는지, 룰러 슬라임은 순순히 수긍했다.

"하지만, 조금 틀린 부분도 있어. 나는 이다음에 분명하게 그녀들의 목숨도 받아갈 셈이야. 부하가 실패했어도, 나 자신의 손으로. 그러니까 이 자리에서는 눈감아준 거지."

"진심으로 그럴 수 있다고 생각해? 적어도, 나는 너를 시아 곁으로 보낼 생각이 없는데."

"그렇네. 분명히 지금 이대로라면 나는 당신을 당해낼 수 없을지도 몰라. 하지만, 이것만 있으면 상황이 바뀌지."

"그건……."

깨닫고 보니 룰러 슬라임 주위에는 다양한 슬라임이 존재했으며, 그것들이 공통적으로 어떤 것을 가지고 있었다.

마력이 듬뿍 담겨 있는, 무지갯빛으로 빛나는 세계수의 과실이다.

세계수가 맺은 그 과실에는, 평범한 사람이라면 한 입 깨물기만 해도 마력 과다로 죽어버릴 정도의 강력한 마력이 담겨 있다고 한다.

더욱이 마법 행사를 위한 강력한 마력원으로 쓸 수도 있다. 세계수의 과실이 하나만 있어도 작은 도시를 파괴해 버릴 위력의 마법을 쓸 수 있다고 한다. 그 과실을 빼앗기지 않기 위해서, 시아를 포함한 세계수의 수호자가 언제나 수호하고 있는 것이다.

그러나 이번에는 이레귤러적인 사태로, 이렇게 룰러 슬라임이 세계수의 과실을 손에 넣고 말았다. 세계수의 과실을 얻는 것이 그녀의 목적이었을 것이다.

"그게 네 노림수였구나."

"그래. 맞아."

룰러 슬라임은 수긍했다. 동시에 토모야도 각오를 굳혔다.

가능한 한 상대를 상처 입히지 않으면서 끝내고 싶었지만, 이렇게 되면 어쩔 수 없다.

블라스트 슬라임을 시아에게 맡긴 이상, 이쪽은 토모야가 어떻게든 할 책임이 있다.

공격, 민첩, 마공의 스테이터스를 10만까지 높이고, 행동을 개시했다.

"미안하지만, 그건 돌려 줘야겠어."

"윽— 지키렴!"

소리치는 것과 동시에, 토모야는 한순간에 룰러 슬라임에게 육박했다.

그러나 상대의, 그렇다기보다 주위에 있는 슬라임들의 반응도 빨랐다. 토모야의 공격이 룰러 슬라임에게 닿기도 전에, 다종다양한 공격을 펼친다.

슬라임의 위협은 무엇보다도 일단, 종류에 따라 다른 특수한 효과를 가지고 있다는 것이다. 그것을 꿰뚫어보기 위해 감정을 사용하면서 하나씩 대처했다.

블라스트 슬라임, 닿은 순간에 폭발한다. 폭발에 말려드는 건 토모야뿐이니까 문제없다. 포이즌 슬라임, 닿은 부분이 녹아내리는 독성을 가졌다. 방어 스테이터스가 지켜주니 대미지가 없다. 아머 슬라임, 몸의 경도를 바꿀 수 있어서 대단히 단단해진다. 토모야의 공격력 앞에서는 무의미.

덤벼드는 모든 슬라임의 능력을 무력화하고, 차례차례 핵을 파괴하고, 고작해야 몇 초도 안 되어 다시 룰러 슬라임을 목표로 포착했다.

"뭐, 이렇게 한순간에!"

일방적인 유린에 경악하는 룰러 슬라임에게 날카로운 일격을 뿜어낸다.

토모야의 주먹은 룰러 슬라임의 복부를 간단히 꿰뚫었다.

'아니, 이상해.'

그러나 여기서 토모야는 위화감을 느꼈다. 너무나도 저항이 없다. 이래서는 인체를 때렸다기보다도, 마치 수면에 손을 집어넣은 감각에 가깝다.

"걸렸구나."

의문을 걷어내듯, 배에 구멍이 뚫렸는데도 룰러 슬라임의 여유로운 목소리가 울렸다. 그제야 간신히 깨달았다. 룰러 슬라임은 사람의 형태를 하고 있지만 슬라임이란 것은 변함이 없다. 따라서 몸이 유동성의 소재로 만들어져 있고, 일부를 깎아내도 의미가 없는 것이다.

상황을 파악하고 다음 행동을 하는 것보다 빨리, 그녀의 오른손이 눈앞에 다가왔다.

"승화(서블리메이션)."

"크?!"

갑자기 룰러 슬라임의 오른손이 형태를 일그러뜨리며 기체로 변화했다. 그녀의 몸에서 떨어진 그것은, 놀랍게도 토모야의 입을 통해 안으로 들어갔다.

대체 어떤 원리인지는 불명이지만, 다음에 일어날 일은 추측할 수 있다. 고체를 기체로 승화시켜 적의 몸 안에 숨어든 것이다. 그렇다면 다음에 가장 적절한 공격 수단은 반대로—.

"자, 꼬치가 되도록 해!"

—기체를 고체로 변화시켜, 안쪽에서 상처를 내는 것.

룰러 슬라임이 노린 그대로, 토모야의 안쪽에서 날카로운 바늘이 확산됐다.

그러나.

"안 먹혀."

"무슨."

∞을 자랑하는 토모야의 방어력 앞에서 그것은 무의미한 행위였다. 안쪽에서 토모야의 몸에 닿은 부분부터, 마치 존재를 거절당한 것처럼 소멸한다.

이걸로 결판이 나지 않더라도 나름대로 대미지를 줄 수 있을 거라 생각했을 것이다. 눈앞의 광경을 믿지 못해 눈을 부릅뜨는 룰러 슬라임에 비해, 토모야는 가볍게 오른손을 들고 고했다.

"윈드 프레스."

"윽, 아악!"

마력으로 만들어낸 바람으로 짓누르는 것이 다인 단순한 바람 마법.

그러나 토모야가 발동한 마법은 보통의 그것이 아니라, 대지가 몇 센티미터나 가라앉을 정도의 위력을 가졌다. 룰러 슬라임은 그 공격에 말려들었다.

그녀는 몸이 완전히 짓눌리기 직전에 몸을 잘 비틀어 충격을 흘리더니, 자신에게 다가오는 죽음을 두려워하듯 후방으로 뛰었다.

목숨은 건졌다. 하지만 복부나 오른손은 물론이고, 어째서 지금 서 있을 수 있는지 알 수 없을 정도로 온몸이 너덜너덜해진 룰러 슬라임의 모습이 보였다.

평범하게 생각하면 이걸로 결판이 났다고 해도 될 것이다.

그러나 그래도 싸울 의지를 잃지 않은 룰러 슬라임의 눈을 보고, 경계를 게을리할 수 없다고 판단했다.

"아직도 싸울 셈이야?"

"당연하지. 내가 누구라고 생각하는 거야? 분명히 당신 공격은 위협적이지만……. 내 앞에서는 무력해."

재생능력을 가지고 있는지, 룰러 슬라임의 몸이 상처를 메우는 것처럼 순식간에 수복된다. 아무래도 순수한 물리 공격으로는 마무리를 지을 수 없는 모양이다.

그렇다면, 필요한 것은 마법 공격일까? 그 생각이 떠오른 순간, 멀리 떨어진 장소에서 「그 기척」을 느꼈다.

세르바휴레에 다가가는 블라스트 슬라임이 소멸한 기척이다. 그것도 폭발하는 것이 아니라 핵을 정확하게 파괴해서. 시아가 뮤테이션 스킬을 이용해 토벌했다는 걸 이해하고, 자연스럽게 볼이 풀어졌다.

그에 비해, 룰러 슬라임은 조금 짜증난 표정을 지었다.

"가능성은 고려하고 있었지만, 설마 정말로 그 애가 블라스트 슬라임을 쓰러뜨리다니 놀라운걸. 이걸로 나는 인질을 잃게 됐어. 그래, 그래. 정말로, 그 자매는 언제나 나를 방해하는구나."

"……자매?"

룰러 슬라임의 말에서 위화감을 느끼고, 그 부분을 복창했다.

자매라는 것은 시아와 메를리를 말하는 걸까? 그러나, 시아는 그렇다 치고 메를리가 그녀를 방해했다는 표현은 조금 이상한 것 같다.

토모야가 그런 의문을 품은 것을, 룰러 슬라임이 깨달았다.

"그래, 맞아. 자매야. 한 명은 이번과 지난번에 블라스트 슬라임을 쓰러뜨린 그녀. 그리고 또 한 명은, 3년 전에 내 노림수를 깨닫고 본래 목적의 달성을 방해한, 마레라는 여자야!"

마레란 이름은 들어본 적이 있다. 에트랑쥬 가족의 장녀, 그러니까 시아와 메를리의 언니다. 3년 전의 사건에도 시아와 함께 대처했었다고 들었다.

지금 어째서 그 이름이 나오는가? 3년 전의 일과 함께 생각하면, 저절로 대답이 나왔다.

"그렇군, 그렇게 된 거구나. 다시 말해서 너는 3년 전에도 이번과 마찬가지로, 블라스트 슬라임을 미끼 삼아서 세계수의 과실을 빼앗으려고 했어. 그렇지만 그걸 마레가 깨닫고, 막아낸 거야."

"맞아. 나는 그때 그녀의 압도적인 실력 앞에서 맥없이 패배하고 「살해당했어」."

"살해당했어?"

위화감을 느끼는 표현에 고개를 갸웃거리는 토모야였지만, 룰러 슬라임은 들리지도 않는지 그대로 말을 이었다.

"그렇지만 이번에는 달라. 실력을 높이고, 치밀한 계획을 세워서, 작전을 실행했어. 당신 같은 이레귤러를 만난 건 불운이지만, 그래도 문제는 없어. 왜냐하면, 이미 나는 세계수의 과실을 얻었으니까."

그때 깨달았다. 전투 전에 룰러 슬라임이 손에 들고 있던 과실이 사라졌다.

"세계수의 과실은 어디 있지?"

"어머, 이제 와서 깨달았어? 하지만 유감. 이미 늦었어. 당신이 슬라임들을 쓰러뜨리는 사이에 내 몸에 흡수했지. 마력이 몸에 익숙해지는 것도 시간문제야."

한순간의 틈을 찌른 모양이다. 자신의 느슨함을 반성했다.

"꽤 여유로운 태도였는데, 가르쳐줄게. 이렇게 내가 세계수의 과실을 흡수한 이상, 당신에게 승산은 없어졌어."

패색을 얼버무리기 위한 허세가 아니라, 자신이 가득한 말이었다.

"꼴사나운 당신에게 가르쳐줄게, 내 능력을. 하나는 방금 전에도 본 것처럼, 부하를 조종할 수 있는 지배의 힘. 그리고 또 하나가 흡수. 부하 슬라임을 몸에 흡수해서, 그 능력을 발동할 수 있는 힘이야. 그리고 그 능력을 발동하기 위해 필요한 것이 마력. 나는 마력이 있으면 있을수록, 압도적인 힘을 휘두를 수 있어."

"그래. 그래서 너는 세계수의 과실을 노린 거구나. 스스로는 어떻게 할 수 없는 마력을 얻기 위해서."

"그래, 맞아. 마력만 있으면 나는 최강이 될 수 있어! 수많은 마물이나 마족의 위에 왕으로서 군림할 수 있어! 그걸 위해서 이 과실, 아니, 세계수 자체가 갖고 싶어! 그걸 방해하는 자가 있다면 제거해야지. 나라가 거스른다면 멸망시켜주겠어! 그 첫 번째가 당신이야!"

외치는 룰러 슬라임을 중심으로 마력이 휘몰아쳤다. 그녀는 세계수의 과실에서 얻은 대량의 마력을 행사하려고 하고 있으니, 그 영향일 것이다.

이윽고 휘몰아치는 마력은 룰러 슬라임 곁으로 다시 모여, 몸에 녹아들면서 익어갔다.

몇 초 뒤, 그곳에는 압도적인 위압감을 뿜어내는 룰러 슬라임의 모습이 있었다. 대지가 진동하며 모래폭풍이 피어오르고, 나무들이 부러져 쓰러질 정도였다.

"자, 진짜 싸움을 시작해보자."

그렇게 말한 다음, 그녀는 보라색 눈동자로 눈웃음을 지으며 작게 중얼거렸다.

"백색변화(언프리딕터블)."

그 한 마디를 계기로, 전황이 가속됐다.

◇◆◇

"백색변화."

그렇게 읊은 순간, 자신의 몸에 커다란 변화가 찾아온 것을 룰러 슬라임은 느꼈다.

순식간에 수십 단계의 한계를 넘은 것처럼, 혹은 족쇄가 풀린 것 같은 감각이다.

예전의 자신이라면 보유한 마력량의 문제로 자신이 흡수한 능력 중에서 한정된 것밖에 사용하지 못했다.

그러나, 지금은 그런 제한이 없다. 몸 안쪽에서 솟아오르는 마력을 휘둘러, 눈앞의 적— 토모야를 제거하는 것이다.

지금까지 전투를 해봐서 대강의 능력은 파악했다. 이제부터는 이쪽이 압도한다.

그 바람을 가능하게 하기 위해서, 룰러 슬라임은 자신의 몸을 바꿔 만들었다.

"시작해볼까."

말에 응답하듯, 룰러 슬라임의 오른팔이 보라색으로 변하고 더욱이 연체동물처럼 일그러졌다. 그것은 이윽고 하나의 형태를 만들어 냈다.

끝부분이 날카롭게 뻗은 창으로 형태를 바꾼 오른손을, 상황을 파악하려고 그 자리에 서 있는 토모야에게 뿜었다.

"먹어보렴!"

"음—."

소리보다도 빠른 속도로 다가오는 그 공격을, 토모야는 어떻게든 손을 들어서 막으려 했다. 그 광경을 보고 룰러 슬라임이 씨익 웃었다.

"터져버리렴."

"윽?!"

창이 토모야에게 닿은 순간, 대기를 뒤흔들 정도로 격렬한 폭발이 일어났다. 폭풍과 충격이 토모야를 집어삼키지만, 이 정도로 그가 죽지는 않을 것이다.

그래서 룰러 슬라임은 준비하고 있던 다음 수작을 발동했다. 폭발한 순간, 공중에 분산되어 있던 자신의 몸을 보라색 기체로 변화시키고, 토모야가 있는 방향으로 쏘았다. 이것은 독으로 구성되어 있기 때문에, 아주 약간 들이마시기만 해도 목숨을 빼앗을 수 있다.

그러나 독풍이 토모야에게 도착하기 직전, 갑자기 발생한 바람이 모든 것을 날려버렸다.

"지금 그건 조금 대응에 고생했어."

폭풍이 사라진 장소에, 옷에 얼룩이 묻어있긴 하지만 상처 하나 없는 토모야의 모습이 있었다. 고전했다는 말투지만, 아직 여유가 느껴진다.

"흠."

그 결과를 바라보면서, 룰러 슬라임은 분석했다.

몸의 상태를 변화시킬 수 있는 스테이트 슬라임, 적의를 가진 자가 건드리면 폭발하는 블라스트 슬라임, 그리고 몸에 독을 품은 포이즌 슬라임의 능력을 복합한 공격을 해봤지만, 아무래도 상대는 그 정도라면 대응할 수 있는 실력이 있는 모양이다.

그러나 방금 전과 비교해서, 공격은 분명히 통하게 되었다.

이대로 공격 횟수를 늘리면 문제없이 토모야에게 닿을 것이다.

그렇게 그의 여유로운 표정을 무너뜨리지 않으면 마음이 안 풀린다.

이번에는 지각할 틈도 주지 않는다. 손 하나가 아니라 온몸에서 열 개가 넘는 팔을 만들어냈다. 하나하나의 팔에 여러 가지 능력을 조합했으니, 대처가 더 어려워질 것이다.

그 광경 앞에서 토모야가 눈썹을 찌푸린 것을 확인하고, 룰러 슬라임은 확신과 함께 공격을 개시했다.

"자, 저항할 수 있으면 저항해봐!"

이걸로 끝이라고, 그렇게 생각했다.

"미안하지만, 소용없어."

"무슨—."

그렇기에 토모야가 아무렇지도 않게 모든 공격을 피해내고, 아주 당연한 것처럼 눈앞에 다가왔다는 사실을 순간적으로 소화할 수 없었다.

경악하는 룰러 슬라임에 비해, 토모야는 주먹을 허리춤에 대면서 자세를 낮췄다.

그러나 소용없다. 보통 공격으로는 자신에게 대미지를 준다고 해도, 순식간에 회복할 수 있—.

"신성 마법, 발동."

—그 말로, 토모야가 룰러 슬라임에게 위협이 되는 공격을 한다는 것을 깨달았다.

'바, 방어를—.'

그러나, 이미 늦었다.

"순뢰."

소멸의 빛을 두른 신속의 구타가 시야를 뒤덮었다. 저항할 도리도 없이 온몸을 토모야의 주먹이 꿰뚫고, 몸을 파헤치며 구멍을 뚫었다.

곧장 회복할 수가 없다. 파괴된 부위에 내포된 마력까지 동시에 사라지고 있기 때문이다. 시간을 들이면 가능할지도 모르지만, 그럴만한 여유를 상대가 주지 않는다. 일단 공격 자체를 막을 필요가 있다.

"마무리다."

"—큭."

앞으로 일격이면 룰러 슬라임을 멸할 수 있다고 생각했는지, 토모야는 마지막 공격을 하고자 자세를 취했다.

그렇게 생긴 미약한 시간이 계기가 되었다.

잔존하는 마력을 표적이 된 복부의 한 점에 집중시킨다. 단단한 갑옷으로 변하는 아머 슬라임의 능력을 발동하여, 빼어난 내구력을 자랑하는 갑옷을 만들어낸다.

"스테이터스 100만."

미약한 틈을 두고, 작게 중얼거리면서 토모야의 주먹이 갑옷에 충돌했다. 귀를 찢는 소리와 함께 갑옷은 파괴되지만, 몸에 닿기 직전 아슬아슬한 곳에서 움직임은 멈추었다.

그 결과에 의문스런 표정을 짓는 토모야. 그 틈에 룰러 슬라임은 온몸에 난 구멍을 수복하고, 그대로 토모야의 공격을 막은 갑옷을 온몸에 둘렀다. 세계수의 과실을 먹은 효과인지, 아직도 솟아오르는 마력에 한계가 오지 않고 얼마든지 경도를 높일 수 있다.

그렇게 만들어낸 갑옷은 이미 상궤를 벗어날 정도의 경도를 가지고 있었다. 아마도 방금 전 토모야의 공격을 다시 받아도, 상처 하나 나지 않을 것이다.

더욱이 갑옷은 적의 공격을 막는 것에 머무르지 않는다. 공격 수단도 될 수 있다!

"자, 다음은 이쪽 차례야!"

아직도 행동하지 않는 토모야에게, 룰러 슬라임이 외치면서 팔을 들어 올렸다. 바람의 능력, 폭발의 능력, 공간 조작의 능력 따위 갖가지 능력으로 추진력을 만들어낸— 보통이 아닌 경도의 물질을 눈에 보이지도 않는 속도로 휘둘렀다.

공간이 갈라지고, 오감이 과거에 남는다. 그런 초현실적인 현상마저 일으키는 궁극의 일격은—.

"이걸로 끝이야?"

"……뭐?"

—놀랍게도, 토모야의 안면에 부딪힌 순간 산산조각으로 부서졌다.

영문을, 영문을 알 수가 없다. 자신은 대체 뭘 보고 있는 걸까? 대체, 어떤 존재 앞에 있는 걸까?

현실을 이해하지 못하고—.

"먹어라."

"윽?!"

동요한 나머지, 공격을 깨닫는 것이 늦었다.

지금까지처럼 몸을 꿰뚫는 날카로운 연격이 아니라, 무게감 있는 강력한 일격. 만물을 거절하는 경도를 가졌을 갑옷이 손쉽게 파괴되고, 그 기세 그대로 룰러 슬라임의 몸이 캐터펄트로 발사된 것처럼 맹렬한 기세로 날아갔다.

시야가 어지러울 정도로 바뀐다. 몸이 공중을 회전하면서 날아가고 있기 때문이다. 뒤통수, 팔, 허리, 온갖 곳이 근처 나무에 부딪히지만, 나무들을 파괴하기만 하고 기세는 줄어들지 않는다.

"윽, 아, 하악!"

갑옷을 최대한 활용하고자, 섬세한 움직임을 하기 위해 현재는 몸의 유동성을 없앴다. 그것이 잘못이었다. 내부까지 전달되는 충격을 받아 흘리지 못하고, 고통과 비슷한 감각이 덮쳤다.

그러나, 아직 졌다고 확정된 건 아니다.

얼른 태세를 가다듬고, 반격을 해야 한다. 그걸 위해서는 일단 적인 토모야의 위치를 파악하고—.

"어딜 보고 있어?"

"거, 짓, 말이지……?"

—서 있었다. 룰러 슬라임이 날아온 곳에, 지극히 당연하게.

어느 정도의 반응과 속도로 움직이면 그런 것이 가능한 걸까? 너무나 놀라운 일에 뇌가 이해를 거절하고, 대응에 의식을 돌릴 수가 없다.

그렇기에, 다음에 뿜어져 나온 차기를 그저 무저항으로 받아내는 수밖에 없었다.

토모야의 발바닥이 갑옷을 잃은 복부에 박히고, 상공으로 쳐올린다. —튕겨 오르기 직전 측두부에 맞은 대각선 뒤꿈치 차기로 진로가 전환되어 안면부터 땅에 처박혔다.

어마어마한 기세로 몇 번이나 땅바닥에 튕긴 다음, 룰러 슬라임이 기는 것처럼 착지했다. 너무나도 꼴사납고 가여운 모습이다.

발소리가 들린다. 그림자가 드리운다. 바로 눈앞에 선 토모야가 자신을 내려다본다.

어떻게든 고개를 들자, 토모야가 손에 순백의 불꽃을 두르고 있는 게 보였다. 저건 틀림없이 자신을 죽이기 위한 힘을 가졌을 것이다.

토모야는 조용한 태도로, 살며시 입을 열었다.

"뭔가 남길 말 있어?"

"기억해두렴. 나는 반드시, 당신에게 복수할 거야!"

"……그래."

한 호흡 쉬고, 뭔가 포기한 것 같은 표정을 지은 다음, 토모야는 말했다.

"광신."

그렇게 뿜어져 나온 빛은, 순식간에 룰러 슬라임을 집어삼켰다.

소멸하기 직전, 작게 웃었다.

◇◆◇

“이걸로 해결인가?”

룰러 슬라임이 소멸한 것을 지켜보고, 토모야는 살며시 한숨을 쉬었다.

룰러 슬라임, 틀림없이 강적이었다. 아무래도 실력은 피네스에게 미치지 못했지만, 그녀의 위협은 무엇보다도 그 다채로운 능력이다.

토모야는 자신의 스테이터스를 이용한 밀어붙이기로 돌파했지만, 만약 그 말고 다른 사람이 상대할 필요가 있었다면. 설령 리네나 시아 같은 실력자라고 해도 고전, 혹은 패배했을지도 모른다.

그렇게 생각하면, 3년 전에 룰러 슬라임을 혼자서 쓰러뜨렸다는 시아의 언니 마레는 상당한 실력자였을 것이다. 세계수의 수호자 역할을 시아에게 맡기고 나라를 나갔다고 하는데, 과연 지금은 어디서 뭘 하고 있을까?

“……혼자서, 쓰러뜨렸다고?”

문득, 그때 위화감을 느꼈다.

룰러 슬라임은 분명히 말했다. 3년 전, 블라스트 슬라임은 시아가 쓰러뜨리고, 자신은 마레에게 쓰러졌다고.

아니, 다르다. 더 다른 표현이었을 것이다.

그렇다. 분명히 룰러 슬라임은 이렇게 말했다.

『맞아. 나는 그때, 그녀의 압도적인 실력 앞에서 맥없이 패배하고 「살해당했어」.』

그 말처럼, 그녀는 분명히 「살해당했다」라고 했다.

"무슨 뜻이지?"

말을 잘못한 걸까? 그렇게 내치는 건 간단하다.

그러나, 뭐라 말하기 어려운 불안이 밀려들었다. 만약 그녀의 말에 거짓이 없다고 가정하면, 그 밖에도 신경 쓰이는 부분이 생긴다.

룰러 슬라임은 죽기 직전, 토모야에게 반드시 복수할 거라고 말했다. 신기하게도 그 발언은 그저 지고서 오기를 부리는 느낌이 안 들었다. 뭔가 확신과 함께, 반드시 실행하겠다는 의지를 담아서 말한 것 같았다.

그리고 무엇보다도, 그녀는 마지막 순간, 분명히 웃고 있었다.

적어도 이제부터 죽는 자의 반응이 아니었다.

"뭔가 놓친 게 있나?"

룰러 슬라임은 분명히 자기 손으로 쓰러뜨렸다. 눈앞에서 기척도 사라졌다. 그러나, 그래도 도무지 토모야는 안도할 수 없었다.

만약을 위해 토모야는 색적을 발동했다. 최소한이라도 세르바휴레 전역에 위협이 없으면 안심할 수 있을 거라고 생각했다.

걱정은 기우로 끝난다. 그렇게 생각했기에, 그 결과에 경악하게 됐다.

세르바휴레에는, 사역자인 룰러 슬라임이 소멸했는데도 다수의 슬라임이 지금도 존재하고 있었다. 그렇지만, 그쪽은 리네와 루나리아가 대응해주고 있으니 문제없을 것이다.

중요한 것은, 지금 이 세계수 곁으로 오고 있는 회색의 기척이었다.

무시무시한 속도로 다가오는 그것은, 토모야의 눈길이 닿는 범위까지 와서 속도를 늦추더니 천천히 걸어왔다.

기척이 나는 방향으로 시선을 돌리고, 토모야는 살짝 눈을 가늘게 떴다.

그 반응을 보고, 「그녀」는 즐겁게 웃었다.

"후후, 말했지? 반드시, 복수하러 온다고."

"그렇다 쳐도, 재등장이 너무 빠르잖아."

대체 뭘 어떻게 한 길까? 그곳에는 전혀 상처 없는 룰러 슬라임의 모습이 있었다.

"이게 어떤 상황인지, 당신은 이해하고 있어?"

"글쎄. 하지만 뭐, 그냥 죽이기만 해서는 네가 안 죽는다는 건 알았어."

"그래. 그저 완전히 죽이지 못했다고 착각하지는 않는구나. 좋아, 특별히 당신에게 가르쳐줄게. 내 능력은 크게 나누어서 세 가지야. 그중에서 둘은 아까 말한 것처럼 지배, 흡수야. 그리고 마지막 하나…… 그건 「빙의」야."

"빙의라고?"

"그래. 나는 자신의 몸이 망가졌을 때, 지배하고 있는 슬라임에게 정신만 옮길 수가 있어. 이 말의 의미를 알겠어?"

"윽. 그게 네 불사신의 정체군. 설마 3년 전 마레에게 죽었을 때도 그걸로……."

"그립네. 그래, 맞아."

룰러 슬라임이 말한 너무나도 뜬금없는 내용에 충격을 받았지만, 그게 사실이라는 것을 토모야는 직감적으로 이해하고 있었다.

그 전제라면 지금까지의 모든 의문이 해결된다. 그리고 무엇보다, 눈앞에 있는 룰러 슬라임에게서 거짓을 말하는 낌새가 없었다.

그러나 그렇게 되면 불가해한 것은, 어째서 룰러 슬라임이 또 다시 이 자리에 나타났는가다. 그 능력을 숨기고 도망쳤다면, 토모야도 깨닫지 못했을 것이다.

지금도 아직 시아를 노리고 있을 가능성이 있는 이상, 이 자리에서 제거해둘 필요가 있다는 건 변함이 없다.

정신을 옮길 수 있다면, 그건 그거대로 대처할 방법이 있다.

"후훗. 마치 내 빙의 대상도 모두 쓰러뜨려버리면 된다, 라고 말하고픈 표정이네."

가슴속의 결의가 겉으로 드러난 것일까? 룰러 슬라임이 그 속셈을 간파해버렸다.

그래도 할 일은 변함이 없다. 성공할 가능성도 있다.

룰러 슬라임과 부하들은 공통된 마력의 기척이 난다. 그것을 따라가면 문제없이 토벌할 수 있을 것이다.

그렇게 생각하여, 토모야는 색적 범위를 세르바휴레 밖으로 넓혔다. 두 명째 룰러 슬라임이 범위 밖에서 나타났다. 멀리 떨어진 장소에도 부하를 두었을 것이다.

그 예상대로, 색적이 금방 새로운 기척을 포착했다. 수백에 이르는 존재가, 세르바휴레 밖에 있는 것을 확인했다.

더욱 바깥쪽에 다른 부하가 있을지도 모른다. 그렇게 생각하여, 토모야는 기척이 느껴지는 한 색적의 범위를 넓혀서—

그리고, 말을 잃었다.

멈추지 않는다. 기척이 끊어지지 않는다. 북대륙뿐이 아니다. 그 범위를 훨씬 넘어서, 룰러 슬라임의 부하는—.

"……농담하냐?"

십만을 넘어서는 그 수가 현실이라고, 반사적으로 받아들일 수가 없었다.

"……네 부하는, 이 자리에 있는 녀석들뿐이 아니구나."

"그럼, 물론이지. 중앙대륙(프란릿데)이나, 동대륙(미아레르드)을 포함해서 전 세계(알피스)에 대기하고 있어. 이해했어? 네가 나를 완전히 멸하는 건 불가능해."

그녀의 말이 맞았다. 아무리 토모야라도, 온 세계에 흩어진 마물을 순식간에 쓰러뜨릴 수는 없다.

"절망적인 상황이라는 걸 이해한 모양이네. 덧붙여서 말해둘게. 내 부하가 전 세계에 있다는 건 말이야. 내가 이 자리에 있으면서 부하를 사역하여, 그 자리에 있는 사람을 죽일 수 있다는 거야. 있지, 당신에게 소중한 사람은 어디에 있어?"

"큭!"

뇌리에 떠오르는 것은 리네와 루나리아. 더욱이 동대륙이나 북대륙에서 만난 신시아나 앙리, 프라제의 모습이었다. 룰러 슬라임의 말을 현실로 만들 수는 없다.

그러나, 아무리 생각해도 현재 상황을 타파하기 위한 방법은 떠오르지 않았다.

최강이나 마찬가지인 힘을 가진 토모야라도, 할 수 없는 일이 있다는 엄격한 현실이 눈앞에 펼쳐진다.

그렇지만.

"당연하지. 그런 거야."

자신이 할 수 없는 일이 있다는 것. 그건 처음부터 알고 있었다.

그렇기에 토모야는, 자신에게는 없는 새로운 힘을 언제나 바라고 있었다.

그런 힘을 가진 존재를 기다리는 것이다.

"—토모야!"

평소의 조용한 목소리와 달리, 강한 마음이 담긴 말이 울렸다.

토모야는 그쪽을 돌아보고, 그리고 발견했다.

서둘러서 달려왔기 때문인지 세룰리안블루의 긴 머리칼이 흐트러지고, 어깨를 들썩이며 숨을 쉬고 있었다. 그래도 견고한 의지가 담긴 눈동자를 가진 소녀, 시아가 있었다.

시아가 이름을 불러준 것은 처음일지도 모른다. 이런 상황인데도 문득 그것을 떠올리자 웃음이 나왔다.

“시아.”

천천히, 시아의 이름을 불렀다.

시아는 그것에 응하듯 고개를 끄덕이고, 이쪽으로 걸어왔다.

“메를리를 구해냈구나?”

“응, 해냈어. 토모야 덕분에 용기가 났으니까.”

“내가 해준 거야 거의 없지. 전부, 시아가 노력했기 때문이잖아?”

“아니, 그렇지 않아. 나는 토모야한테 감사하고 있어. 그러니까 뭔가 돌려줄 수 없을까 생각해서 왔어. 토모야가 보기에 나 같은 건 불필요한 존재일지도 몰라. 그렇다고 해도…….”

시아의 시선은 지금도 사납게 웃음을 짓고 있는 룰러 슬라임을 보고 있었다.

토모야가 이 정도 시간을 들여도 쓰러뜨리지 못했다는 사실에서, 룰러 슬라임의 실력을 재는 것은 가능할 것이다. 그래도 시아는 당황하지 않고 섰다.

“그래도, 토모야를 돕고 싶다고 생각했어.”

그리고, 그렇게 말했다.

바다처럼 깊은 파란 눈동자에는, 결코 꺼지지 않는 불꽃 같은 의지가 있었다.

“――.”

그 눈에 꿰뚫어진 순간, 신기한 감각이 찾아왔다.

토모야가 가진 힘. 그리고 시아만 가진 힘이 머릿속에 휘몰아치고, 새로운 하나의 가능성을 떠올렸다.

혼자서는 결코 이를 수 없는 장소라도, 둘이서라면 분명히—.

"시아."

"뭔데?"

그래서, 그 가능성을 현실로 만들기 위해 토모야는 시아에게 청했다.

"부탁해, 힘을 빌려줘."

그 말에 시아가 조금 놀라 눈을 홉뜬 다음.

"응. 네 말이라면, 나는 응답할 거야. —토모야."

작게 웃으면서 고개를 끄덕였다.

이제는 그저, 앞으로 나아간다.

토모야가 오른손을 내밀자, 시아가 그 위에 왼손을 겹쳤다.

그저 그것만으로, 두 사람의 마음이 이어졌다.

"여기까지 와서, 당신들은 뭘 하고 싶은 걸까?"

그 광경 앞에서, 룰러 슬라임은 비웃는 것처럼 말했다.

"그 아이를 이 자리에서 쓰러뜨리는 건 포기했지만, 당신이 왔다면 이야기는 달라져."

룰러 슬라임은 시선을 시아에게 향한 채, 오른손을 하늘로 들었다.

다음 순간, 룰러 슬라임이 급격하게 변화하기 시작했다.

마치 세계수에서 허용할 수 없을 정도의 마력이 쏟아진 것처럼, 일그러진 맥동을 일으키면서 맹렬한 기세로 부풀어 올랐다. 더욱이 적색, 보라색, 녹색, 차례차례 변색되더니, 이윽고 모든 색을 뒤섞은 칠흑에 이르렀다. 이미 저것은 사람의 형태가 아니다. 그저 덩어리다.

사람을 간단히 집어삼킬 법한 그 덩어리에서 느껴지는 것은, 압도적인 마력과 위압감이었다. 저것에는 룰러 슬라임이 세계수의 과실에서 흡수한 모든 마력을 능력으로 변화시킨 것이 담겨 있을 거라고 토모야는 판단했다. 반발하는 힘을 억지로 한데 묶어낸 결과, 당장이라도 폭발할 것처럼 맞서고 있는 것이다.

지금은 그나마 형태를 유지하고 있지만, 저것이 해방됐을 때 주위가 어떻게 될지 상상하는 건 어렵지 않았다. 나라는커녕, 대륙 전토에 영향이 미칠 정도의 위력을 숨기고 있을 것이다.

그렇다고 해도 물러설 수는 없었다.

"간다, 시아."

"가자, 토모야."

둘이서 결의의 말을 나누고, 그리고—.

"색적, 발동."

막대한 마력이 전 세계에 퍼지고, 룰러 슬라임과 같은 마력을 가진 슬라임이 존재하는 좌표를 찾았다.

토모야의 생각과 함께, 맞닿은 손에서 그 정보가 시아에게 전달됐다.

그래서 그녀도 망설이지 않고 말했다.

"공간비사, 발동."

시아는 뮤테이션 스킬로, 이 자리와 멀리 떨어진 곳에 존재하는 마물들과 공간을 이었다. 모든 적을 목표 좌표로 상했다.

토모야는 빈 왼손으로 시아의 활을 쥐었다.

시아의 몸을 자신에게 끌어당기고, 마치 그녀 자신이 쥔 것처럼.

시아는 조금 얼굴을 붉게 물들이면서, 빈 오른손에 「하늘의 화살」을 겨누었다.

그 손안에, 토모야가 공급한 대량의 마력이 모였다.

『이제 와서 당신들이 뭘 하든 소용없어!』

룰러 슬라임이었던 무언가는, 부풀어 오른 칠흑의 마력을 토모야와 시아에게 겨누면서 둔중한 소리로 외쳤다.

『이걸로 끝이야! 이제 죽으렴!』

그리고, 절망을 포함한 마력 덩어리가 토모야와 시아를 향해 뿜어져 나왔다.

그렇지만, 이제 그런 건 상관없다. 망설임은 사라졌다.

바람을 현실로 만들기 위해, 두 사람은 읊었다.

""공간비사, 제2의 절시.""

세계의 섭리를 초월하는 그 말을—.

""—조월비사.""

마력은 수십만의 화살로 변해, 공간을 초월한다.

전 세계에 존재하는 룰러 슬라임의 부하를 남김없이 소멸시켰다.

그리고 마지막으로 쏜 한층 커다란 마력의 화살이, 칠흑의 마력을 집어삼키며 룰러 슬라임 본체를 덮쳤다.

『무슨—.』

저항 따위 없는 거나 마찬가지였다. 순백의 마력이 세계를 뒤덮으면서 절망을 날려버린다. 화살에 닿은 부분부터, 룰러 슬라임의 몸이 소멸한다.

『말도 안 돼, 있을 수 없어! 내가 지다니! 저, 정신을 얼른 옮겨야 해! 모, 못 한다고?!』

부하는 이미 모두 소멸했다. 룰러 슬라임이 정신을 옮길 곳은 이미 존재하지 않는다.

"이걸로, 이번에야말로 끝이다."

『싫어, 이런, 이런 결말! 나는—.』

말이 마지막까지 나오지는 못했다.

마치 나무 블록이 무너지는 것처럼.

그녀의 붕괴는, 불과 한순간에 일어났다.

눈앞에 있던 거대한 적이 소멸하고, 아무 방해도 없이 세계수를 올려다볼 수 있게 됐다.

그런 광경을 앞두고, 토모야는 살짝 한숨을 쉬었다.

문득, 오른손을 쥐고 있는 시아의 힘이 강해진 것 같았다.

고개를 돌리자, 족쇄에서 해방된 것처럼 미소 짓는 시아의 모습이 있었다.

그런 시아에게 토모야도 작게 미소를 되돌려주고, 오른손의 힘을 조금 강하게 주었다.

이렇게, 세계수의 모든 싸움이 막을 내렸다.

◇◆◇

'……끝났구나, 정말로.'

공간비사를 사용해서, 인연이 있던 적을 쓰러뜨리고.

3년 전부터 품고 있던 트라우마를 뛰어넘을 수가 있었다고, 시아는 아직 믿을 수가 없었다.

……그러나 알고 있었다. 트라우마가 사라졌다고 해도, 한 가지 후회는 아직—.

"언니! 토모야 님!"

—사고에 잠겨가던 시아를 끌어올리는 목소리가 들렸다.

고개를 들자, 그곳에는 지금 막 생각하고 있던 메를리의 모습이 있었다. 숨을 가쁘게 쉬면서도 전력으로 시아 곁에 달려온다. 그 뒤로 리네와 루나리아, 그리고 못 보던 하얀 늑대 마물도 따라왔다.

"시아."

톡. 시아의 어깨에 토모야의 손이 놓였다. 돌아보자, 그가 웃고 있었다.

"가자."

"……응."

그저 기다리기만 하는 게 아니다.

이번에는 스스로도, 메를리를 향해서 걸어갔다.

그런 시아를 향해서 메를리는 전속력으로 달려와 안겼다.

"무사해서 다행이야. 이제 아무 걱정 없어."

"역시, 제가 세계 제일로 존경하는 언니에요!"

"그런 말을 한 게 들키면, 언니가 화내."

"괜찮아요! 마레 언니도 세계 제일로 존경하고 있으니까요!"

"그래. 그럼 괜찮겠네."

자연스럽게 웃음이 흘렀다. 이런 식으로 웃음을 나눈 것이 대체 얼마 만일까?

행복함이란 분명히 이런 기분을 말하는 것이다.

그렇지만, 그렇기에 마음에 남은 후회가 한층 부각된다. 시아는 메를리의 이마에 남은 흉터에 시선을 내리고, 상냥하게 쓰다듬었다.

"미안, 메를리."

"언니?"

"내 탓에, 이 상처가 생겼어. 설령 내가 트라우마를 뛰어넘었다고 해도, 이 실수는 평생 남을 거야. 기껏, 세계 제일로 귀여운데. 상처가 생겨도 세계 제일인 건 변함 없지만, 그래도……."

"그, 그렇게 정면으로 말을 하면 쑥스러운데요……. 그렇네요. 언니가 그 정도로 신경 쓰신다면."

메를리가 시선을 토모야에게 보냈다. 리네와 루나리아와 환담을 하면서 이쪽을 살피고 있던 그가 금방 깨달았는지, 메를리의 다음 말을 기다리고 있었다.

메를리가 진지한 표정으로 말했다.

"토모야 씨, 전에는 거절했었지만, 부탁해도 될까요?"

"……괜찮은 거야?"

"네, 물론이죠."

"……무슨 얘기?"

대화의 의도를 파악하지 못해서 물어보자, 메를리가 부끄러운 기색으로 작게 웃었다.

"사실은 요전에 토모야 씨가 말해주셨어요. 자기 치유 마법이라면 그 상처를 치유할 수 있을 거라고."

"윽…… 정말?"

"그래."

힘차게 수긍하는 토모야를 보고, 그것이 거짓말이 아니라고 시아도 믿을 수 있었다.

희망이 솟아오르는 것과 동시에, 의문도 생겼다.

"하지만, 그러면 어째서, 메를리는 거절했어?"

"그러면, 저만 앞으로 나아가게 될 거라고 생각했어요."

"……앞으로?"

"네. 언니가 공간비사를 쓰지 못하게 된 건, 제가 다쳤기 때문이죠? 그런데 제 상처만 나아도, 언니가 옛날로 돌아가지 못할 거라고 생각했어요. 진짜 의미로 언니의 후회가 사라지는 건, 트라우마를 뛰어넘었을 때. 그래서 앞으로 나아갈 때는 함께라고, 그렇게 생각했어요."

"……메를리."

아아, 나는, 대체 얼마나 이 작은 여동생에게 받기만 하는 걸까?

한심하기도 하다. 그렇지만 그 이상으로 마음을 채우는 따스한 기분이 있었다.

지금이라면 분명, 자신들은 앞으로 나아갈 수 있을 것이다.

그러기 위해서.

"나도 부탁해. 메를리의 상처를 고쳐줘."

"그래."

기다렸다는 듯 토모야는 메를리 곁으로 가서, 그녀의 이마에 손을 올렸다.

상냥한 마력이 메를리를 감쌌다.

불과 몇 초 뒤, 토모야의 손이 떨어지자, 그곳에는 그저 깔끔한 피부가 있었다.

"아아……."

시아에게, 그것은 기적이었다.

오랜 세월 바라온 일이, 그의 손으로 이루어졌다.

감사의 말을 하고 싶은데, 무슨 말을 해야 할지 모르겠다.

이 마음을 표현할 수 있는 말이 생각나지 않았다.

"토모야 님, 정말 고맙습니다."

"천만에."

메를리가 토모야에게 감사하는 모습을, 그저 보고 있는 것밖에 못 했다.

그렇게 생긴 약간의 틈을 메운 것은, 지금까지 옆에서 기다리고 있던 리네였다.

"이쪽 문제가 정리됐다면, 그걸 도시의 사람들에게 전할 필요가 있다. 나와 루나는 먼저 돌아갈 건데, 시아와 메를리는 어쩔 거지?"

"저희도 돌아갈게요. 저와 언니가 전하는 게 더 빨리 이야기가 전달될 거라고 생각하니까요. 가요."

방침이 정해지고, 리네, 루나리아(와 흰 늑대 마물), 메를리의 순서로 도시를 향해 걸었다. 토모야는 조금 시아에게 시선을 보낸 뒤, 차분한 페이스로 리네 일행 뒤를 따라갔다. 시아가 발을 내디딘 것은 마지막이었다.

도시로 가는 토모야의 등을, 시아는 뒤에서 가만히 보고 있었다.

그와 만난 뒤부터 보낸 나날을 떠올려 버린다.

처음에 떠오른 것은, 처음 토모야를 봤을 때였다.

시아는 세계수의 꼭대기에서, 리바이어던을 간단히 토벌하는 그의 모습을 보았다.

그 광경을 믿을 수가 없어 마력의 화살을 쏘기도 했지만, 그걸로 그는 반응하지 않았다.

그때 생각한 것은, 이 이상한 사람은 뭘까? 하는 정도였다.

그러나, 신기하게도 머릿속 한구석에서 그의 존재가 사라지지 않았던 것 같다.

그런 식으로 생각하는데, 실제로 그와 만날 기회가 왔다.

일부러 시아를 만나러 세계수까지 온 모양이다.

그걸 알았을 때, 어째선지 조금 마음에 따스한 기분이 생겼다. 그 이유는 지금도 알 수 없다.

그러나, 그 기분은 금방 사라졌다.

왜냐면 그는 시아에게 뮤테이션 스킬의 힘을 빌리고 싶다고 했으니까.

싫은 일을 떠올려 버렸다. 그래서 기분도 조금 나빠졌다.

그러나 그 마음을 터놓았더니 순순히 물러나 주었고, 무엇보다도 록 드래곤의 고기가 맛있었으니까 용서했다.

그렇게, 생각했었는데.

그는 다음 날, 또 시아를 찾아와서 말했다.

내기를 하자. 그걸로 내가 이기면, 네가 협력해 달라고.

……솔직히, 거절할 수 있었다.

아니, 거절하려고 생각했다. 그의 눈을 보기 전까지는…….

그의 눈이 진지했다. 나중에 가서 알았지만, 시아가 어째서 공간비사를 쓰지 않는가를 이미 메를리에게서 들은 모양이다.

그래도, 그는 시아를 찾아왔다.

활의 소양 따위 없는 주제에 궁술 스킬을 쓰지도 않고 도전해서, 당연히 지고, 이쪽의 명령을 듣고…… 그래도 몇 번이고 그는 도전했다.

이제는 잘 이해가 된다. 그는 시아에게 불평을 하고 싶었던 것이다. 과거의 후회에서 도망치지 말라고. 그 불평을 할 자격을 얻기 위해서, 그는 시아와 같은 길을 걷고…… 시아가 지금까지 해온 노력을 알려고 해주었다.

이 정도로 자신을 생각해서 행동해준 사람이, 과거에 있었을까?

누군가가 말했다. 분명히 너는 메를리에게 상처를 입히고 말았다. 그러나 그와 동시에 구할 수 있었다. 그 결과가 멋진 것이라고.

상냥한 말, 그렇기에 가슴에 깊숙하게 박혔다.

자신을 탓할 수 있는 것은 자신뿐이라고, 계속 그렇게 생각했다.

그렇지만 그는 달랐다.

그는 시아의 실수를 실수로 받아들이고, 다음에 어떡하면 잘못하지 않을 수 있는지, 그런 미래의 이야기를 해주었다.

그리고 다시 한번, 시아에게 공간비사를 쓸 용기를 주었다.

메를리와 서로 진심을 전할 수 있게 되었다.

그뿐이 아니다.

이번과 3년 전 사건의 원흉 앞에서, 그는 시아를 의지해 주었다.

함께 협력하고, 공간비사의 새로운 힘을 눈뜨게 해준 데다가 토벌하는 것에도 성공했다.

첫 공동작업이란 것이다.

그리고 마지막으로, 시아가 오래도록 후회하고 있던 메를리의 상처마저 치유해 주었다.

시아가 바라는 모든 것을 이루어 주었다.

'아아…… 그런 거, 였구나.'

가슴에 솟아오르는 마음의 이유를 드디어 알았다.

감사뿐이 아니다. 그 이상의 보물 같은 마음이 거기 있었다.
그렇지만 말로 할 용기는 아직 없었다.
앞으로 조금만 더, 기다려줬으면 좋겠다.
그렇지만, 그와 동시에 자신을 봐줬으면 좋겠다.
그러고 보니, 애당초 그는 시아에게 검을 만드는 걸 도와달라고 하기 위해 만나러 왔었다.
문득 그런 것을 떠올렸다.
그래서, 시아는 그에게 말했다.
아주 조금 시간을 벌고자, 커다란 감사를 담아서.
"토모야."
"응? 왜 그래? 시아."
돌아보고, 상냥한 표정을 짓는 토모야에게 시아가 말했다.
"정말로, 고마워. 너의 소원, 들어줄게. 뭐든지, 말해."
그런 말을…….

에필로그 사람들의 기억

룰러 슬라임의 습격으로부터 사흘 뒤, 토모야와 시아는 이미 익숙해진 세계수에 있었다.

시아의 손 위에는, 종언수의 핵이 있었다.

요전에 말한 것처럼, 그녀는 협력해줄 생각이 든 모양이다.

시아는 잠시 종언수의 핵을 바라본 다음, 숨을 내쉬었다.

"대충, 안 것 같아. 이 안에 생긴 결정체, 그걸 내 힘으로 파괴하면 돼?"

"아아, 맞아. 그거에 성공하지 못하면 연성을 못 해."

"……응. 하지만, 조금 어려울지도 몰라."

"어째서?"

기껏 협력을 해주는데, 벌써부터 난항을 겪을 기미가 보여 물었다.

"이 핵 내부의 성질을 바꾸기 위해서는, 마력으로 만든 화살로 쏠 필요가 있어. 그렇지만 내 공간비사로 파괴할 수 있는 건, 쏘아낸 물체보다 강도가 낮은 것뿐. 토모야가 전력으로 연성을 사용해서 파괴하지 못한 걸, 내 마력으로 부술 수는 없을 거야."

"그렇군. 그건 난처하네……. 아니 잠깐, 가능할지도 몰라.

조월비사를 사용했을 때처럼, 내 마력을 시아에게 보내서 그걸 쏘면 되지."

"헉! 그거라면 될지도 몰라. 천재적 발상."

"그렇지."

"토모야가 낸 발상이라고, 도저히 생각하기 어려워."

"야."

시아가 그런 농담(농담이라고 믿고 싶다)을 한 다음, 토모야와 시아는 얼른 실행하기로 했다.

시아의 손을 꼭 쥐었다.

기분 탓이 아니라면 그녀의 기다란 귀가 붉게 물든 것처럼 보이는데, 토모야는 굳이 그건 말하지 않았다.

솔직히 말해서, 토모야도 다소 창피함이 있었으니까.

"그러면, 간다."

"응."

호흡을 맞추고, 고했다.

""—공간비사.""

시아의 손에서 마력의 화살이 쏘아져 나갔다.

그리고, 작게 쨍그랑하는 소리가 났다.

"성공?"

"몰라, 시험해볼게. 연성 Lv ∞— 발동."

시아에게서 핵을 받고, 연성 스킬을 발동했다.

그러자, 종언수의 핵은 전혀 저항 없이 변화했다.

—성공이다. 훌륭하게, 안의 결정체를 파괴한 모양이다.

그렇다면, 문제는 다음이다. 어떤 형태의 무기로 만들 것인가?

—이미지하는 건 한 자루의 검.

손에 잘 잡히고, 힘차게 휘두를 수 있는, 그런 검이 좋다.

그리고—.

"—됐다."

토모야의 손안에는, 분명히 한 자루의 검이 있었다.

무엇보다도 깊은 종언수의 칠흑을 더욱 응축시켜, 주변 일대의 빛을 집어삼켜 버릴 것 같은 윤기가 흐르는 검은 칼날. 칼날은 너무나도 날카롭고, 손가락이 닿기만 해도 잘려 나갈 것 같았다.

같은 소재로 만들었기 때문에, 칼날과 일체형 구조인 날밑과 자루 또한 더할 나위 없는 어둠을 그 안에 품고 있었다.

무엇보다도 깊고, 깊은 어둠.

이 검이 이제부터 평생 자신의 짝꿍이 될 거라고 본능적으로 자각한 토모야는, 꽉 자루를 쥐었다.

그 순간— 두근, 하고 검 자체가 맥동했다.

'이것, 은—.'

—그것은, 머나먼 기억.

유사 이래, 온갖 사람의 사념이 담긴 마력을 흡수해온 종언수의 핵.

그 핵으로 만들어낸 검에도, 마찬가지의 사념이 담겨 있었다.

그 기억— 악의가 토모야의 몸 안을 휘몰아쳤다.

프라제의 공방에서 종언수의 핵에 감정을 사용했을 때와

마찬가지다.

그때 토모야는, 이 검을 사용하기 위해서는 사람들의 살의에 따르지 않으면 안 된다고 피네스가 경고한 것 같았다.

살의에 견딜 각오가 있느냐고.

그러나, 정말로 그럴까?

이 검 안에 잠들어 있는 것은 살의뿐인 걸까?

아니다. 그 안에는 분명히 가치가 있는 것도 있다—.

"……토모야? 성공, 했어?"

—시아의 목소리가, 토모야를 사고 속에서 불러냈다.

그런 그녀에게 대답했다.

"아아, 그래. 미안한데, 시험 삼아서 좀 베어볼게."

"괜찮, 지만. 뭘?"

"……저게, 딱 좋겠어."

말하고서 토모야가 시선을 보낸 곳은, 평소 시아가 수련에 쓰는 표적을 둔 곳이었다.

거리는 5,000미터. 검을 시험하기에는 적절하지 못한 거리다.

그렇지만, 지금 토모야에게 그것은 상관없다.

과거에, 디반이란 청년이 있었다.

그 청년이 가진 스킬은 검술뿐이었다. 스테이터스 자체도 축복받지 못했다.

그렇지만, 그는 이윽고 영웅이라 불릴 정도의 힘을 얻었다.

자신의 스테이터스로 알 수 있는 한계를 넘어설 정도의 노력을 거듭해서.

그런 청년의 기억이, 전해진다.

"검술 Lv 3—."

그 청년이 도달한 극치를, 지금 토모야가 재현한다.

"—순인(스알 에지트)."

칠흑의 검을, 살짝 휘두른다. —그 순간 머나먼 곳에 있는 표적 열 개가 동시에, 두 동강이 났다.

"……어?"

그 광경을 보고, 시아의 당황한 목소리가 들렸다.

솔직히, 토모야 자신도 도저히 믿을 수 없었다.

리네가 검술과 공간 마법 스킬을 병용해서 만들어낸 공참.

그 이상의 파괴력과 사정거리를 가진 일격을, 디반은 그저 검술 하나로 만들어낸 것이다.

불가능을 가능하게 하는 일격.

그것은 순인뿐이 아니다.

온갖 사람들의, 온갖 기술의 기억.

아니, 인생 그 자체를, 토모야는 참조할 수 있다.

그것들이 말한다. 이 세계는 스테이터스나 스킬이 전부가 아니라고.

그보다도 한 걸음 나아간 곳이 있다고.

분명 지금의 토모야라면, 블라스트 슬라임을 폭발시키지 않고 핵을 파괴하는 것도 손쉬울 것이다.

"이건 조금 예상 밖이었네."

계속 생각했었다.

토모야의 스테이터스로도 할 수 없는 일이 이 세계에는 분명히 있고, 그것을 보충하는데 필요한 무언가를 찾고 있었다.

그것은, 이렇게 바로 옆에 있었다.

참으로 기쁜 일이다. 그렇지만, 동시에 이렇게도 생각했다.

토모야가 이 검을 입수한 것은 우연일까? 아니면 필연일까?

필연이라면, 이것을 손에 넣어야 하는 이유가 있다는 것이다.

스테이터스 올 ∞만으로 이룰 수 없는 무언가가, 토모야가 나아가는 앞길에 기다리고 있어서—.

"……아니, 이건 아무래도 생각이 지나치군."

결국은 지금 아무리 생각해도 답이 나오지 않는다.

그래서 토모야는 그에 대해 생각하는 걸 멈추고, 새삼 시아를 보았다.

"고마워, 시아. 이걸로 완성이야."

"……응."

토모야의 감사를 받아들이는 시아.

그것을 보고, 토모야는 조금 위화감을 느꼈다.

시아가 어쩐지 기운이 없다. 라기보다는, 뭔가 고민하는 기색이었다.

"토모야."

무슨 일인지, 토모야가 물어보는 것보다 빨리 시아가 입을 열었다.

"내기, 하자."

"……내기?"

"그래. 언제나 했던, 표적을 파괴한 수를 겨루는 승부. 진 쪽이, 이긴 쪽의 명령을 뭐든지 듣는 거. 특별 룰로 횟수는 한 번, 토모야는 지금 그 검의 공격, 이라고 해도 돼."

"그건 괜찮은데. 나한테 너무 유리한 조건 아냐? 그거면 나는 일격으로 표적 열 개를 파괴한 게 되는데."

"그래도 상관없어."

"그러면…… 뭐, 좋아."

너무나도 시아에게 불리하다. 승부가 성립되지도 않는 조건이다.

지금까지의 승부에서는, 시아는 완벽하게 표적을 맞출 수 있기는 했지만, 당연히 한 번의 사격으로 다수를 파괴하지는 못했다.

그렇다면, 틀림없이 토모야의 첫 승리가 된다.

어떤 명령을 해줄까 내심 가슴이 설렌다.

문득, 활을 겨누는 시아의 손에 화살이 없는 것을 깨달았다.

마력의 화살로 쏠 셈일까?

"……응?"

'잠깐. 사격 한 발이 아니라, 한 번이란 조건이었지…… 설마!'

토모야의 생각에 답하는 것처럼, 시아는 표적을 보면서 읊었다.

"조월비사."

"역시나!"

그리고 당연하게 마력은 백을 넘어서는 화살이 되어, 모두 표적을 맞춰 버렸다.

"승리."

"아아, 그러네. 내가 졌어."

조건을 제대로 확인하지 않고 승낙해 버린 자신이 잘못했다. 토모야는 순순히 패배를 인정했다.

시아는 그런 토모야를 보고 만족스럽게 웃음을 지었다.

언뜻 무표정하게 보이는 시아지만, 가만 보면 거기 떠오른 감정을 눈치챌 수 있다. 토모야는 그 정도로 짙은 시간을, 시아와 함께 지낸 것이다.

"그래서, 뭘 명령할 거야?"

"그 전에, 토모야는 조금 있으면 이 나라를 떠나 여행을 할 거야. 맞아?"

"그래, 그럴 셈이야."

본래의 목적이었던 검을 만든 지금, 더 이상 세르바휴레에 머무를 이유는 존재하지 않는다.

친해진 시아 가족과 헤어지는 것은 괴롭지만, 어쩔 수 없는 일이다.

설마 세계수의 수호자로서 역할이 있는 시아를 여행에 끌어들일 수도 없다.

"그래. 그러면, 부탁. 눈 감아."

"눈을? 그게 명령이야?"

"아냐. 이건 그냥 부탁. 들어주기 싫으면, 안 해도 돼."

"아니, 할 건데."

조금 쓸쓸함을 느끼면서도, 시아의 말에 따라 눈을 감았다.
당연히 눈앞은 새까맣고 아무것도 안 보인다.
그런 토모야에게 시아가 다가오는 것은 발소리로 알 수 있었다.
대체, 뭘 할 셈인 걸까—.
"……응."
—그때, 토모야의 볼에 부드러운 무언가가 닿았다.
"—어?"
그 감촉은.
지금까지 경험한 적이 없는 것이었지만.
직감으로, 알았다.
동요한 채 눈을 뜨자, 토모야 바로 옆에 시아가 있었다.
그러니까, 방금 그건 키—.
"시, 시아, 너 지금 뭐."
"그러면, 명령."
토모야의 동요 따위 상관하지 않는 태도로.
시아는 지금 최고의 함박웃음을 지으며 말했다.

"나를, 너희들의 여행에 데려가 줘. —토모야."

신계의 장 2 선택의 경종

새하얀 공간.

그곳에 의자가 하나, 그리고 그 의자에 앉은 소녀가 한 명 있었다.

순백의 긴 머리칼에 칠흑의 눈동자를 가진, 절세의 미소녀의 정체는 주신 엘트라다.

엘트라는 손가락을 딱 울려서 방금 전까지 보고 있던 모니터를 지우고, 팔걸이에 팔을 올려 주먹에 볼을 기대는 자세로 사고의 바다에 빠졌다.

그렇게 돌이키는 것은, 토모야와 룰러 슬라임의 싸움이었다.

마족과 마물의 왕이 되고자 용감하게 싸운 룰러 슬라임이었지만, 결과적으로 참패해 버렸다.

수작을 부려서 토모야의 행동을 제한하는 것에 성공했지만, 사실은 상처 하나 내지 못했다.

결국 룰러 슬라임은 그 정도의 실력이며.

그 정도는 그녀 본인도 이해하고 있었을 것이다.

그리고 이해했다면, 그녀가 마왕이 된다는 것은 불가능하다는 것 따위 알고 있을 것이다.

그러면, 어째서—.

"엘트라 님, 운디네입니다. 말씀 듣고 달려왔습니다."

—시원스런, 조용하면서 힘찬 목소리가 엘트라를 사고의 바다에서 끌어올렸다.

올려다보자, 그곳에 아름다운 파란색의 긴 머리칼을 무릎 아래까지 기른 여성이 있었다.

노움과 마찬가지로 엘트라를 섬기는 4대 정령 중 하나, 물의 정령 운디네다.

"그래서, 용건은 무엇인가요?"

"아아, 그거 말인데. 조금 신기한 일이 있었어."

엘트라는 이번 세계수에서 일어난 싸움과 품은 의문을 운디네에게 말했다.

그러자 그녀는 눈을 부릅뜨고 떨리는 목소리로 말했다.

"그러니까 그 룰러 슬라임이란 마족은, 자신이 마왕이 될 수 없다는 사실을 편의적으로 잊고서, 세계수를 습격했다는 거군요. 그리고 그 이유에 대해서는 엘트라 님도 알아낼 수 없었다고."

"그래. 요전에 일어난 종언수 폭주 사건이랑 마찬가지야. 너무나도 내가 다스리는 세계의 존재 방식에서 벗어나기 시작하고 있어."

"—윽, 그렇다면 설마."

엘트라가 하려는 말을 운디네도 짐작했는지, 표정이 굳어졌다.

"그래. 누군가가 고의로 그런 재앙을 일으키고 있을 가능성이 있어."

꿀꺽. 운디네가 침을 삼켰다.

지금 당장이라도 뭔가 대책이 필요하다고 진지한 눈빛이 말하고 있었다.

그러나,

"뭐, 이번에는 그걸 말해두고 싶었을 뿐이야. 그러니까 이 얘기는 끝. 일단 제쳐두자."

"괘, 괜찮으신 건가요?"

"괜찮지는 않지만, 어쩔 도리가 없으니까. 그보다도 지금은 더 우선해야 할 사항이 있어. 이걸 봐."

엘트라와 운디네 앞에 모니터 하나가 나타났다.

그걸 보고, 운디네는 다시 눈을 홉떴다.

"이건 설마……."

"응, 그렇게 된 거지."

그 반응을 보고, 엘트라는 모니터를 껐다. 전하고 싶은 건 전해졌다.

"지금은 더 눈앞의 일을 생각하자. 운디네, 너는 분체를 하계에 보낼 수 있니?"

"아, 네. 물론이죠. 되도록 여유를 두려고 하니까요."

"그거 다행이네. 노움은 놀려고 금방 내려간다니까. 어쩌면 운디네도 그런가 생각했지만, 그러면 한 가지 부탁할 수 있을까?"

"……노움의 그런 부분이랑 비교되는 건 석연치 않습니다만, 명령이시라면. 그래서, 무엇을 하면 될까요?"

"전언을 부탁하고 싶어."

"전언……?"

운디네는 신기한 듯 말을 반복했다.

그것도 당연하다. 보통, 4대 정령이 하계에 간섭하는 것은 대재해를 막는 일 따위, 그것에 필적하는 일이 일어났을 때뿐이다. 그것을 고작해야 전언을 위해 실행하라는 것은 보통은 생각할 수 없다. 노움은 예외다.

"그렇지만, 누구에게 뭐라고 전하면 될까요?"

"전하는 건 토모야 군이야. 얼마 동안 세르바휴레에 있을 테니까 준비가 되면 바로 가줘."

"알겠습니다. 그러면, 전하실 내용은?"

"아아, 이렇게 전해줘."

엘트라는 잠깐 말을 멈추었다.

그리고 한 박자 뒤, 모든 것을 꿰뚫어 보는 눈을 여기가 아닌 어딘가로 돌리며 말했다.

"이제 곧, 너에게도 전환점이 찾아온다. 그때 네가 고르는 것은 과거인지 미래인지. 부디 후회가 없는 선택을, 나는 바라고 있다."

〈『스테이터스 올 ∞ 3』으로 계속〉

스테이터스 올 인피니티 2

초판 1쇄 발행 2023년 7월 10일

지은이_ Nagato Yamata
일러스트_ Siso
옮긴이_ 박경용

발행인_ 최원영
편집장_ 김승신
편집진행_ 권세라 · 최혁수 · 김경민 · 최정민
편집디자인_ 양우연
관리 · 영업_ 김민원

펴낸곳_ (주)디앤씨미디어
등록_ 2002년 4월 25일 제20-260호
주소_ 서울시 구로구 디지털로 26길 111 JnK디지털타워 503호
전화_ 02-333-2513(대표)
팩시밀리_ 02-333-2514
이메일_ lnovellove@naver.com
L노벨 공식 카페_ http://cafe.naver.com/lnovel11

STATUS ALL INFINITY 2

Originally published in Japan by Imagica Infos Co., Ltd.
Through Shufunotomo Co., Ltd.

ISBN 979-11-278-6935-9 04830
ISBN 979-11-278-5972-5 (세트)

값 8,500원